I0631994

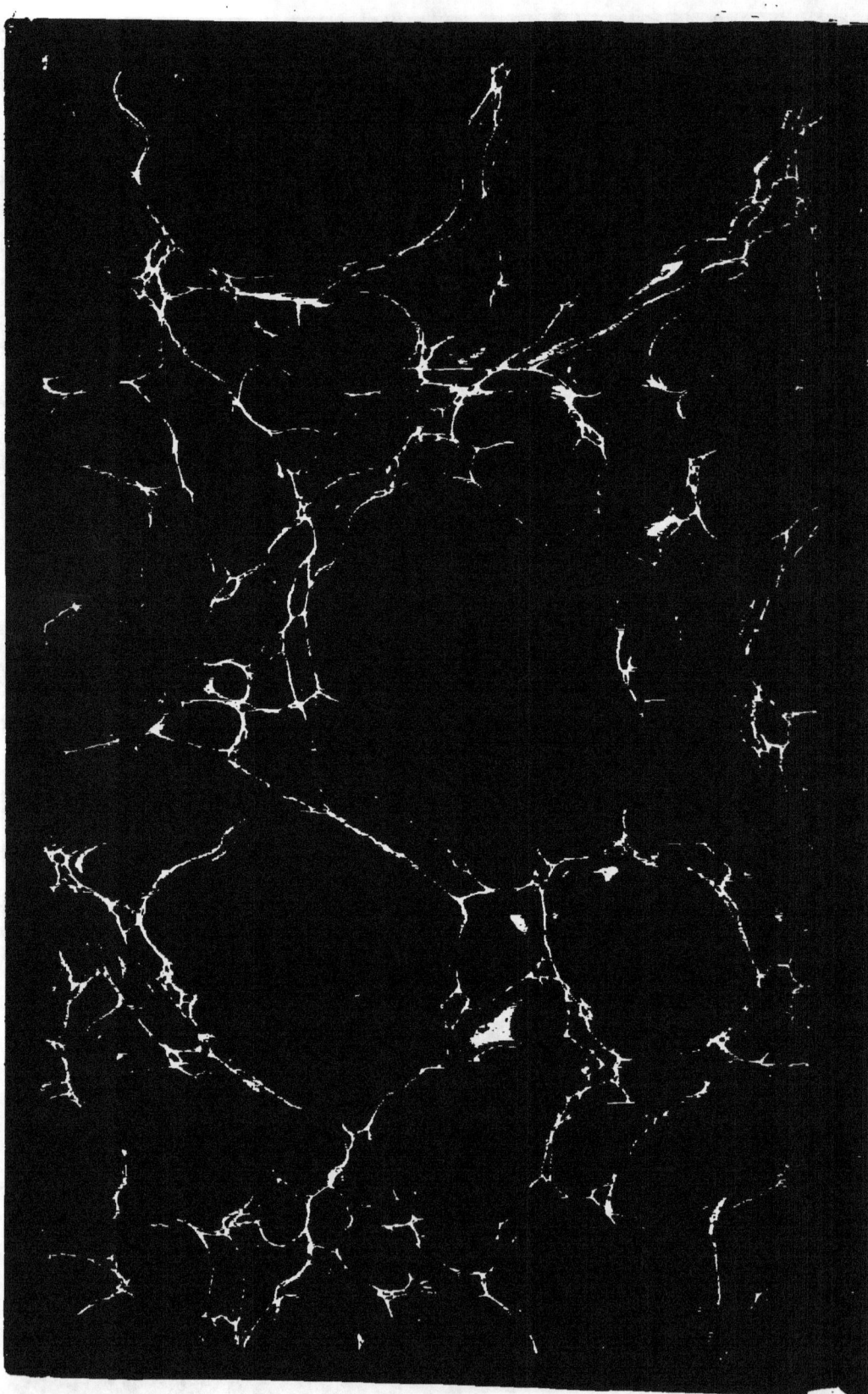

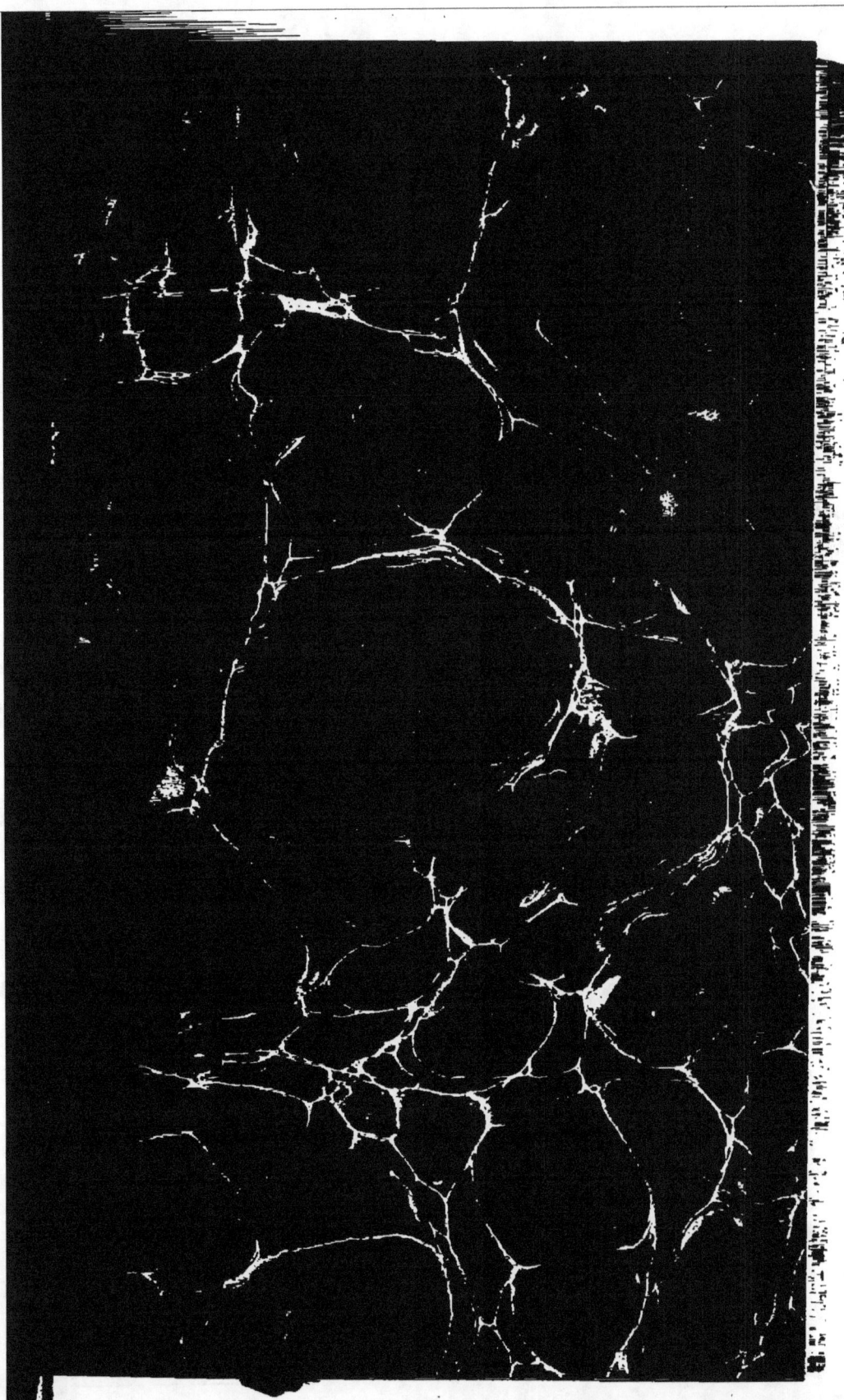

ŒUVRES

COMPLÈTES

DE JACQUES-HENRI-BERNARDIN

DE

SAINT-PIERRE.

TOME SEIZIÈME.

DE L'IMPRIMERIE DE L.-T. CELLOT.

ŒUVRES

COMPLÈTES

DE JACQUES-HENRI-BERNARDIN

DE

SAINT-PIERRE,

MISES EN ORDRE ET PRÉCÉDÉES DE LA VIE DE L'AUTEUR,

PAR L. AIMÉ-MARTIN.

..... Miseris succurrere disco.
ÆN., lib. I.

VŒUX D'UN SOLITAIRE.

A PARIS,

CHEZ MÉQUIGNON-MARVIS, LIBRAIRE,
RUE DE L'ÉCOLE DE MÉDECINE, Nº 3.

M. DCCC XX.

PRÉAMBULE.

Dans mes Études de la Nature, imprimées pour la première fois en décembre 1784, j'ai formé la plupart des vœux que je publie aujourd'hui, en septembre 1789. J'y serai tombé sans doute dans quelques redites : mais les objets de ces vœux, qui, depuis la convocation des États généraux, intéressent toute la nation, sont si importants, qu'on ne saurait trop les répéter, et si étendus, qu'on peut toujours y ajouter quelque chose de nouveau.

Je sais que les membres illustres de notre assemblée nationale s'en occupent avec le plus grand succès. Je n'ai pas leurs talents, mais comme eux, j'aime ma patrie. Malgré mon insuffisance, si ma santé l'eût permis, j'aurais ambitionné la gloire

de défendre avec eux la liberté publique :
mais j'ai un sentiment si exquis et si malheureux de la mienne, qu'il m'est impossible de rester dans une assemblée, si les
portes en sont fermées, et si les avenues
n'en sont pas si libres que j'en puisse sortir au moment où je le désire. Ce désir
d'user de ma liberté ne manque jamais
de me prendre au moment où je crois
l'avoir perdue, et il devient si vif, qu'il
me cause un mal physique et moral auquel je ne puis résister. Il s'étend plus
loin que l'enceinte d'un appartement. Pendant les émeutes de Paris (qui commencèrent après le départ de M. Necker,
le 13 juillet, au même jour que l'année
passée le royaume fut désolé par la grêle),
lorsqu'on brûlait les bâtiments des barrières autour de la ville, qu'au dedans
l'air retentissait du bruit alarmant des toc-
sins que sonnaient jour et nuit tous les
clochers à-la-fois, et des clameurs du peuple qui criait que les hussards entraient

dans les faubourgs pour y mettre tout à
feu et à sang, Dieu, en qui j'avais mis ma
confiance, me fit la grâce d'être tranquille. Je me résignai à tout événement,
quoique seul dans une maison isolée et dans
une rue solitaire, à l'extrémité d'un faubourg. Mais quand le lendemain, après la
prise de la Bastille, l'éloignement des troupes étrangères dont le voisinage avait causé
tant d'alarmes, et l'établissement des pa-
trouilles bourgeoises, j'appris qu'on avait
fermé les portes de Paris, et qu'on n'en
laissait sortir personne, il me prit alors la
plus grande envie d'en sortir moi-même.
Pendant que tous ses habitants se félicitaient
d'avoir recouvré leur liberté, je comptais
avoir perdu la mienne : je me tenais pour
prisonnier dans les murs de cette vaste capitale ; je m'y sentais à l'étroit. Je ne ren-
dis le calme à mon imagination, que lorsque j'eus trouvé, en me promenant sur le
boulevard de l'Hôpital, une porte grillée,
dont la serrure et les barreaux avaient été

rompus, et qui n'était pas encore gardée : alors je m'en fus dans la campagne, où je fis une centaine de pas, pour m'assurer que je n'avais pas perdu mes droits naturels, et qu'il m'était permis d'aller par toute la terre. Après cet essai de ma liberté, je me sentis tout-à-fait tranquille, et je m'en revins dans mon quartier tumultueux, sans me soucier depuis d'en ressortir.

Lorsque, quelques jours après, des têtes coupées à la Grève, sans formalité de justice, et des listes affichées qui en proscrivaient beaucoup d'autres, firent craindre à tout le monde que des méchants ne se servissent de la vengeance du peuple pour satisfaire leurs haines particulières, et que Paris, livré à l'anarchie, ne devînt un théâtre de carnage et d'horreur, quelques amis m'offrirent des campagnes paisibles et agréables, tant au dedans qu'au dehors du royaume, où je pourrais goûter le repos si nécessaire à mes études; je les ai remerciés. J'ai préféré de rester dans ce grand vaisseau de la capitale, battu de tous côtés de la tempête, quoique je sois inutile à sa manœuvre, mais dans l'espérance de contribuer à sa tranquillité. J'ai donc tâché de calmer des esprits exaltés, ou de ranimer ceux qui étaient abattus, quand j'en ai trouvé l'occasion; de contribuer de ma personne ou de ma bourse aux gardes si nécessaires à la police; d'assister, de temps à autre, à quelque comité de mon district, un des plus petits et des plus sages de Paris, pour y dire mon mot, quand je le puis; et sur-tout de mettre en ordre ces Vœux que je fais pour la félicité publique, et dont je m'occupe depuis six mois. J'ai abandonné, pour cet unique objet, des travaux plus faciles, plus agréables, et plus utiles à ma fortune; je n'ai eu en vue que celle de l'état.

Dans une entreprise si supérieure à mes forces, j'ai marché souvent sur les pas de l'assemblée nationale, et quelquefois je

1*

m'en suis écarté ; mais si j'avais toujours eu ses idées , il serait fort inutile que je publiasse les miennes. Elle se dirige vers le bien public , par de grandes routes , en corps d'armée , dont les colonnes s'entr'aident , et quelquefois malheureusement se choquent ; et moi , loin de la foule , sans secours , mais sans obstacles , je me dirige par des sentiers qui me conduisent vers le même but. Elle moissonne , et moi je glane. Je rapporte donc à la masse commune quelques épis cueillis sur ses pas , et même au delà , dans l'espérance qu'elle daignera les recueillir dans ses gerbes.

Cependant j'ai à me justifier de m'être écarté quelquefois de sa marche , et même de ses expressions. Par exemple , l'assemblée n'admet que deux pouvoirs primitifs dans la monarchie , le pouvoir législatif et le pouvoir exécutif. Elle attribue le premier à la nation , et le second au roi. Mais je conçois dans la monarchie , ainsi que dans toute puissance , un troisième pouvoir nécessaire au maintien de son harmonie, que j'appelle modérateur. J'ai d'abord été obligé d'employer l'expression de modérateur, que je ne pouvais suppléer par celle de modératif, qui n'est pas encore d'usage; et celle-ci m'a forcé d'user des anciennes dénominations de pouvoir législateur et exécuteur, qui ont d'ailleurs le même sens que celles de pouvoir législatif et exécutif, afin d'établir une consonnance entre mes expressions comme entre mes idées.

Quant au pouvoir modérateur que j'admets comme essentiel à la monarchie, ce n'est que par lui que je conçois que le roi a la sanction des lois; car le pouvoir exécuteur ne me semble comporter que le *veto*, qui excite dans ce moment de si grandes réclamations.

Le *veto* est si bien une suite du pouvoir exécuteur, qu'il appartient même à un simple général d'armée, astreint à exécuter des ordres inhumains, ou à un tribu-

nal chargé de promulguer des édits injustes. Turenne avait le droit de refuser à
Louis XIV d'incendier le Palatinat; et
tout magistrat, sous Charles IX, de publier l'édit du massacre de la Saint-Bar-
thélemy, comme tout Français, de l'exécuter. Tout homme a le droit de se refuser
à l'exécution d'une loi politique contraire à
la loi naturelle. Or, le roi, chargé du pouvoir exécuteur des lois qu'il n'a pas faites,
a le droit d'employer, comme ses sujets,
le *veto* dans le cas où quelques-unes de ces
lois lui paraîtraient contraires au bien public, qui est la loi naturelle d'un état.

« C'est l'assemblée nationale, me dira-
» t-on, qui a décidé ce qui convenait au bon-
» heur de la nation; elle seule connaît ce
» qui lui convient. » Mais une assemblée ne
peut-elle pas se tromper? Des peuples entiers se trompent. Voyez l'histoire de la nation; voyez celle du monde.

Cependant, je l'avoue, le *veto* royal a
quelque chose de bien dur; et quoiqu'en

Angleterre le roi, pour l'adoucir, dise :
« J'aviserai, » ce mot signifie au fond : « Je
» ne le veux pas. » Sans doute, il est alarmant pour une nation de penser qu'une
loi utile à ses intérêts, reçue, après bien
des débats, à la pluralité des voix, dans
une assemblée de ses députés, déjà bien
difficile à rassembler, se trouvera tout-à-
coup comme non avenue par le *veto* du
roi, sollicité par le parti de l'opposition,
qui se réservera cette dernière ressource.
Ainsi les intérêts d'un peuple entier seront
sacrifiés aux intérêts de quelques corps,
et souvent de quelques courtisans qui ont
plus d'accès que lui auprès du prince ; et
tous ses efforts, pendant des siècles, seront arrêtés dans un instant par la simple
force d'inertie du trône. Je ne suis point
surpris que la seule crainte du *véto* royal
ait excité au Palais-Royal un *veto* plébéien,
au moins aussi à craindre.

C'est précisément pour empêcher le
veto du pouvoir exécuteur dans le prince,

que je lui attribue la sanction du pouvoir modérateur. Ces deux effets diffèrent autant que leurs causes, dont j'ai montré, dans cet ouvrage, et la différence et la nécessité. Le *veto* est une puissance négative qui appartient à l'esclave qui a une conscience, comme au despote qui n'en a point : mais la sanction est une puissance approbative qui ne convient qu'au monarque. Un général a son *veto*, parce qu'il ne sanctionne pas les ordres qu'il reçoit : un roi, comme chef de l'état, a une sanction, parce qu'il ne peut opposer de *veto* aux lois dont il est censé avoir reconnu l'utilité et la nécessité. Si le roi refuse de sanctionner une loi nouvelle, c'est parce qu'il la croit nuisible à l'état; alors il en fera connaître les inconvénients ; on l'amendera et on la modifiera. La sanction est une discussion paisible d'un père de famille avec ses enfants.

« Mais, me répondra-t-on, si le roi re-
» fuse sa sanction, ou l'assemblée ses amen-

» dements, la loi se trouvera annulée : re-
» fuser d'approuver une loi, c'est refuser
» de l'exécuter; ainsi la sanction a les mê-
» mes inconvénients que le *veto*. » A cela je
réponds que la loi ne sera point annulée
comme elle le serait par le *veto*, mais elle
restera sans être sanctionnée.

« Voilà donc de nouveaux débats entre
» le peuple et son prince fortifié du parti
» de l'opposition. » J'en conviens, mais
toutes les choses de ce monde se débattent
les unes contre les autres, les éléments
contre les éléments, les opinions contre
les opinions. C'est de leur lutte que naît
l'harmonie. Toutes les vertus se balancent
entre deux contraires. Tenons donc un
juste milieu, puisqu'il s'agit d'être justes.
Prenons garde, en fuyant le despotisme,
de nous jeter dans l'anarchie. Si le char
est versé d'un côté, ne le renversons pas
de l'autre ; rétablissons-le sur son essieu
monarchique et ses roues plébéiennes,
afin de lui rendre l'équilibre et le mouve-

ment. Ne croyons pas que la sanction royale elle-même puisse laisser, comme un *veto*, des questions législatives sans solution. Il est impossible que tôt ou tard le roi ne se rende aux raisons de l'assemblée, ou l'assemblée aux raisons du roi, puisque l'un et l'autre n'ont d'autre but que l'intérêt public. Ce qui éternise les procès parmi les hommes, ce sont leurs intérêts particuliers. Ils sont bientôt d'accord sur leurs intérêts communs. Or, l'intérêt public étant commun aux députés de la nation et à son monarque, la discussion que peut entraîner la sanction royale, ne peut tourner qu'au profit de la législation.

Mais dans cette balance d'opinions sur le même intérêt, voyez que de probabilités se rencontrent en faveur des arrêtés de l'assemblée. Est-il probable d'abord que quelques aristocrates, après être convenus de soumettre leurs intérêts à la majorité des voix de l'assemblée nationale, qui leur a pareillement soumis les siens, iront s'in-

triguer auprès du roi pour arrêter l'effet
des délibérations nationales, parce qu'elles
leur sont défavorables? Est-il probable que
le roi, pour les intérêts de ces aristocrates
infidèles à leurs vœux, refusera de sanctionner des lois utiles à la nation, réclamées
par la majorité de ses députés, et par un
peuple entier, capable, pour les maintenir, de se livrer à une insurrection générale? D'ailleurs, le roi étant obligé de consentir les lois, avant que l'assemblée con-
sente les impositions, s'il refusait la sanction des lois arrêtées par la majorité de
l'assemblée, n'est-il pas plus que probable
que cette majorité lui refusera, à son tour,
la sanction des impositions? Je considère
avec peine, en légiste, ainsi que l'assemblée elle-même, les effets de la sanction
royale, comme ceux d'un procès entre le
monarque et la nation : l'événement peut
en être douteux; mais il ne le sera pas
que le peuple, en conservant cette sanction à son prince, aura été juste et loyal

2

envers lui. Le peuple a bien confié la discussion de ses lois à des puissances aristocrates, ennemies jusqu'à présent de ses
intérêts : pourquoi ne se fierait-il pas de
leur sanction à une puissance amie, maintenant que ces lois lui sont favorables ? Il
ne faut pas que le peuple se méfie de son
roi. Leurs intérêts sont toujours les mêmes. Enfin l'assemblée ayant proclamé
Louis xvi le restaurateur de la liberté
française, pourrait-elle lui refuser la sanction des lois qui assurent cette même liberté ?

La sanction royale est nécessaire à
toutes les puissances de l'état. 1° Elle est de
droit, par rapport au roi comme homme.
Si le roi ne pouvait sanctionner les lois, il
aurait moins de prérogatives que le moindre de ses sujets; car chacun d'eux a le
droit, non-seulement de voter pour les
lois, par ses députés; mais s'il les trouve
défavorables, il peut les récuser entièrement en abandonnant son pays, sans le

consentement de personne; ce que ne peut faire le roi, sans le consentement de la nation, parce que son absence peut entraîner la ruine de l'état. 2° La sanction est de justice, par rapport au roi comme monarque. Le roi étant chargé de faire exécuter les lois, il est censé, ainsi que je l'ai dit, reconnaître, en les sanctionnant, leur utilité et leur nécessité. 3° La sanction royale est nécessaire à la tranquillité de la monarchie. Plusieurs aristocrates, chargés des vœux de leurs corps, et membres de l'assemblée nationale, ayant déclaré, dès son ouverture, qu'ils ne reconnaissaient d'autre autorité que celle du roi, et étant forcés maintenant, par la majorité des voix de leur assemblée et le vœu de la nation, de sacrifier leurs priviléges, pourraient dire que la loi qui les y oblige n'est pas monarchique, si elle n'avait pas la sanction du monarque, et, sous ce prétexte, refuser de la reconnaître; ce qui pourrait susciter des troubles à l'avenir.

4° La sanction royale est nécessaire à la permanence des lois et au respect qui leur est dû, sur-tout de la part du peuple. Ceci mérite la plus grande considération. Quoique rien ne soit plus respectable aux yeux même d'un monarque, que les décrets d'une nation assemblée par ses députés, cependant le peuple n'y voit guère que des hommes semblables à lui dans ses représentants, et que des ennemis dans ceux des ordres supérieurs. D'ailleurs, à cause de leur périodicité, il cessera bientôt d'y voir ses législateurs. Un fleuve qui renouvelle ses eaux, est toujours le même fleuve, parce que la forme de ses rivages ne change pas ; mais une assemblée qui renouvelle ses membres, n'est plus la même assemblée, parce que la plupart des hommes diffèrent d'opinions, et bientôt de projets. Le peuple n'arrête son attention et ses respects que sur des projets immuables, ou qu'il croit tels, et qui lui imposent par leur grandeur ou leur éloignement. *Major*

è longinquo reverentia : « Le respect aug-
» mente avec la distance. » Il est donc nécessaire de fixer les regards du peuple vers
le trône, dont il approche peu, comme
vers un centre permanent et digne de tous
ses hommages. Les nations républicaines
ont donné à leurs lois le nom d'un seul législateur : telles furent celles de Zaleucus
chez les Locriens, de Lycurgue à Sparte,
de Solon à Athènes ; et les nations monarchiques, le nom du monarque qui avait
promulgué, et par conséquent sanctionné,
les leurs : telles furent celles de Cyrus en
Perse ; de Zoroastre, roi des Bactriens,
en Asie ; de Moïse, chef des Hébreux ; de
Numa et ensuite de Justinien à Rome ; de
Charlemagne dans l'empire d'Occident ;
de saint Louis en France ; de Pierre-le-
Grand en Russie ; de Frédéric II en Prusse :
telles sont les lois d'Angleterre, promulguées d'abord en 1040, sous le nom de
Lois d'Édouard, et rétablies ensuite en 1215
par la nation, sous le nom de Grande

Charte. Les anciens ont si bien senti la nécessité d'une sanction auguste, pour rendre les lois vénérables aux peuples, qu'ils ont souvent supposé qu'elles avaient été sanctionnées par la divinité même. Ainsi celles de Numa le furent par la nymphe Égérie; celles de Zaleucus, par Minerve; celles de Mahomet, par Dieu même, avec la médiation des anges. Mais ces législateurs, en voulant se procurer de grands avantages, tombèrent dans de grands inconvénients; car toute tromperie porte avec elle sa punition. Lorsque ces lois ne convenaient plus aux besoins des citoyens, ou qu'il fallait les appliquer à d'autres contrées, on ne pouvait les changer, parce que la divinité, qui les avait sanctionnées, était invariable. Ainsi les Turcs se sont abstenus de faire la conquête de plusieurs pays, parce qu'il n'y avait pas d'eaux courantes pour leurs ablutions légales. C'était encore pis, lorsque les peuples, en s'éclairant, venaient à connaître que la divinité

ne s'était point mêlée de leur législation ;
alors ils passaient du mépris du législateur
qui les avait trompés , au mépris de la loi.
C'est ce qui est arrivé à plusieurs états et
religions , dont la ruine n'a pas eu d'autre
fondement. Il n'en est pas de même des
lois sanctionnées par un monarque , qui
les varie de concert avec son peuple , suivant ses besoins ; et les leur rend permanentes par la seule démonstration de leur
utilité. Mais , comme aucune loi politique
n'est bonne , si elle ne pose sur les lois de
la nature , et que rien n'est permanent sans
le secours de son Auteur, il est nécessaire
que le roi sanctionne le code de nos lois ,
par une invocation religieuse qui le con-
sacre à jamais aux sentiments du cœur ,
comme aux lumières de la raison. Le mot
de sanction même semble venir de *sanctus*,
saint. Ce préambule , digne du style d'Or-
phée ou de celui de Platon , doit précéder ,
comme un péristyle antique , le temple auguste de nos lois , élevé pour le bonheur

des hommes, et dédié à l'Éternel par le monarque qui doit en être le pontife.

Voilà ce que ma conscience m'oblige de dire sur les intérêts du roi, que je regarde comme inséparables de ceux du peuple. Quant au peuple, c'est vers lui que j'ai dirigé tous mes vœux, parce que je le considère comme la partie principale de l'état. Peut-être l'affection que je lui porte sous ce point de vue, m'aura fait illusion à moi-même : peut-être me reprochera-t-on d'avoir trop compté sur sa modération ou sa constance. On m'objectera sans doute que ses représentants, dont j'ai désiré qu'on augmentât le nombre dans l'assemblée nationale, ne sont déjà que trop puissants, puisqu'ils ont opéré dans l'état une si puissante et si grande révolution. J'ai parlé de cette révolution qui venait d'arriver, comme d'une suite nécessaire de l'insuffisance de ses représentants; et je suis persuadé que s'ils eussent balancé, par leur nombre, la pondération de ceux des

des autres ordres, l'insurrection du peuple n'a point eu lieu. C'est son désespoir qui l'a produite. D'ailleurs c'est une question de savoir qui, de l'armée qui est venue environner la capitale, ou du peuple qui y est renfermé, a rompu le premier l'équilibre des pouvoirs entre les députés des trois ordres. Ce serait encore une autre question à décider si le clergé et la noblesse ne seraient pas plus écartés de la modération que le peuple, si, comme lui, ils avaient eu la toute-puissance. La guerre de la Ligue et celle de la Fronde, qui n'avaient pour but que des intérêts de corps ou de princes, ont versé sans comparaison plus de sang, et d'une manière plus illégale, que l'insurrection du peuple, qui a pour objet l'intérêt public. Il ne faut pas mettre sur son compte les émeutes occasionées par la cherté du blé, ainsi que les brigandages exercés dans plusieurs provinces. La plupart de ces troubles ont été exités par ses ennemis, qui cherchent à le diviser afin de l'armer contre lui-même. Ce qu'il y a de certain, c'est que partout il s'oppose, de toutes ses forces, à ces désordres.

Maintenant que le peuple français a recouvré sa liberté par son courage, il doit s'en montrer digne par sa sagesse. Il doit rejeter avec horreur ces proscriptions illégales qui le feraient tomber lui - même dans les crimes de lèse-nation qu'il veut punir : il doit être en garde contre le zèle qui l'anime, et invoquer, pour son propre intérêt, la prudence des lois ; car il ne faut qu'une calomnie jetée par ses ennemis dans son sein exalté de l'amour du bien public, pour lui faire abattre de ses propres mains la tête du meilleur citoyen.

O peuple de Paris, qui servez d'exemple aux peuples des provinces ; peuple ingénieux, facile, bon, généreux, qui attirez dans votre sein les hommes de toutes les nations par l'urbanité de vos mœurs, songez que c'est à cette urbanité que vous avez dû en tout temps votre liberté morale, préférée même par des républicains à leur liberté civile ! Vous venez de briser les liens du despotisme ; ne vous en donnez point de plus insupportables par ceux de l'anarchie. Ceux-là ne tirent que d'un côté, ceux-ci de tous les côtés à-la-fois. C'est votre ensemble qui a fait votre force, à laquelle rien n'a pu résister. Mais ce n'est point à la force que Dieu a donné un empire durable, c'est à l'harmonie. C'est par leur harmonie que les petites choses se rassemblent et deviennent grandes ; et c'est souvent à cause de leurs forces que les grandes se séparent, se heurtent, se brisent et deviennent petites. D'où viennent tant de prétentions d'individus, de corps, de districts ; tant de motions et d'émotions ? Voulez-vous faire soixante cités dans une seule cité ? et, à votre exemple, les provinces feront-elles soixante républiques dans le royaume ? Que deviendrait alors la capitale ? Communes de Paris, en multipliant vos lois, vous multiplierez vos

liens; en vous divisant, vous vous affai-
bliriez; en courant chacune à part à la liberté, vous pouvez tomber tour-à-tour dans
l'esclavage, ou, ce qui est encore pis, dans
la tyrannie! Qu'avez-vous à craindre aujourd'hui pour vous, sinon vous-mêmes?
Vos ennemis principaux sont dispersés;
votre grand ministre des finances a été
rendu à vos vœux, et avec lui travaillent
dans le plus parfait concert les autres ministres du roi, remplis du même zèle pour
votre bonheur; les deux premiers ordres
de l'état vous ont fait des sacrifices qui ont
été au delà de vos désirs; les troupes
royales vous ont prêté serment de fidélité,
et vous avez des troupes nationales entièrement à vos ordres; votre roi mérite
toute votre confiance, non-seulement pour
avoir ordonné ou préparé ces dispositions,
mais pour s'être abandonné sans réserve à
la vôtre, en venant sans garde et sans défense, au milieu de votre capitale pleine de
troubles, vous redemander votre amour,

comme un père qui ne vous avait jamais
ôté le sien, et qui, en vous voyant armées
de toutes sortes d'armes, pouvait douter
s'il retrouverait en vous ses enfants. Pour
l'amour de l'harmonie, sans laquelle il n'y
a point de salut pour les peuples, reposez-
vous de vos intérêts sur la vigilance de vos
districts, composés de vos comités; que vos
districts, de leur côté, s'en rapportent, sur
l'ensemble de leurs opérations, à la sagesse
de votre assemblée municipale, formée de
vos députés, dont la prévoyance, le zèle et le
courage, si bien dirigés par les deux chefs
vertueux que vous avez vous-mêmes choisis,
vous ont préservées du brigandage et de la fa-
mine dont vous étiez menacées. Que votre
assemblée municipale se confie à son tour
aux lumières et à la justice de l'assemblée
nationale, que vous avez, conjointement
avec les communes du royaume, chargée
de vos doléances et revêtue du pouvoir législateur. C'est sur-tout sur cette assemblée auguste que vous devez établir votre

3

sécurité, parce qu'elle s'occupe du bonheur de tout le royaume, en liant à vos
intérêts ceux des corps, des provinces et
des nations, par une constitution sanctionnée du roi, chef auguste et nécessaire de
la monarchie, dont votre capitale est le
centre. Enfin vous devez mettre toute
votre confiance dans la providence de l'Auteur de la nature, qui prépare souvent par
des infortunes la félicité des grandes nations, comme la fécondité de l'automne
par la rigueur des hivers; et qui, en vous
donnant, après l'année la plus calamiteuse,
la moisson la plus abondante qu'on ait vue
de mémoire d'homme, verse déjà ses bé-
nédictions sur une constitution qui sera
fondée sur ses lois. Heureux si du sein de
ma solitude, et des orages qui l'ont trou-
blée, je fournis à ce vaisseau chargé de
nos destins, et déjà mis sur le chantier,
pour voguer sur la mer des siècles, je ne
dis pas une voile ou un mât, mais seulement la plus simple manœuvre !

~~~~~~

VŒUX

D'UN SOLITAIRE.

———

LE 1er mai de cette année 1789, je descendis,
au lever du soleil, dans mon jardin, pour voir
l'état où il se trouvait, après ce terrible hiver
où le thermomètre a baissé, le 31 décembre,
de 19 degrés au-dessous de la glace. Chemin
faisant, je pensais à la grêle désastreuse du
13 juillet, qui avait traversé tout le royaume,
mais qui, par la grace de Dieu, avait passé
sur le faubourg où je demeure, sans y faire
de mal. Je me disais : « Pour cette fois, rien
» ne sera échappé, dans mon petit jardin, à
» un hiver de Pétersbourg. »

En y entrant, je ne vis plus ni choux, ni
artichauts, ni jasmins blancs, ni narcisses ;
presque tous mes œillets et mes hyacinthes

avaient péri ; mes figuiers étaient morts, ainsi
que mes lauriers-thyms, qui avaient coutume
de fleurir au mois de janvier. Pour mes jeunes
lierres, ils avaient, pour la plupart, leurs
branches sèches, et leur feuillage couleur de
rouille.

Cependant le reste de mes plantes se portait bien, quoique leur végétation fût retar-
dée de plus de trois semaines. Mes bordures
de fraisiers, de violettes, de thyms et de pri-
mevères, étaient toutes diaprées de vert, de
blanc, de bleu et de cramoisi ; et mes haies
de chèvre-feuille, de framboisiers, de gro-
seilliers, de rosiers et de lilas, étaient toutes
verdoyantes de feuilles et de boutons de fleurs.
Pour mes allées de vignes, de pommiers, de
poiriers, de pêchers, de pruniers, de cerisiers et d'abricotiers, elles étaient toutes fleu-
ries. A la vérité, les vignes ne commençaient
qu'à entr'ouvrir leurs bourgeons ; mais les
abricotiers avaient déjà des fruits noués.

A cette vue, je me dis : « A quelque chose
malheur est bon. Les calamités d'un pays peuvent servir aux prospérités d'un autre. Si toutes les plantes du midi de l'Europe ne peuvent

supporter les hivers de la France, il est évident que plusieurs arbres à fruits de la France peuvent résister aux hivers du nord. On peut cultiver dans les jardins de Pétersbourg, des cerises, des pêches précoces, des prunes de reine-claude, des abricots, des abricots-pêches, et tous les fruits qui peuvent mûrir dans le cours d'un été; car l'été y est encore plus chaud qu'à Paris. » Cette réflexion me fit d'autant plus de plaisir, que je n'avais vu, en 1765, à Pétersbourg, d'autres arbres que des pins, des sorbiers, des érables et des bouleaux.

Quoique je n'aie sur le globe d'autre propriété foncière, qu'une petite maison et son petit jardin d'un demi-quart d'arpent, que j'habite dans le faubourg Saint-Marceau, j'aime à m'y occuper des intérêts du genre humain; car il s'est occupé des miens dans tous les temps et dans tous les lieux. Il est certain que mes cerisiers viennent originairement du royaume de Pont, d'où Lucullus les apporta à Rome, après avoir défait Mithridate. Je ne doute pas que mes abricotiers, dont le fruit s'appelle en latin *malum arme-*

3*

niacum, ne descendent, de greffes en greffes, d'un arbre de leur espèce, apporté d'Arménie par les Romains. Suivant le témoignage de Pline, mes vignes tirent leur origine de l'Archipel, mes poiriers du mont Ida, et mes pêchers de la Perse; après que ces contrées eurent été subjuguées par les Romains, qui avaient coutume d'amener dans leur pays, non-seulement les rois, mais les arbres de leurs ennemis, en triomphe. Quant aux choses qui sont à mon usage habituel, je dois certainement mon tabac, mon sucre et mon café, aux pauvres nègres d'Afrique, qui les cultivent en Amérique sous les fouets des Européens. Mes manchettes de mousseline viennent des bords du Gange, si souvent désolés par nos guerres. Pour mes livres, ma plus douce jouissance, j'en ai obligation à des hommes de tous les pays, et sans doute aussi à leurs infortunes. Je dois donc m'intéresser à tous les hommes, puisqu'ils travaillent pour moi par toute la terre, et que j'ai lieu d'espérer que ceux qui m'y ont devancé, ayant principalement contribué à mon bonheur par leurs maux, je puis aussi concourir, par les miens, au bonheur de ceux qui doivent m'y survivre.

Il n'est pas douteux que je ne doive les premiers témoignages de ma reconnaissance aux hommes auxquels je suis redevable des premiers besoins de la vie; par exemple, à ceux qui me préparent mon pain et mon vin, qui filent mon linge et mes habits, qui défendent mes possessions, etc...., c'est-à-dire aux hommes de ma nation.

En pensant donc aux révolutions de la nature qui avaient désolé la France, l'année dernière, je songeai à celles de l'état qui les avaient accompagnées, comme si tous les malheurs s'entre-suivaient. Je me rappelai l'édit imprudent qui avait permis l'exportation des grains, lorsque nous n'en avions pas notre provision assurée; cette banqueroute publique qui avait plané sur nos fortunes, dans le même temps que ce nuage affreux de grêle traversait nos campagnes; l'épuisement total de nos finances, qui avait fait périr plusieurs branches de notre commerce, comme ce terrible hiver plusieurs de nos arbres fruitiers; enfin, ce nombre infini de pauvres ouvriers, que le concours de tant de fléaux aurait fait mourir de misère, de froid et de faim, sans les secours de leurs compatriotes.

Je pensai alors au ministre des finances, dont le retour a rétabli le crédit public, et a été pour nous comme celui de l'étoile du matin, après une nuit orageuse; aux États généraux qui allaient, avec le printemps, faire renaître de plus beaux jours; et je me dis : Les royaumes ont leurs saisons, comme les campagnes; ils ont leur hiver et leur été, leurs grêles et leurs rosées : l'hiver de la France est passé, son printemps va revenir. Alors, plein d'espérance, je m'assis au bout de mon jardin, sur un petit banc de gazon et de trèfle, à l'ombre d'un pommier en fleurs, vis-à-vis une ruche dont les abeilles voltigeaient en bourdonnant de tous côtés.

A la vue de ces abeilles si actives, dont la ruche n'avait eu d'autre abri, pendant l'hiver, que le creux d'un rocher, je me rappelai qu'elles n'avaient point essaimé au mois de juin, et qu'il en était arrivé de même à la plupart de celles du royaume, comme si elles avaient prévu qu'elles auraient besoin d'être rassemblées en grand nombre pour se tenir chaudement pendant la rigueur d'un hiver extraordinaire. D'un autre côté, comme je n'ai enlevé aux miennes aucune portion de leur miel, et que jamais elles n'en exportent, elles ont passé dans l'abondance des vivres, une saison où quantité de mes compatriotes en ont manqué. En voyant que l'instinct de ces petits animaux avait surpassé l'intelligence humaine, je me dis : « O heureuses »les sociétés des hommes, si elles avaient »autant de sagesse que celles des abeilles ! » et je me mis à faire des vœux pour ma patrie.

Je me représentai les 24 millions d'hommes qui composent, dit-on, le peuple français, non comme de sages abeilles, qui naissent avec tout leur instinct; mais comme un seul homme, qui vit depuis plus de trois mille ans, et qui n'acquiert son expérience qu'en passant, comme l'homme, par un long cercle de maux, d'erreurs et d'infirmités.

D'abord enfant du temps des Gaulois, il a été, pendant plusieurs siècles, au maillot, entouré par les druides des bandes de la superstition ; puis adolescent sous les Romains,

qui le conquirent et le policèrent, il s'instrui-
sit, sous le joug grave de ses maîtres, des
arts, des sciences, de la langue et des lois qui
le régissent encore aujourd'hui : ensuite, devenu un jeune homme sous les Francs indis-
ciplinés, qui se confondirent avec lui, il s'est
livré, pendant leur anarchie, à toute la fou-
gue de la jeunesse, et a passé un grand nombre d'années dans les fureurs des guerres civiles. Enfin, depuis Charlemagne, éclairé de
quelques lumières par le retour des lettres,
qui commencèrent à se naturaliser sous François 1ᵉʳ, comme un jeune homme qui se forme
pour le commerce du monde, il a cherché les
plaisirs de l'amour et de la gloire. Son goût
de galanterie et d'héroïsme s'est épuré sous
Henri iv, et s'est perfectionné sous Louis xiv.
A cette dernière époque, l'amour des conquêtes
utiles a paru l'occuper principalement; il est
devenu ambitieux comme un homme dont la
jeunesse se passe, et qui cherche à s'établir
d'une manière solide. Mais bientôt convaincu
par son expérience qu'on ne peut trouver son
bonheur dans le malheur d'autrui, il a commencé à s'occuper de ses véritables intérêts,

de son agriculture, de ses manufactures, de son commerce, de ses grands chemins, de ses établissements aux colonies, etc.... Il a cherché alors à se délivrer des préjugés de son enfance, des fausses vues de son adolescence, des vanités de sa jeunesse, et il est entré ainsi dans l'âge mûr. Sa raison a fait, d'année en année, de nouveaux progrès. Il sent aujourd'hui, sous Louis XVI, que la gloire de ses rois ne consiste que dans son bonheur. De son côté, il s'occupe plus du soin de rendre sa vie tranquille que brillante, et commode que fastueuse.

On peut suivre, dans tous les siècles, les périodes de son caractère, par celles de son costume. Du temps des Gaulois, presque nu comme un enfant, et coiffé de sa simple chevelure, il ne portait que des sayons. Il s'est vêtu, sous les Romains, de toges et de robes écourtées, comme un étudiant. Toujours armé sous les Francs, il s'est couvert de brassarts, de cuissarts, de cottes-de-mailles et de casques. Depuis François 1er jusqu'à Henri IV, et même jusqu'à Louis XIV, il s'est mis en pourpoint découpé en fraises, en plumes, en trousses et en rubans, sans toutefois quitter son épée, comme un jeune homme qui fait l'amour. Sous Louis XIV, devenu plus grave, il a ajouté à sa parure d'amples canons et une énorme perruque. Aujourd'hui, comme un homme mûr qui cherche ses commodités, il préfère un chapeau sur sa tête à un chapeau sous le bras, une canne à une épée, et un manteau à une armure.

Pendant que le peuple français se disposait par les mœurs et la philosophie, à une vie plus heureuse et à un ensemble national, l'administration, soumise à d'anciennes formes, suivait toujours son ancien cours. A chaque révolution de l'esprit public, elle avait adopté des lois nouvelles, sans abroger les anciennes; des besoins nouveaux, sans retrancher les superflus; et s'était plus occupée de la fortune des courtisans, que de celle des sujets. Ainsi, d'incohérences en incohérences, d'impôts en impôts, de dettes en dettes, elle s'est trouvée sans argent et sans crédit, avec un peuple sans moyens. Alors, elle s'est vue dans la nécessité de convoquer les États généraux, pour préserver d'une ruine uni-

verselle la nation, dont le peuple est par-tout
la base fondamentale.

Cependant ce peuple, devenu majeur par
tant de siècles d'expérience et d'infortune,
traîne encore après lui les lisières de son enfance. Des corps se sont présentés, se disant
chargés de sa tutelle, et ont prétendu le ramener aux anciennes formes de la monarchie,
c'est-à-dire le remettre, avec ses lumières,
son étendue et sa puissance, dans le même
berceau où il a été si long-temps faible,
trompé et misérable.

Mais quel corps de la monarchie pourrait
être rappelé aujourd'hui à ses anciennes formes? A commencer par celui qui en est le
chef auguste, le roi pourrait-il être ramené
aux temps où le peuple, joint à l'armée, l'é-
lisait au champ de Mars, en l'élevant sur un
bouclier? Et quand Louis XVI lui-même
voudrait descendre du trône, pour rétablir
le peuple dans ses anciens droits, ne se jet-
terait-il pas à ses pieds, pour le supplier de
ne pas le livrer aux fureurs des guerres civiles qui ont ensanglanté les premiers temps
de la monarchie, par l'élection de ses rois?

4

Le clergé voudrait-il revenir aux anciens temps où il prêcha l'Évangile dans les Gaules, comme les apôtres, pieds nus, vêtu d'une seule robe, et un bâton de voyageur à la main, devenu, par la munificence de ce même peuple, une crosse pontificale? Les nobles voudraient-ils voir renaître ces temps anciens, où ils se mettaient au service des grands pour avoir de la protection et du pain, toujours prêts à verser leur sang pour des querelles qui leur étaient étrangères? Qu'ils jugent de l'état de leurs ancêtres sous le régime féodal, par celui des nobles polonais de nos jours! Enfin, le parlement lui-même voudrait-il revenir à ces temps, qui ne sont pas bien anciens, où la plupart de ses membres n'étaient que les scribes et les gens d'affaires des grands, qui alors ne savaient pas même écrire, et s'en faisaient honneur?

L'homme faible cherche par-tout le repos. S'il manque de lois, il se repose de sa législation sur un législateur. S'il a besoin de lumières, il se repose de sa doctrine sur un docteur. Par-tout, il établit des bases pour reposer sa faiblesse; mais par-tout la nature les renverse, et le force, à son exemple, de se lever et de combattre. Elle-même n'a composé ce globe et ses habitants, que de contraires qui luttent sans cesse. Notre sol est formé de terre et d'eau ; notre température, de chaud et de froid ; notre jour, de lumière et de ténèbres ; l'existence des végétaux et des animaux, de leur jeunesse et de leur vieillesse, de leurs amours et de leurs guerres, de leur vie et de leur mort. L'équilibre des êtres n'est établi que sur leurs combats. Il n'y a de durable que leur écoulement, d'immuable que leur mobilité, de permanent que leur ensemble ; et la nature, qui varie à chaque instant leurs formes, n'a de lois constantes que celles de leur bonheur.

Pour nous, déjà si éloignés des antiques lois de la nature, par les lois mêmes de nos sociétés, où les anciens droits de l'homme sont méconnus, nos opinions, nos mœurs et nos usages varient d'année en année. Les siècles nous roulent et nous déforment sans cesse, en nous poussant vers l'avenir. Rappeler aux anciennes formes de son origine un peuple éclairé, puissant, immense, c'est

vouloir renfermer un chêne dans le gland
d'où il est sorti.

Comment donc nos rois voudraient-ils rappeler le peuple français à ses anciennes formes, c'est-à-dire, à ses anciennes erreurs et
à son ancienne ignorance ? N'est-ce pas à ce
qu'il a produit dans les derniers siècles, c'est-
à-dire, aux derniers fruits de son industrie,
que nos rois, qui buvaient jadis dans des cor-
nes d'élan, qui erraient çà et là dans les forêts
des Gaules, parcourant de temps en temps
leur capitale sans pavé, dans un chariot traîné
par des bœufs, doivent aujourd'hui les délices
de leurs châteaux et la magnificence de leurs
équipages ? N'est-ce pas par les leçons tardi-
ves de son expérience, qu'ils ne craignent
plus d'être détrônés par les maires de leurs
palais ? N'est-ce pas à ces leçons qu'ils doivent, ainsi que leurs descendants, leur permanence sur le trône, suivant des lois iné-
branlables comme l'amour de ce peuple éclairé ? O Henri IV ! que seraient devenus vos
droits attaqués par Rome, par l'Espagne, et
par des grands ambitieux de votre royaume,
sans l'amour de votre peuple, qui, malgré les

anciennes formes qu'on vous opposait à vous-
même, vous appelait à le délivrer de ses tyrans ? Comment le clergé, ministre d'une religion amie du genre humain, voudrait-il soumettre aux anciennes formes du druidisme,
le peuple français sous le règne de Louis XVI ?
C'est ce même peuple qui, se rangeant en
foule autour des premiers missionnaires des
Gaules, fit ployer ses chefs barbares sous le
joug du christianisme. Ce fut le peuple qui,
par le pouvoir tout-puissant de ses opinions,
éleva l'abbaye à l'opposite du château, et le
clocher à celui de la tour. Il opposa la crosse
à la lance, la cloche à la trompe, et les légendes des saints aux archives des barons ; monument contre monument, bronze contre
bronze, tradition contre tradition. Comment
les nobles de nos jours pourraient-ils regarder
le peuple comme flétri, de tout temps, par la
puissance féodale de leurs ancêtres, eux qui
comptent dans leur propre sein si peu de familles qui remontent au delà du 14e siècle ?
Mais, s'il était vrai que leurs ancêtres eussent
réduit jadis le peuple en servitude, comment
oseraient-ils, aujourd'hui, faire valoir leurs

4*

anciens priviléges auprès de ce même peuple, non pour l'avoir jadis défendu ou protégé, comme doivent faire les nobles de toute nation, mais pour l'avoir conquis et opprimé; non pour l'avoir servi, mais asservi; non comme les descendants de ses patriciens, mais de ses tyrans? Sont-ce là les titres qu'ont fait valoir auprès de lui les Bayard, les du Guesclin, les Crillon, les Montmorency, qui ont fait tant de prouesses pour obtenir de vivre dans sa mémoire jusqu'à nos jours? Que dis-je! nos nobles, si remplis aujourd'hui d'humanité et du véritable honneur, pourraient-ils, dans un siècle éclairé, mépriser cette foule d'hommes paisibles et bons qui s'occupent de leurs plaisirs, après avoir pourvu à tous leurs besoins, et du sein desquels sortent ces braves grenadiers qui, après leur avoir frayé le chemin des honneurs aux dépens de leur sang, retournent à leurs charrues, servir dans l'obscurité cette même patrie qui fait un partage si inégal de ses récompenses? Comment, enfin, le parlement pourrait-il réduire aux anciennes formes de la servitude, un peuple qui lui a donné en quelque sorte la puissance tribunitive, et du sein duquel il est sorti lui-même ?

Après tout, est-il bien vrai que le peuple français ait toujours été sous la tutelle féodale de ses chefs ? Quelques écrivains ont avancé qu'il était serf dans son origine. Mais, soit qu'on rapporte cette origine au temps des Gaulois, des Romains ou des Francs, qui sont les trois grandes époques de son histoire, on verra qu'il a toujours été libre.

Les Gaulois, qui firent sous Brennus une invasion en Italie, et brûlèrent la ville de Rome, ressemblaient beaucoup aux Sauvages de l'Amérique, qui certainement ne font pas la guerre avec des esclaves. L'esclavage ne s'établit que chez les peuples riches et policés, comme ceux de l'Asie, et il est le fruit de leur despotisme, qui est toujours proportionné à leurs richesses. Les peuples pauvres et sauvages sont toujours libres ; et quand ils font des prisonniers de guerre, ils les incorporent avec eux, à moins qu'ils ne les vendent, ne les mangent ou ne les sacrifient à leurs dieux. L'opulence fait des mêmes citoyens des despotes et des esclaves ; mais la

pauvreté les rend tous égaux. Nous en voyons
des exemples dans nos sociétés. Les domestiques d'un homme riche, et même ses amis
quand ils sont pauvres, se tiennent dans ses
antichambres, et ne paraissent qu'avec respect en sa présence ; mais les domestiques
de nos paysans sont familiers avec leurs maîtres, se mettent à table avec eux, et obtien-
nent même leurs filles en mariage.

Lorsque les Gaulois commencèrent à se civiliser et à chercher la fortune, ils se louaient
dans les armées romaines, comme des hommes libres. Je crois même que César remarque qu'il n'y avait point d'armées où on ne
trouvât des soldats gaulois. Nous voyons dans
Hérodote et Xénophon, que les Grecs, si
amoureux de leur liberté, se mettaient aux
gages même des rois de Perse, quoique ennemis naturels de leur patrie. Nous trouvons
des usages semblables chez les Suisses de nos
jours. Ces coutumes sont communes à tous
les peuples libres, et elles n'existent point
chez les peuples régis par le despotisme, ni
même par l'aristocratie. Vous ne verrez à la
solde d'aucune puissance de l'Europe, des

régiments formés de Russes, de Polonais ou de Vénitiens. A la vérité, la constitution politique des Gaules accordait plusieurs prérogatives injustes aux chefs des Gaulois et à leurs Druides, ainsi que l'a remarqué César ; et ce fut sans doute par ses défauts antipopulaires, qu'elle fut aisément renversée par celle des Romains. Ce qu'il y a de certain, c'est que les Gaulois adoptèrent des Romains, leur religion, leurs lois, leurs coutumes, et jusqu'à leurs habillements. Nous nous gouvernons en partie par le droit romain, et nos magistrats, ainsi que les professeurs de nos universités, portent encore la toge romaine. Notre langue française est dérivée de la langue latine. Ces révolutions ne sont point des effets naturels de la conquête et du pouvoir des peuples conquérants ; mais des preuves que les peuples conquis sont mécontents de leur ancienne constitution. Les Romains n'étaient jaloux que de la puissance ; ils étaient indifférents sur tout le reste. Les Grecs conservèrent sous leur empire, leur langue, leur religion, leurs lois et leurs mœurs, dont nous voyons encore des traces, même sous l'em-

pire des Turcs. Enfin, un peuple conquis reste
tellement attaché à sa constitution, quand il
la trouve bonne, qu'il y soumet quelquefois
le peuple conquérant. C'est ce que nous pouvons voir par l'exemple des Tartares, qui ont
toujours adopté les lois et les coutumes de la
Chine, après s'en être rendus maîtres. D'un
autre côté, ces révolutions morales ne se font
point chez des peuples esclaves. Il est très-
remarquable que les peuples occidentaux de
l'Asie n'ont rien adopté des Grecs ni des
Romains qui les ont subjugués, pas même le
langage. On ne parle ni latin ni grec en Asie.
Un peuple esclave tient à sa constitution par
l'esprit de servitude, comme un peuple libre
par le sentiment de la liberté ; mais celui-ci
en change lorsqu'il en est mécontent.

Quoi qu'il en soit, les Romains donnèrent
les droits de citoyens romains aux habitants
de plusieurs villes, et même de quelques
provinces des Gaules ; ce qu'ils n'auraient
pas fait si elles avaient été peuplées d'esclaves. Quantité de Romains s'établirent ensuite dans les Gaules. L'empereur Julien aimait le séjour de Paris, « à cause, disait-il,

» du caractère grave de ses habitants, qui se
» rapprochait du sien. » Le caractère parisien
a bien changé depuis, quoique le climat de
Paris soit resté le même. Mais ce n'est pas
le climat qui fait le caractère d'un peuple,
comme tant d'écrivains l'ont dit d'après
Montesquieu ; c'est la constitution politique.
Les Gaulois, simples et féroces sous les
Druides, furent sérieux sous les graves Romains, toujours gouvernés par la loi ; et
gais sous les Francs, amis de l'indépendance ;
parce que n'ayant jamais eu de bonne constitution, ils en changèrent à ces trois époques. Indépendamment de la gaieté des
Gaulois, qui ne date que des Francs, et qui
est une preuve morale de leur liberté, j'en
trouve une autre qui n'est pas moins forte,
en ce que les deux peuples n'ont plus porté
que le même nom ; ce qui n'arrive jamais
lorsque le peuple conquérant ne se confond
pas avec le peuple conquis : témoin, de nos
jours, les Turcs et les Grecs, les Mogols et
les peuples de l'Indoustan, les Espagnols et
les Indiens de l'Amérique et du Pérou, les
Anglais et les Indiens orientaux, les habitants

de nos colonies et les Nègres. Au contraire, les Tartares qui ont conquis la Chine, se sont confondus avec les Chinois, et ne forment plus avec eux qu'une seule nation, ainsi que les peuples du nord et de l'orient, qui, tels que les Vandales, les Goths, les Normands, etc., s'amalgamèrent avec les peuples de l'Europe, chez lesquels ils firent des invasions. D'ailleurs, il est prouvé par l'histoire que le peuple gaulois était libre sous la première race des rois francs, puisqu'il les élisait avec l'armée.

. Du temps de Charlemagne, il y avait quantité d'hommes libres en France. Aurait-ce été avec des esclaves, condamnés nécessairement à l'ignorance dans un siècle de barbarie, que ce grand prince aurait formé ses écoles, ses académies et ses cours de justice, dont les membres, d'un autre côté, ne pouvaient sortir de cette noblesse militaire, qui alors n'estimait que la gloire des armes. Une preuve évidente de l'existence de ces hommes libres, c'est que Charlemagne les convoque nommément à ses États généraux avec les barons et les évêques. Il y a plus;

c'est que dans l'assemblée de 806, où il partagea, quelques années avant sa mort, ses états entre ses trois enfants, par un testament confirmé par les seigneurs français et le pape Léon, « il laissa à ses peuples la »liberté de se choisir un maître, après la »mort des princes, pourvu qu'il fût du sang »royal ; » liberté que le président Hénault juge digne d'être remarquée.

A la vérité, une partie du peuple des campagnes fut asservie à la glèbe, par des chefs qui usurpèrent des droits qui ne leur appartenaient pas. Voici ce qu'en dit le président Hénault, dans ses Remarques particulières sur les rois de France de la seconde race :

« On peut distinguer les terres possédées »par les Francs, depuis leur entrée dans les »Gaules, en terres saliques et en bénéfices »militaires.

»Les terres saliques étaient celles qui leur »échurent par la conquête, et elles étaient »héréditaires. Les bénéfices militaires, insti- »tués par les Romains avant la conquête des »Francs, étaient un don du prince ; et ce

5

» don n'était qu'à vie : il a donné son nom aux
» bénéfices possédés par les ecclésiastiques.
» Les Gaulois, de leur côté, réunis sous la
» même dénomination, continuèrent de jouir,
» comme du temps des Romains, de leurs
» possessions en toute liberté, à l'exception
» des terres saliques dont les Français s'é-
» taient emparés, qui ne devaient pas être
» considérables, vu le petit nombre des
» Français et l'étendue de la monarchie. Les
» uns et les autres, quelle que fût leur nais-
» sance, avaient droit aux charges et aux gou-
» vernements, et étaient employés à la
» guerre, sous l'autorité du prince qui les
» gouvernait. La constitution du royaume de
» France est si excellente, qu'elle n'a jamais
» exclu et n'exclura jamais les citoyens nés
» dans le plus bas étage, des dignités les plus
» relevées. » Matharel, réponse au livre
d'Hotman, intitulé Franco-Gallia.

« Vers la fin de la seconde race, un nou-
» veau genre de possession s'établit sous le
» nom de fief. Les ducs ou gouverneurs des
» provinces, les comtes ou gouverneurs des
» villes, les officiers d'un ordre inférieur,

»profitant de l'affaiblissement de l'autorité
»royale, rendirent héréditaires dans leurs
»maisons, des titres que jusque-là ils n'a-
»vaient possédés qu'à vie; et, ayant usurpé
»également et les terres et la justice, s'éri-
»gèrent eux-mêmes en seigneurs proprié-
»taires des lieux dont ils n'étaient que les
»magistrats, soit militaires, soit civils,
»soit tous les deux ensemble. Par-là fut
»introduit un nouveau genre d'autorité
»dans l'état, auquel on donna le nom de
»suzeraineté; mot, dit Loiseau, qui est
»aussi étrange que cette espèce de seigneurie
»est absurde.

» La noblesse, ignorée en France jusqu'au
»temps des fiefs, commença avec cette nou-
»velle seigneurie; en sorte que ce fut la pos-
»session des terres qui fit les nobles, parce
»qu'elle leur donna des espèces de sujets
»nommés vassaux, qui s'en donnèrent à leur
»tour par des sous-inféodations; et ce droit
»des seigneurs fut tel, que les vassaux
»étaient obligés, dans de certains cas, de
»les suivre à la guerre contre le roi même.»

Ces faits sont si connus, qu'ils ont été ci-

tés dans un ouvrage publié en faveur de la
liberté du peuple, par un député même de
la noblesse du Vivarais aux États généraux
actuels. Je les ai rapportés pour faire deux
réflexions bien importantes : la première,
c'est que des hommes comblés des bienfaits
du roi, se constituant en corps aristocratique, ont pu obliger les sujets du roi de les
suivre à la guerre contre lui-même; la seconde, c'est que rien n'est si aisé et si commun pour des corps aristocratiques, que d'at-
tenter aux droits d'un peuple qui n'a point
de représentants auprès de son prince, et
aux intérêts d'un prince qui n'a point de liai-
son avec son peuple. Il n'est pas besoin pour
la France de recourir aux usurpations des
ducs, des comtes et de leurs subordonnés,
du temps de la seconde race de nos rois;
nous en avons vu de plus grandes de nos
jours. Les Gaulois, sous les Francs, leurs
vainqueurs, pouvaient parvenir aux premières dignités de l'état, quelle que fût leur
naissance; mais une ordonnance du département de la guerre a déclaré, le 22 mai
1781, sous un roi ami du peuple, qu'aucun

homme non noble ne pourrait devenir officier militaire; et a ôté ainsi à vingt-quatre
millions d'hommes, jusqu'à l'honneur d'être
lieutenant de milice.

Que devient donc aujourd'hui l'axiome de
Matharel sur l'excellence de notre constitution, « qui n'a jamais exclu et n'exclura ja-
»mais les citoyens nés dans le plus bas étage,
»des dignités les plus relevées ? » Cependant
aucun des corps qui se disent chargés du
maintien de notre ancienne constitution, et
qui veulent nous y rappeler, n'a réclamé
contre cette dernière injustice, parce qu'elle
n'intéressait que les anciens droits du peuple; et le peuple n'a jamais pu défendre ses
droits, parce qu'il n'a point de représentants
auprès de son prince.

Quoi qu'il en soit, quelle famille noble de
nos jours pourrait prouver sa descendance
des usurpateurs de la noblesse, sous la fin
de la seconde race de nos rois; et qu'en
pourrait-elle conclure contre la liberté du
peuple ? Une famille de princes nationaux du
temps des Gaulois, a pu être réduite à l'esclavage sous les Romains; et une famille

5*

d'esclaves sous les Romains, devenir noble
sous les Francs : car les peuples conquérants
ont souvent la politique, pour asservir les
peuples conquis, d'y abaisser ce qui est élevé, et d'y élever ce qui est abaissé. Quel
homme aujourd'hui pourrait prouver seulement qu'il descend des Gaulois, des Romains
ou des Francs ? Des spéculateurs en politique ont cru reconnaître les Gaulois dans
nos paysans, les Romains dans nos bourgeois,
et les Francs dans les nobles. Mais les Goths,
les Alains, les Normands, ne sont-ils pas
venus, par leurs incursions et leurs conquêtes, confondre encore ces trois ordres de citoyens ? Les Anglais n'en firent-ils pas autant,
lorsqu'ils s'emparèrent de la plus grande partie du royaume ? Après ces bouleversements
de la guerre, sont venus ceux du commerce.
Quantité d'Italiens, d'Espagnols, d'Allemands, d'Anglais, se sont établis chez nous, et
s'y établissent encore tous les jours. Toutes
ces nations se sont confondues, par des alliances, avec toutes les classes de nos citoyens, dont les races d'ailleurs se sont croi-
sées, depuis les plus illustres jusqu'aux plus

humbles, par des mariages de finance :
notre peuple est formé des ruines de tous ces
peuples, comme le sol qui produit nos
moissons est composé des débris des chênes
et des sapins de nos anciennes forêts. Il y a
peut-être tel misérable charretier, qui roule
toute l'année depuis le fond de l'Auvergne
jusqu'à Paris, et depuis Paris jusqu'au fond
de l'Auvergne, dont les aïeux donnèrent des
fêtes au peuple romain, et coururent dans
le cirque sur de superbes quadriges; et tel
pauvre enfant qui grimpe dans nos chemi-
nées pour les ramoner, descend peut-être
de ces fiers Gaulois qui mirent le feu à Rome,
et escaladèrent le Capitole. Nous tirons avec
empressement du sein de la terre, des urnes
mutilées, des inscriptions obscures, des
bronzes rongés de vert-de-gris, pour y chercher les noms de ces anciennes familles; mais
leurs descendants sont encore dans la vie,
et nous en offriraient les médailles vivantes,
si nous en savions déchiffrer les empreintes.
Une ville d'Italie se vante de les connaître;
et pendant que toute cette contrée fait un
commerce de ses monuments de pierre, Mi-

lan fournit, pour fort peu d'argent, des lettres
de noblesse et des armoiries antiques aux familles les plus obscures de l'Europe, sur
leurs simples noms. Mais à quoi sert cette
vanité? notre noblesse n'est pas moins que
notre peuple l'ouvrage du temps, qui dis-
sout et recompose toute chose avec les
mêmes éléments. Si les sables de la mer sont
des débris de ses rochers, ses rochers, à
leur tour, ne sont que des amalgames de ses
sables.

Non-seulement le peuple est composé dans
l'origine, des mêmes familles que son clergé
et sa noblesse; mais c'est lui qui est en particulier l'unique cause de la splendeur de ces
deux corps; c'est de son sein que sortent les
hommes chargés de leur éducation, et de
leur inspirer de l'honneur et de la vertu;
c'est lui qui est la principale source de la lumière, de l'industrie et de la puissance même
militaire; c'est lui seul qui fait fleurir l'a-
griculture et le commerce. Que dis-je? le
peuple est tout; il est le corps national, dont
les deux autres ordres ne sont que des membres accessoires; il peut exister sans eux, et

ils ne peuvent être sans lui. On n'a jamais vu
de nation formée uniquement de prêtres ou
de nobles ; mais il y a eu beaucoup de nations florissantes formées du simple peuple.
Les Romains ont subsisté long-temps sans
corps de clergé. Leurs magistrats étaient
leurs pontifes. La plupart des républiques
grecques, avec le même régime, n'avaient
point de corps de nobles ; et quoique quelques écrivains aient avancé que la noblesse
était le plus ferme appui des monarchies, il
est certain que la plus ancienne monarchie
qui soit au monde, la Chine, n'a jamais su
ce que c'était qu'un gentilhomme. Il n'y a de
noble à la Chine que la famille de Confucius ;
et sa noblesse est fondée, non sur ce que
Confucius asservit ses concitoyens par les
armes, par l'intrigue ou par l'argent, mais
sur ce qu'il les éclaira de ses lumières et de
ses vertus. Ses descendants, distingués par
quelques honneurs, n'ont d'ailleurs aucun
droit aux charges et dignités de l'empire, et
ils n'y parviennent, comme les autres sujets,
que par leur mérite personnel. Il n'y a point
de nobles dans les états despotiques de la

Turquie et de la Perse, où le pouvoir absolu de leurs monarques a besoin, cependant, d'hommes qui leur soient dévoués.

Au contraire, le peuple est tellement la base de la puissance publique, même dans les monarchies, que l'état est tombé, dès que le clergé et la noblesse ont séparé leurs intérêts des siens : c'est ce que prouve le bas Empire des Grecs, où ces deux ordres s'étant emparés de tout, sous des princes faibles, le peuple, sans patriotisme et sans propriétés, laissa les Turcs renverser le trône. On en voit aujourd'hui un exemple semblable dans le Mogol, où le peuple, séparé de ses brames et de ses naïres, voit avec indifférence des poignées d'Européens s'emparer de son gouvernement et de son pays. Nous devons nous rappeler nous-mêmes, ou plutôt nous devons oublier à jamais quels ont été les auteurs de tant de guerres civiles, qui ont désolé pendant si long-temps notre monarchie, et qui s'efforcèrent de la renverser, en y appelant même les étrangers : certainement ce ne fut pas le peuple. Mais rien n'est plus frappant à cet égard que ce qui s'est

passé de nos jours en Pologne. D'abord la
noblesse aristocratique de ce pays a éprouvé,
dans tous les temps, une suite perpétuelle
d'infortunes, uniquement pour s'être séparée
de son peuple ; et si elle fit autrefois quelques
conquêtes sur les Russes, les Prussiens et
les peuples de l'Autriche, c'est que leur régime féodal était alors plus mauvais que celui de la Pologne. Mais lorsque la noblesse
de chacune de ces nations a été forcée de se
rapprocher de son peuple, non en l'élevant
à elle par des lois équitables, mais en des-
cendant vers lui par le poids du gouvernement despotique, qui rend tous les sujets
égaux, elle a formé avec lui un ensemble
national, auquel la noblesse polonaise, li-
vrée à elle seule, n'a pu résister. Celle-ci
donc a vu, il y a quelques années, sa monarchie partagée par les trois puissances
voisines, qui n'ont employé contre ses
diètes patriciennes qu'un bien petit nombre
de régiments plébéiens ; et malgré les circonstances favorables où elle se trouve aujourd'hui, par la guerre des Turcs qui em-
barrasse la Russie et l'Autriche, et par la

faveur particulière du roi de Prusse, elle fait de vains efforts pour recouvrer son indépendance, parce qu'elle n'appelle point son peuple à la liberté.

Le peuple est donc tout, même dans les monarchies. « Les peuples ne sont pas faits »pour les rois, mais les rois sont faits pour »les peuples,» a dit Fénelon, d'après les lois de la justice universelle; à plus forte raison le clergé et la noblesse. C'est au peuple que tout doit se rapporter, prêtres, nobles, officiers, soldats, magistrats, ministres, rois; comme les pieds, les mains, la tête, et tous les sens se rapportent au tronc dans le corps humain. Le bonheur du peuple est la loi suprême, ont dit les anciens : *Salus populi*, *suprema lex esto.*

Depuis les trois seigneurs persans, Othanès, Mégabise et Darius, qui réduisirent à l'état démocratique, aristocratique et monarchique, les formes de gouvernement que chacun d'eux voulait donner à la Perse, on a souvent agité quelle était la meilleure des trois; comme s'il était impossible qu'il y en eût d'autres. Pour moi, considérant combien, depuis ce temps-là, il y a eu dans tous les pays de différentes sortes de gouvernements, qui ne sont point compris dans cette division, je crois qu'une nation peut exister sous toutes sortes de formes, pourvu que le peuple y soit heureux ; comme un homme peut vivre par-tout de toutes sortes de régimes, pourvu que son corps se porte bien.

En effet, les mœurs des nations ne sont pas moins variées que celles des particuliers. Il y a des peuples qui vivent errants dans les déserts, comme les Arabes et les Tartares ; et d'autres qui ne sortent point de leur pays, comme les Chinois : il y en a qui se répandent chez toutes les nations, comme les Juifs et les Arméniens ; et d'autres ne communiquent avec aucun étranger, comme les Japonais ; d'autres se rassemblent en nombre infini dans des villes, comme les peuples policés ; et d'autres se dispersent en familles solitaires et vivent dans des hippas, comme les insulaires de la Nouvelle-Zélande.

Les gouvernements des hommes ne sont pas moins différents que leurs mœurs. A commencer par l'état monarchique, s'il y a

6

quantité de pays régis par un seul roi, il en
a existé de très-florissants où il y en a eu deux
à-la-fois, comme à Lacédémone : je crois
même qu'il ne serait pas impossible d'en
trouver qui aient été bien gouvernés par des
triumvirs. Quant à la nature des monarchies,
il y en a d'héréditaires par les mâles, du
père au fils, comme la nôtre ; d'autres le sont
par les femmes, de l'oncle au neveu, comme
en certains royaumes d'Afrique et d'Asie ;
dans d'autres, le souverain peut choisir son
successeur dans sa famille, comme en Turquie, à la Chine et en Russie ; d'autres sont
électives dans un corps de nobles, par les
nobles seuls, comme en Pologne ; d'autres
sont balancées par un sénat de prêtres, comme
chez les Juifs, ou par un corps de soldats,
comme à Alger. Quant aux aristocraties, il y
en a qui ont choisi leurs chefs dans un corps
de religieux nobles et guerriers, comme à
Malte ; d'autres dans un corps d'esclaves-
soldats, comme les douze beys de l'Égypte
choisis parmi les mamelucks ; d'autres dans
un sénat de nobles légistes, comme à Gènes
et à Venise. Quant aux démocraties, elles

élisent leurs chefs dans un corps de marchands, comme la Hollande; ou de laboureurs, comme la Suisse; ou dans des étrangers qui passent, comme la petite république de Saint-Marin. D'autres ont été mêlées d'aristocratie et de démocratie, comme la république romaine; d'autres des trois gouvernements à-la-fois, comme l'Angleterre.

J'observe que tous ces gouvernements ont eu également des origines faibles; que ceux qui n'ont pas pris d'accroissement, ou qui l'ont perdu après l'avoir acquis, n'ont eu pour but que la puissance d'un seul corps; tels ont été ceux de Pologne, de Gênes, de Venise, de Malte, qui ont sacrifié les intérêts de leur peuple à ceux de leur noblesse. Je remarque, au contraire, que ceux qui ont prospéré, sont ceux qui ont eu pour unique objet la puissance ou le bonheur du peuple: ainsi Lacédémone donna des lois à la Grèce et à une partie de l'Asie. Elle en eût donné, comme Rome, à l'univers, si elle eût compris dans ses citoyens les ilotes, ses cultivateurs. C'est par l'influence du peuple que la Turquie est devenue célèbre par ses conquêtes, la Chine par sa durée, la Hollande par son commerce, l'Angleterre par sa puissance maritime et ses lumières, la Suisse plus heureuse par sa liberté et son repos.

Je remarque encore deux choses bien importantes à la prospérité des peuples. 1° C'est que tous ceux qui ont fleuri ont été gouvernés par deux puissances opposées, et que ceux qui sont tombés en ruines n'ont été régis que par une seule ; parce que la nature ne forme d'harmonies que par des contraires. 2° C'est qu'il n'y a aucun gouvernement, de quelque nature que ce soit, qui n'ait eu un chef, sous le nom de doge, de bey, de roi, de pape, de sultan, d'émir, de daïri, d'empereur, de stathouder, de grand-maître, de consul, d'avoyer, etc., parce que toute société a besoin d'un modérateur.

A Lacédémone, le pouvoir des éphores était opposé à celui des deux rois : sans ce contre-poids, les deux rois se seraient détruits eux-mêmes par la jalousie du gouvernement, comme il arriva dans la décadence de l'empire romain, où deux empereurs à-la-fois sur le trône en accélérèrent la ruine.

Chez les Chinois, le souverain n'est despotique que par la loi de l'empire qu'il fait exécuter ; mais sa volonté particulière est tellement balancée et circonscrite par les tribunaux conservateurs des anciens rites, qu'il ne peut changer sans leur aveu la moindre coutume, pas même la forme d'un habit. D'un autre côté, le respect de ces tribunaux est inspiré au peuple dès la plus tendre enfance, avec une telle religion, que chacun d'eux pourrait se rendre maître de l'empire, s'ils ne se balançaient les uns les autres, et si l'empereur n'en était le modérateur. Il en est à-peu-près de même chez les Turcs, où la puissance du mufti balance toujours celle du sultan : aucun ordre militaire, aucune sentence de mort ne peut être promulguée par le sultan, sans un fetfa religieux ou permission du mufti.

Chez les Romains, la puissance des tribuns était opposée à celle des consuls : mais comme ces deux puissances, qui représentaient, l'une celle du peuple, l'autre celle de la noblesse, n'avaient point de modérateur qui tînt l'équilibre entre elles, elles agitèrent

6*

sans cesse l'état par leurs luttes. Les Romains avaient si bien senti le besoin d'un modérateur dès les premiers temps de leur république, qué dans les temps de crise ils créaient un dictateur. Le dictateur était un despote d'un moment, qui rétablissait toutes choses dans l'ordre. Il sauva plusieurs fois la république, quand il ne fut question que de guerres étrangères, mais il la perdit dans les guerres civiles. En effet, on ne pouvait le choisir que dans une des deux puissances contraires, et on achevait alors de détruire entre elles l'équilibre, au lieu de le rétablir. C'est ce qui arriva dans les horribles proscriptions de Sylla et de Marius. Sylla, chef du parti de la noblesse, resta tout-puissant par la dictature. Montesquieu le loue de l'avoir abdiquée, comme d'un grand effort de courage ; il le représente confondu dans la foule comme un simple particulier, laissant chaque citoyen le maître de lui redemander justice du sang qu'il avait répandu. Comme le jugement de Montesquieu est d'un grand poids, je prendrai la liberté de le réfuter, parce qu'il renferme une grande erreur. On ne saurait être trop en garde contre l'autorité des noms. Sylla n'abdiqua point par grandeur, mais par faiblesse, pour ne pas offrir en sa personne un centre unique à la vengeance publique. A qui un citoyen romain se serait-il adressé pour avoir justice de Sylla redevenu simple particulier ? Le sénat, les consuls, les tribuns, les soldats, tous les magistrats de Rome n'étaient-ils pas des créatures de Sylla, complices de ses proscriptions, et intéressés à en arrêter les poursuites ? Que dis-je ? Sylla, simple particulier, exerça sa tyrannie jusqu'au moment de sa mort; et la preuve en est dans son histoire. « Le jour de devant qu'il trépassât, étant averti que Granius, qui devait de l'argent à la chose publique, différait de payer, attendant sa mort, il l'envoya quérir, et le fit venir en sa chambre, là où, sitôt qu'il fut venu, il le fit environner par ses ministres, et leur commanda de l'étrangler devant lui; mais à force de crier après lui et de se tourmenter, il fit crever l'aposthume qu'il avait dedans le corps, et rendit grande quantité de sang; au moyen

» de quoi lui étant toute force faillie, il passa
» la nuit en grande agonie, et puis mourut. * »
Qui aurait donc osé demander des comptes
à Sylla, qui en faisait rendre de si rigoureux
le dernier jour de sa vie? Enfin son crédit
était encore si grand, même après sa mort,
que les dames romaines firent, afin d'honorer ses funérailles, des dépenses qu'elles
n'ont jamais faites, avant ni après lui, pour
aucun Romain. « Entre autres choses, ajoute
» Plutarque, elles y contribuèrent si grande
» quantité de senteur et de drogues odorifé-
» rantes à faire parfums, qu'outre celles qui
» furent portées en deux cent dix mannes,
» on en forma une fort grande image à la sem-
» blance de Sylla même, et une autre d'un
» massier portant les haches devant lui, toutes
» faites d'encens fort exquis et de cinna-
» mome. »

Ainsi le pouvoir du peuple fut opprimé par
celui de la noblesse, fortifié par Sylla de celui
de la dictature. Mais lorsque César, revêtu
de la même dictature, se fut rangé du côté

---

* Voyez Plutarque.

du peuple, alors le parti de la noblesse fut opprimé à son tour. Enfin, lorsque les empereurs ses successeurs, au lieu d'être modérateurs de l'empire, eurent réuni en leur personne la puissance consulaire et tribunitive, l'empire tomba; parce que les deux puissances qui se balançaient, fixées à leur centre, ne lui donnaient plus de mouvement. C'est ainsi que les fonctions du corps humain sont paralysées, lorsque le sang, au lieu de circuler dans les membres, s'arrête à la région du cœur.

Nous sommes donc dans une grande erreur, lorsque nous voulons, par le sentiment de notre faiblesse, donner des bases immuables à un gouvernement qui se meut toujours. La nature ne tire des harmonies constantes que des puissances mobiles. Le type des sociétés, comme celui de la justice, peut se représenter par une balance dont le service ne gît que dans le contre-poids de ses deux fléaux : le repos des corps en mouvement est dans leur équilibre.

Je conclus donc que tout gouvernement est florissant et durable, lorsqu'il est formé

de deux puissances qui se balancent, qu'il a
un chef qui en est le modérateur, et qu'il a
pour centre le bonheur du peuple. Voilà, à
mon avis, les seuls moyens et la seule fin qui
font prospérer et durer les états, soit qu'ils
soient monarchiques, aristocratiques ou républicains : or, c'est ce que prouve l'histoire de tous les pays; car il ne suffit pas de
citer dans un pays quelques années brillantes,
pour justifier des principes de politique jetés
au hasard, comme ont fait plusieurs écrivains; il faut voir fleurir et durer long-temps
tout un état, pour juger de la bonté de sa
constitution, comme on juge de celle d'un
homme, non par quelque tour de force, mais
par une santé égale et bien soutenue.

On pourra m'objecter quelques sociétés
d'hommes, vivant suivant les lois de la nature, qui ont subsisté sans ces luttes inté-
rieures et sans chef, se portant au bien de
leur état, comme des abeilles aux travaux de
leur ruche, par le sentiment de leur bonheur
commun. Mais si leurs contre-poids politiques n'étaient pas dans leur société, ils
étaient au dehors. Je doute même que les

abeilles, dont l'instinct est si sage, prissent tant de soin d'amasser des provisions, de les placer dans le tronc des arbres, de s'y bâtir des maisons de cire, et d'y vivre rassemblées, si elles n'avaient à lutter contre les vents, les pluies, les hivers et plusieurs autres sortes d'ennemis : les guerres du dehors assurent leur concorde au dedans. Ce qu'il y a de très-remarquable, c'est que chaque ruche a un modérateur dans sa reine. Il en est de même des habitations des fourmis, et, je crois, de toutes celles des animaux qui vivent en république. Heureuses les sociétés des hommes, si elles n'avaient de même à combattre que les obstacles de la nature ! leurs jouissances s'étendraient par toute la terre, dont ils sont destinés à recueillir les productions ; le genre humain ne formerait qu'une famille, dont chaque individu n'aurait besoin d'autre modérateur que Dieu et la conscience. Mais, dans nos états mal constitués, tous les biens se trouvent accumulés sur un petit nombre de citoyens : ainsi, ne pouvant les demander à la nature, nous sommes obligés de les disputer aux hommes, et de tourner nos forces contre nous-mêmes.

Ces principes posés, je trouve notre gouvernement français constitué comme tous
ceux qui, dès leur origine, se sont écartés
des lois de la nature. Il est divisé en deux
puissances qui se balancent mutuellement.
L'une est formée de l'ordre du clergé et de
celui de la noblesse, qui, depuis plusieurs
siècles, ont réuni leurs intérêts; l'autre, de
l'ordre du peuple, qui commence à s'éclairer sur les siens. Mais il s'en faut bien que
l'équilibre soit entre elles. A la vérité, quelques-uns de nos rois ont tâché de le former,
en donnant au peuple quelque pondération,
par l'établissement des communes, des offices municipaux et des parlements; mais les
membres de ces corps tendant la plupart vers
les priviléges de la noblesse et les bénéfices
du clergé, les intérêts du peuple sont restés
sans défenseur. Il n'y a que quelques écrivains isolés, qui, s'occupant de ceux des
hommes, ont été les seuls représentants du
peuple, et lui ont donné des tribuns secrets
jusque dans la conscience des grands. Cependant le roi est aussi intéressé que le peu-

le à l'équilibre politique, puisqu'il en est le modérateur, et qu'une des puissances qui doivent être balancées ne peut surpasser l'autre, sans qu'il se trouve lui-même hors de mesure et dans l'impuissance d'en faire mouvoir aucune.

Non-seulement tous les membres du corps politique doivent être en équilibre pour l'intérêt du peuple, mais ils doivent rapporter à lui seul leurs intérêts particuliers. Or, le clergé et la noblesse sont précisément le contraire de ce qu'ils devraient être, et de ce qu'ils ont été dans leur origine ; car ils sont réunis entre eux par des intérêts particuliers et séparés de la cause populaire.

Lorsque le roi, le clergé et la noblesse d'un état font corps avec le peuple, ils ressemblent aux branches d'un grand arbre qui, malgré les tempêtes, sont ramenées dans leur équilibre par le tronc qui les porte et les réunit. Mais, lorsque ces puissances ont des centres différents du peuple, elles sont semblables à ces arbres qui croissent par hasard au haut d'une vieille tour : ils en décorent quelque temps les créneaux ; mais avec les

siècles, leurs racines se glissent entre les assises des pierres, en séparent les jointures,
et finissent par renverser le monument qui
les a portés.

Le roi, le clergé et la noblesse ont un rapport si nécessaire avec le peuple, que ce n'est
que par lui qu'ils ont eux-mêmes des rapports communs entre eux. Sans le peuple,
ils seraient divisés d'intérêts comme de fonctions. Ils sont semblables aux branches d'un
arbre qui tendent toutes à la divergence, et
n'ont de réunion entre elles que par le tronc
qui les rassemble. Quoique cette comparaison soit bien propre à faire sentir les liaisons
populaires auxquelles je voudrais amener
nos puissances politiques, puisque ces liaisons n'existent pas encore parmi nous, et
qu'il faut différencier en corps qui ont des
centres séparés les membres d'un même
tout, je me servirai d'une image plus propre
à rendre l'ensemble actuel de nos États généraux, et à flatter les prétentions des ordres
supérieurs. Je considère donc le roi comme
le soleil, dont l'emblème est celui de ses
glorieux ancêtres; le clergé et la noblesse,

comme deux corps planétaires qui tournent autour du soleil, en réfléchissant sa lumière; et le peuple, comme le globe obscur de la terre que nous foulons aux pieds, mais qui cependant nous porte et nous nourrit. Que les puissances de la nation se considèrent donc comme des puissances du ciel, ainsi que d'ailleurs elles le prétendent; mais qu'elles se rappellent en même temps que, malgré le privilége qu'elles ont d'avoir leur sphère particulière et d'avoisiner celle du soleil, elles n'en sont pas moins ordonnées à la sphère du peuple, puisque le soleil lui-même, avec toute sa splendeur, n'existe dans les cieux que pour les harmonies de la terre et de ses plus petites plantes.

Je ferai donc des vœux pour l'harmonie des quatre ordres qui composent aujourd'hui la nation, et je commencerai par celui qui en est le premier mobile.

VOEUX

POUR LE ROI.

Plusieurs écrivains célèbres considèrent le pouvoir national dans la monarchie, comme divisé en deux; en pouvoir législateur, et en pouvoir exécuteur : ils en attribuent le premier à la nation, et le second au roi.

Cette division me paraît insuffisante, parce qu'il y manque un troisième pouvoir, nécessaire à tout bon gouvernement, le pouvoir modérateur, qui appartient essentiellement au roi dans la monarchie. Le roi n'y est pas seulement un simple commis de la nation, un doge ou un stathouder; c'est un monarque chargé de diriger ses opérations. Le clergé, la noblesse, et même le peuple, ne voient et ne régissent, chacun en particulier, que des parties détachées de la monarchie, dont il ne sont que des membres; le roi en est le cœur, et peut seul en connaître et faire mouvoir l'ensemble. Les trois corps de la monarchie réagissent sans cesse les uns contre les autres, en sorte que, livrés à eux-mêmes, il arriverait bientôt qu'un d'entre eux opprimerait les deux autres, ou en serait opprimé, sans que le roi, qui n'aurait que le pouvoir exécuteur, pût faire autre chose que d'être l'agent du parti le plus fort, c'est-à-dire de l'oppression. Il faut donc que le roi ait encore le pouvoir modérateur, c'est-à-dire, celui non-seulement de maintenir l'équilibre entre ces corps, mais de réunir leurs forces au dehors contre les puissances étrangères, dont lui seul est à portée de connaître les entreprises. C'est le pouvoir modérateur qui constitue le monarque.

Les écrivains dont j'ai parlé ont entrevu la nécessité de ce pouvoir dans le roi, et ils ont agité s'il devait consister dans un simple *veto*, comme en Angleterre, ou dans un certain nombre de voix délibératives, qui lui seraient réservées comme prérogative royale.

Le *veto* est un pouvoir d'inertie, capable

7*

tants du peuple dans les assemblées nationales.
Alors le levier plébéien devenant plus long, le
prince n'aura besoin que de peu d'efforts pour
le faire pencher; et le pouvoir modérateur deviendra dans la monarchie ce qu'est le poids
courant le long du grand levier dans la balance
romaine. Ce n'est que par le nombre de ses
voix que le peuple, à Rome, balançait la pondération des voix des sénateurs. Dans le parlement d'Angleterre, le nombre des membres
de la chambre haute ne monte qu'à 245, tandis que celui des membres de la chambre des
communes est de 540, c'est-à-dire, de plus
du double. Sans une proportion équivalente,
jamais le côté plébéien ne pourra se mettre en
équilibre, que lorsque les six cents voix qui
le composent seront appuyées par les voix des
vingt-quatre millions d'hommes qu'ils repré-
sentent : alors, quoique son bassin soit léger,
son bras devenant infiniment long, sa réaction deviendra infiniment puissante. Ce moment de révolution sera celui où il conviendra
dra au roi de reprendre son pouvoir modérateur pour rétablir la balance monarchique.

Alors l'influence royale sera semblable à

celle du soleil, qui balance dans les cieux les globes qui tournent autour de lui.

J'ai désiré plus d'une fois que le roi parcourût, tous les ans, ses états d'une extrémité à l'autre, comme le soleil visite tour-à-tour, chaque année, les deux pôles de la terre. Mes vœux semblent prêts à s'accomplir. A la vérité, le mouvement sera différent, mais l'effet sera le même. Ce ne sera point le roi qui ira vers le peuple; ce sera le peuple qui ira vers le roi. Ce système de politique est simplifié, comme celui de notre astronomie, où l'on suppose, avec beaucoup de vraisemblance, que ce n'est pas le soleil qui tourne autour de la terre, mais la terre qui tourne sur elle-même autour du soleil, et lui montre tour-à-tour ses pôles glacés.

Cet ordre me semble encore plus convenable aux fonctions d'un roi, qui, après tout, n'est qu'un homme, et qui doit non-seulement répandre ses lumières sur son peuple, mais qui a besoin à son tour d'en recevoir de lui. Ainsi le roi saura, par l'assemblée nationale, ce qui se passe dans les assemblées provinciales; par les assemblées provinciales, dans

les assemblées des villes; et par celles des
villes, dans celles des villages.

Les hommes, comme les affaires, circule-
ront sous ses yeux; car le moindre paysan
pourra être député de l'assemblée de son village à celle de la ville de son district, de
celle de cette ville à celle de sa province, et
de celle de sa province à l'assemblée nationale. Ainsi, par ces périodes, les députés de
l'assemblée nationale pourront montrer successivement au roi tous ses sujets, comme la
terre présente au soleil toutes les parties de
sa circonférence.

Je suppose ici que les assemblées des villages, des villes et des provinces, auront lieu
dans tout le royaume, qu'elles seront à-la-
fois permanentes et périodiques, c'est-à-dire,
qu'elles se renouvelleront chaque année dans
un tiers de leurs membres, et qu'il en sera
de même de l'assemblée nationale, qui doit
être le centre de toutes ces assemblées; car
il doit y avoir de l'harmonie dans toutes les
parties de l'état. Accorder la permanence aux
assemblées des villages, des villes et des provinces, et la refuser à l'assemblée nationale,

c'est, dans une montre, où les petites, les moyennes et les grandes roues sont en mouvement, ôter le grand ressort.

Il résultera de la permanence de l'assemblée nationale, qu'aucun corps aristocratique ne pourra se mettre désormais entre le roi et la nation ; et de la périodicité de ses membres, qu'elle ne pourra elle-même se changer en corps aristocratique. Comme le roi a de droit le pouvoir exécuteur, il n'y pourra passer aucune loi qui ne soit revêtue de sa sanction ; et comme il a aussi le pouvoir modérateur, cette assemblée étant formée de deux puissances dont les intérêts sont opposés, il aura toujours le pouvoir d'y maintenir l'équilibre. Elle ne peut donc, ni par ses opérations, ni par sa durée, porter aucun ombrage à l'autorité royale.

Il y a plus, c'est qu'elle seule peut faciliter les opérations d'un bon gouvernement ; et c'est par elle seule que les intérêts du roi et du peuple, qui sont les mêmes, se trouveront réunis. Le roi, en donnant aux députés des communes le pouvoir de défendre les intérêts du peuple, leur donne en même temps celui

de défendre les intérêts de la royauté, qui ne
sont que la prospérité même du peuple; et
s'il arrivait, comme par le passé, du désordre dans l'administration, le peuple ne pourrait en accuser le roi, qui lui donne le pouvoir perpétuel d'y veiller et de lui en proposer les remèdes.

Puisse cet ordre si simple, si naturel et si
juste, être admis dans tous les gouvernements
du monde, pour le bonheur des nations et de
leurs princes! Les goûts, les mœurs, les modes, les discordes et les guerres se communiquent d'un royaume à l'autre; pourquoi
n'en serait-il pas de même de la concorde et
des bonnes lois? Puisse donc Louis XVI en
recevoir à jamais la louange qui lui en sera
due par son propre peuple! Puisse-t-il l'obtenir de la reconnaissance de toutes les nations, et remplir la devise glorieuse qu'il tient
de ses ancêtres, mais que lui seul aura mé-
ritée, un soleil éclairant plusieurs mondes,
avec ces mots: « Il suffit à tous, » *Nec plu-
ribus impar!*

VOEUX

POUR LE CLERGÉ.

———

IL serait bien à souhaiter que le clergé n'eût jamais séparé ses intérêts de ceux du peuple. Quelque riche que soit le clergé d'un état, la ruine du peuple entraîne bientôt la sienne. C'est ce que prouve l'exemple des Grecs de Constantinople, dont les patriarches se mê-laient des fonctions des empereurs, et les empereurs de celles des patriarches. Le peu-ple, épuisé par son clergé et par ses princes, qui s'étaient emparés de toutes ses propriétés, même en opinions, resta sans patriotisme : que dis-je? on l'entendait crier, pendant le siége où les Turcs s'emparèrent de Constan-tinople : « Nous aimons mieux voir ici des turbans qu'un chapeau de cardinal. » J'ob-serverai ici que la religion d'un état n'est pas

8

toujours son plus ferme soutien, comme on
l'a tant de fois avancé ; car l'empire grec de
Constantinople est tombé, et sa religion est
restée. Il en est arrivé de même au royaume
de Jérusalem. D'un autre côté, beaucoup de
religions ont changé dans différents états dont
les gouvernements n'ont pas cessé de subsister : telles ont été les anciennes religions de
plusieurs royaumes de l'Europe, de l'Asie et
de l'Afrique, auxquelles ont succédé les religions chrétienne et musulmane, sans que
plusieurs de ces états aient changé même de
dynastie. Le bonheur du peuple est la seule
base inébranlable du bonheur des empires ;
il l'est aussi de celui de son clergé. Le clergé
grec de Constantinople est réduit, sous les
Turcs, à vivre d'aumônes, dans les mêmes
lieux où il fit élever, sous ses princes nationaux, de superbes temples, où triomphe aujourd'hui une religion ennemie. Un clergé
ambitieux appauvrit son peuple, et un peuple pauvre rend tôt ou tard son clergé misérable.

Non-seulement le clergé est lié au peuple
par ses intérêts, mais par ses devoirs. Il est

l'avocat naturel des malheureux, et obligé de les secourir de son superflu. La plupart de ses biens lui ont été légués à ces conditions. J'aurais donc souhaité que les chefs du clergé eussent été à la tête de leurs troupeaux pour en défendre les intérêts, comme dans les anciens temps de notre monarchie, où les peuples eux-mêmes élisaient leurs pasteurs dans cette intention. Mais puisque ces anciennes formes si respectables ont changé, même dans un corps si attentif à les conserver, je désire au moins que le clergé se pénètre dans l'assemblée nationale, des maximes évangéliques qu'il annonce dans les églises. Je ne parle pas du denier payé à César par saint Pierre, de l'ordre même de Jésus ; car j'observerai à cette occasion, d'après la question même que Jésus fit à saint Pierre, que ce n'étaient pas, chez les Romains, les citoyens qui payaient les impôts, mais les étrangers. En effet, on voit par l'histoire, que le peuple romain, loin de payer des impositions, était souvent nourri par des distributions de blé, et par les tributs des provinces conquises. Chez les Turcs, le carache ou tri-

but ne se paie que par les Grecs. Cet usage
me semble assez général en Asie. Jésus paraît l'étendre à tous les royaumes du monde,
comme fondé sur la justice naturelle. Peut-
être au fond n'était-il question que des impositions personnelles, et non des impositions territoriales. Quoi qu'il en soit, comme,
d'abus en abus, le régime fiscal a succédé
parmi nous au régime féodal, il est impossible maintenant de subvenir aux besoins de
l'état, sans les contributions de tous ses membres. La plus grande partie de notre clergé a
sacrifié à cet égard ses anciennes prérogatives
d'une manière généreuse : cependant l'intérêt de la vérité m'oblige encore à dire qu'il a
fait aussi en cela un acte de justice, puisque
beaucoup de biens lui ont été donnés autrefois par l'état, ainsi qu'à la noblesse, à la
charge même du service militaire.

Mais le peuple lui demande aujourd'hui
d'autres contributions, pour beaucoup de
biens qui lui ont été légués par des particuliers, à la charge du service encore plus sa-
cré des malheureux. On peut sans doute y
comprendre beaucoup de riches commande-

ries religieuses, destinées jadis au service des lépreux et des hôpitaux. Que le clergé se pénètre donc de cette loi naturelle, la base et la fin de l'Évangile; de cette loi qui est la source de toutes les vertus, de la justice, de la charité, de l'humanité, du patriotisme, de la concorde, de la bienséance, de la politesse, et de tout ce qui se fait d'aimable, même parmi les gens du monde : « Ne faites » pas à autrui ce que vous ne voudriez pas » qu'on vous fît. » Qu'il considère que ce peuple, qui l'a autrefois si richement doté, succombe aujourd'hui sous le poids des impôts; que les vices contre lesquels il prêche depuis si long-temps, ne sont point inspirés à l'homme par la nature, mais qu'ils sont des résultats nécessaires de nos institutions politiques; qu'ils naissent de l'opulence extrême d'un petit nombre de citoyens qui se sont tout approprié, et de l'indigence absolue d'un très-grand nombre d'autres qui n'ont plus rien; que d'une part, l'opulence produit les voluptueux, les avares, les monopoleurs, les ambitieux qui seuls causent tant de maux; et que de l'autre, l'indigence oblige les filles

8*

de se prostituer, les mères d'exposer leurs enfants, et qu'elle fait les séditieux, les voleurs, les charlatans, les superstitieux, et cette foule de misérables qui, dépouillés de tout par les premiers, sont forcés de chercher à vivre à leurs dépens.

Je souhaite donc que le clergé vienne au secours des malheureux, et pourvoie d'abord au besoin de ses propres membres, en sorte qu'il n'y ait pas un seul ecclésiastique qui n'ait décemment de quoi vivre. Un simple vicaire de village ne doit pas manquer du nécessaire, dès que les évêques ont du superflu. Ainsi il me semble juste que l'assemblée nationale emploie les revenus des riches abbayes, fondées autrefois par la nation, en distributions faites dans tout le royaume, par les assemblées provinciales, aux indigents de tous pays et de toute communion, au connu et à l'inconnu, à l'exemple de l'homme de Samarie; parce que la charité de l'Évangile doit s'étendre à toutes les religions, et l'hospitalité française à tous les peuples.

Il est nécessaire que le clergé abolisse dans son sein ces étranges et honteux établissements que n'ont jamais connus les Grecs, ni les Romains, ni les Barbares, je veux dire les couvents qui servent en France de maisons de force et de correction. Ces lieux de douleur, où des moines se chargent, pour de l'argent, des vengeances de l'état et des familles, sont répartis en grand nombre dans tout le royaume, et ils sont si odieux, qu'ils ont flétri même les noms des saints qu'on a osé leur donner pour patrons. Il y en a où l'on voit des cages de fer, invention du cruel Louis XI. La plupart ont des réputations si infamantes par leurs punitions, qu'un jeune homme ou une jeune fille y sont plus déshonorés que s'ils avaient été enfermés dans des prisons publiques. Ainsi des religieux et des religieuses ne rougissent pas de faire les viles fonctions de geôliers et de bourreaux, pour se former des revenus considérables ! N'est-il pas bien étrange que des personnes consacrées à Dieu, qui prêchent par état l'humanité, la consolation et le pardon des injures, se soient faites les agents de la cruauté, de l'infamie et de la vengeance, pour acquérir des richesses ; et que, d'un autre côté, les peuples aient vu s'élever ces maisons plus cruelles et plus déshonorantes que la Bastille, sans apercevoir la contradiction qu'il y avait entre la doctrine et la conduite de ceux qui les établissaient ? C'est à l'état, et non à des religieux, à punir ceux qui troublent l'état.

Je désire encore que le clergé, ayant contribué par son superflu à détruire l'indigence, source de tant de vices particuliers, combatte par son éloquence l'ambition, cette autre source des vices privés et publics; qu'il en proscrive les premières leçons dans nos écoles, où elle s'est introduite sous le nom d'émulation, et arme dès l'enfance les citoyens les uns contre les autres , en inspirant à chaque enfant d'être le premier; que les prédicateurs de l'Évangile sévissent, au nom de Dieu, contre l'ambition des rois de l'Europe, qui résulte de l'éducation ambitieuse qu'ils font donner à leurs sujets, et qui, après avoir causé les malheurs de leurs peuples, fait encore ceux du genre humain; que ces saints ministres de la paix attaquent les lois sacriléges de la guerre; qu'ils cessent eux-mêmes de décorer nos temples dédiés à la Charité, avec des drapeaux obtenus par le sang des nations ; qu'ils s'opposent de tous leurs moyens à l'esclavage des nègres, qui sont nos frères par les lois de la nature et de la religion ; qu'ils s'abstiennent de bénir les vaisseaux qui vont à la traite de ces infortunés, ainsi que les étendards autour desquels se rassemblent nos sanguinaires soldats ; qu'ils refusent leur ministère à tout ce qui contribue au malheur des hommes ; qu'ils répondent aux puissances qui voudraient les contraindre à consacrer les instruments de leur politique, ce que la religieuse Théano répondit au peuple d'Athènes, qui voulait l'obliger de proférer des malédictions contre Alcibiade, coupable cependant d'avoir profané les mystères de Cérès : « Je suis religieuse pour prier et bénir, non pas pour détester et maudire. » Que nos prêtres disent donc aux puissances ambitieuses : « Nous n'avons pas été envoyés pour exciter les hommes aux fureurs de la guerre, mais à la concorde, à l'amour et à la paix ; pour bénir des vaisseaux de guerre, des vaisseaux négriers, des régiments, mais,

» à l'exemple de Jésus, des enfants, des
» noces et des mariages. »

Ainsi le clergé français, en s'intéressant
au sort des malheureux, se rendra cher aux
hommes de toutes les nations. Il verra renaître dans le cœur des peuples son empire
religieux, comme dans les premiers temps
où il leur annonça l'Évangile, et fit au nom
du Dieu de la paix trembler les tyrans.

VŒUX

POUR LA NOBLESSE.

Puisse cette noblesse qui, dans des siècles barbares, donna au peuple des exemples d'héroïsme en temps de guerre, et d'urbanité en temps de paix, lui en donner de toutes les vertus patriotiques dans un siècle éclairé ! Je désire non-seulement qu'elle marche, comme autrefois, à la tête de ses guerriers pour le défendre contre les ennemis du dehors, et qu'elle en protége les faibles contre les ennemis du dedans, comme du temps des anciens chevaliers ; mais que s'élevant à la grandeur romaine, elle adopte dans son sein les familles plébéiennes qui s'illustreront par la vertu : ainsi les Caton et les Scipion furent adoptés par des familles patriciennes. Puisse-

t-elle encore, à l'exemple de la noblesse romaine, se lier avec le peuple par les liens du
mariage! Auguste, au milieu de sa gloire,
donna en mariage Julie, sa fille unique, au
plébéien Agrippa; et Tibère sur le trône,
Drusille, sa petite-fille, et fille de Germani-
cus, à Lucius Cassius, « de race plébéienne
» antique et honorable, » dit Tacite. Nos rois
eux-mêmes ont contracté plusieurs fois de pa-
reils mariages. Henri IV, qui se piquait d'être
le premier gentilhomme de son royaume,
épousa Marie de Médicis, qui descendait d'une
famille d'anciens négociants de Florence. A
la vérité, la noblesse se rapproche aujour-
d'hui du peuple par des alliances plébéiennes;
mais si elles étaient plus fréquentes, et si
elles n'avaient pas seulement la fortune pour
objet, on ne verrait pas tant de filles nobles
languir dans le célibat.

Par-tout où le peuple est méprisé, la noblesse est malheureuse. C'est le ressentiment
du peuple qui entretient parmi elle l'esprit
des guerres civiles et des duels. Voyez les discordes éternelles de la noblesse polonaise,
voyez les anciennes factions des barons d'An-

gleterre, avant que la liberté eût rapproché
d'eux leur peuple; et celles de nos princes et
de nos ducs avant Louis XIV, qui, par son
despotisme, mit à-peu-près tous ses sujets
de niveau.

Par-tout où le peuple est méprisé, la noblesse est de peu de considération. Là où il
est serf, elle est domestique. Voyez la Pologne, où les laquais et jusqu'aux moindres
serviteurs des grandes maisons sont de l'ordre
des nobles. Quel gentilhomme français ne
préfère aujourd'hui le service du peuple dans
notre gouvernement monarchique, au service
d'un grand, comme du temps du régime féodal ? Qui n'aimerait mieux mille fois être un
noble anglais vivant avec ses fermiers, et
balançant dans la chambre des pairs, ou
même dans celle des communes, les intérêts
de sa nation et les destinées du monde, que
d'être un naïre de l'Inde, qu'un homme du
peuple n'ose toucher sous peine de mort,
mais qui lui-même est obligé de sacrifier sa
conscience et sa vie au caprice du despote
qui le soudoie ?

O nobles, qui voulez élever votre ordre,

9

élevez l'ordre du peuple ! Ce fut la grandeur
du peuple romain qui fit la grandeur du sénat romain. Plus un piédestal est haut, plus
sa colonne est élevée : plus la colonne est
liée avec le piédestal, plus elle est solide.

Il est très-remarquable que les Romains
n'accordèrent les plus illustres marques de
distinction, qu'à ceux de leurs citoyens qui
avaient bien mérité du peuple. « La couronne
» civique, dit Pline, était plus honorable
» et donnait plus de priviléges, que les cou-
» ronnes murale, obsidionale et navale,
» parce qu'il y a plus de gloire à sauver un
» citoyen, qu'à prendre des villes et à gagner
» des batailles. »

Ces marques d'illustration, réservées aux
seuls serviteurs du peuple, furent, du temps
de la république, les vraies causes de la
grandeur du sénat romain, parce qu'on ne
sert un peuple que par des vertus ; mais
elles le devinrent de sa décadence, lorsque
du temps des empereurs, elles ne furent
données qu'à ceux qui avaient bien mérité
de la cour, parce qu'on ne sert les courtisans
qu'avec des vices.

Puisque nous vivons dans un siècle où les membres du corps politique ont encore des parties saines, sous un chef semblable à Marc-Aurèle, je me sens entraîné à souhaiter que nous nous rapprochions en quelque sorte des anciens Romains. Je désirerais donc, pour lier la noblesse au peuple, et le peuple à la noblesse, qu'on créât un ordre de chevalerie, à l'imitation de la couronne civique. Cet ordre serait donné à tout citoyen qui aurait bien mérité du peuple, dans quelque genre que ce pût être. Il conférerait des priviléges honorables, tels que le droit de séance aux assemblées des villages, des villes, des provinces, et même à l'assemblée nationale. Ils auraient en certains jours de l'année, le privilége d'entrer chez le roi, et en tout temps chez les ministres, avec la prérogative d'y présenter des requêtes pour tous les hommes qui seraient dignes, par leurs vertus, de l'attention du gouvernement. La marque de cet ordre serait une couronne de chêne, brodée sur la poitrine, avec cette légende : *Pour le peuple.* L'assemblée nationale pourrait seule présenter au roi les citoyens qu'elle

jugerait dignes de cette illustration, qui ne
pourrait être accordée et conférée que par sa
majesté elle-même en personne.

Cet ordre du peuple serait la noblesse personnelle pour ceux qui ne seraient pas nés
nobles; car il n'y aurait plus à l'avenir d'ano-
blissement héréditaire; l'expérience de tous
les temps et de tous les pays ayant appris que
la vertu et le vice ne se transmettent point
avec le sang.

Quant aux nobles d'origine, ils conserve-
raient pour leurs descendants leurs anciennes
prérogatives; mais ils acquerraient, par cette
nouvelle illustration, le pouvoir d'adopter
un plébéien décoré du même ordre; et dans
ce cas seulement, la noblesse deviendrait héréditaire dans l'adopté. Ainsi la noblesse deviendrait chère au peuple, puisqu'il trouverait en elle seule le moyen de perpétuer son
élévation; et le peuple deviendrait cher à la
noblesse, puisqu'elle ne trouverait qu'en lui
le moyen de s'illustrer et de conserver de
grands noms prêts à s'éteindre. Si vous y
joignez les alliances contractées par des mariages, nos patriciens et nos plébéiens se trou-

veraient rapprochés, non par les liens de l'argent, mais par ceux de la nature et de la vertu. Tels sont mes vœux pour que le peuple s'élève vers la noblesse sans orgueil, et que la noblesse descende vers le peuple sans bassesse.

D'un autre côté, comme cette même noblesse a quantité de parents que leur pauvreté confond avec les dernières classes du peuple, ainsi que je l'ai vu fréquemment dans nos provinces, sur-tout en Bretagne, il est nécessaire de lui ouvrir des moyens de subsistance. Je suis persuadé que c'est dans cette intention qu'a été fait, il y a quelques années, l'article de l'ordonnance du département de la guerre, qui réserve aux seuls gentilshommes les places d'officiers dans les régiments. Mais des gentilshommes nés dans le sein de l'indigence, ne peuvent jamais faire les fonctions d'un officier; car ce grade exige parmi nous, sur-tout aujourd'hui, une éducation et des lumières qu'on ne peut acquérir sans la fortune.

Je me rappelle avoir vu un jour, en basse Normandie, un pauvre gentilhomme qui ga—

9*

gnait sa vie à faire des lions d'argile. Pour
dire la vérité, ces lions ne ressemblaient
guère à des lions; mais enfin ils indiquaient
dans leur auteur un sentiment noble, que la
pauvreté n'avait point abattu. Ce sentiment
même se propageait au loin par son ouvrage.
Quand un gentilhomme du canton, un peu
aisé, avait mis une couple de ces lions sur
deux pilastres de terre et de cailloux, à droite
et à gauche de sa barrière, il appelait, à l'i-
mitation des princes, sa basse-cour une cour
d'honneur.

J'aime à voir un homme, et sur-tout un
gentilhomme, trouver en lui-même des ressources contre l'injustice du sort, et comme
un sapin sur un rocher, s'élever et se maintenir droit malgré les tempêtes.

Un art, quelque petit qu'il soit, est dans
l'opulence une distraction contre les passions
et l'ennui; mais dans l'indigence, c'est une
ressource contre le besoin. La religion chez
les Turcs fait un devoir, même au sultan, de
savoir un métier, et de s'en occuper. Je sais
bien qu'un gentilhomme peut exercer un art
libéral; mais pourquoi pas un art mécani-

que? Un art libéral ne sert guère que le luxe,
et exige des talents enfants des passions : un
art mécanique est nécessaire aux besoins des
hommes, et ne demande que de la patience
compagne de la vertu. A la vérité, un noble
chez nous peut faire du verre sans déroger ;
mais pourquoi pas de la poterie ? En voici,
je crois, la raison : comme depuis long-
temps nous ne portons de respect qu'à la fortune, nous avons anobli tous les états qui y
mènent, ou qui ne servent qu'à son luxe :
or, comme le verre était fort rare dans son
origine, il ne servait qu'aux gens riches : il
fut donc permis à un gentilhomme d'être
verrier. C'est encore par la même raison qu'il
lui est loisible d'être de la compagnie des
Indes, fermier-général, acteur de l'opéra :
comme si un gentilhomme en sabots pouvait
parvenir à ces brillants emplois! On lui permet, à la vérité, de placer ses enfants à l'é-
cole militaire ; mais cette institution de
Louis xv, destinée uniquement à la pauvre
noblesse, n'est guère une ressource pour elle
aujourd'hui, parce qu'elle lui est souvent en-
levée par des familles riches de son ordre,

ou même de l'ordre plébéien, et que d'ailleurs elle est insuffisante.

Il me semble donc nécessaire de permettre aux pauvres gentilshommes l'exercice de toutes les professions; car si la noblesse consiste à être utile à la patrie, toutes les professions, et les plus communes sur-tout, remplissent cet objet. Ce ne sont ni les arts, ni les métiers qui peuvent dégrader l'homme; ce sont les vices. On a vu dans tous les temps des hommes illustres par des vertus patriotiques, sortir de toutes les conditions. Agathocle, vainqueur de la Sicile, était fils d'un potier; le chancelier Olivier, d'un médecin; le maréchal Fabert, d'un libraire; Franklin, le libérateur de l'Amérique anglaise, d'un imprimeur, et a été imprimeur lui-même. Christophe Colomb, avant de découvrir le Nouveau-Monde, gagnait sa vie à faire des cartes de géographie. Il n'y a si petit état qui ne puisse nourrir un grand homme.

En permettant à la noblesse d'exercer, sans déroger, tous les arts de la paix, un royaume ne pourra tomber en léthargie par l'oisiveté de ses nobles, lorsqu'ils sont riches;

comme aujourd'hui en Espagne, en Portugal et en Italie ; ni en convulsion par leur esprit militaire, lorsqu'ils sont pauvres, comme
autrefois chez nous, et chez la plupart des
peuples de l'Europe.

Nos historiens ne voient jamais que les résultats de nos maux, parce qu'ils ne les attribuent qu'à la politique ; les causes morales
qui les occasionent leur échappent toujours :
c'est qu'ils ne s'occupent que de la fortune
des rois, et que les intérêts du genre humain leur sont indifférents. Ils rapportent les
guerres perpétuelles de l'Europe, à l'ambition de ses princes, et ils ont raison ; mais il
est très-important de remarquer que l'ambition des princes, et les guerres tant intérieu-
res qu'extérieures qui en ont été la suite, ont
eu pour première cause, dans chaque état,
l'ambition des nobles, qui étant en grand
nombre, et n'ayant d'autre moyen de subsister que la profession militaire, portèrent
leurs princes à la guerre et aux conquêtes,
afin d'avoir pour eux-mêmes des grades, des
pensions et des gouvernements. L'opinion
des rois ne se forme que des opinions de

leurs courtisans. Ainsi, dans les pays où le
clergé est nombreux et pauvre, il en est résulté, par les controverses, quantité de guerres spirituelles qui ont fait également le malheur des peuples, mais qui ont donné à ceux
qui les ont entreprises et soutenues, des bon-
nets de docteur, des bénéfices, des évêchés
et des chapeaux de cardinal. Aujourd'hui que
les puissances de l'Europe, éclairées par
leurs intérêts pécuniaires, portent leur ambition vers le commerce, ce ne sont point
les corps du clergé et de la noblesse qui nous
attirent des querelles nationales ; ce sont les
corps du commerce. Combien de guerres ont
été excitées jusqu'aux extrémités du monde
par les compagnies européennes des Indes,
de l'Assiento, des Moluques, des Philippi-
nes, de Guinée, du Sénégal, de la mer du
Sud, de la baie d'Hudson, etc. ! La dernière
guerre qui a mis en armes l'Angleterre, la
France, l'Espagne, le Portugal, la Hollande,
le cap de Bonne-Espérance, les Indes orien-
tales, les deux Amériques, et qui a achevé
le déficit de nos finances, lequel nécessite aujourd'hui nos États généraux, doit son ori-

...ine à la compagnie anglaise de la Chine, qui voulait obliger les habitants de Boston de payer un impôt sur le thé. Ainsi les derniers orages qui ont troublé le repos du monde, sont sortis d'une théière.

Ce sont les corps dont l'ambition se combine avec celle de notre éducation, qui nous rendent si mobiles, nous autres Européens. Ce sont les corps qui perdent la patrie, en rapportant la patrie à eux-mêmes, et en privant le peuple de ses relations naturelles. Ce qui perd les sciences dans un pays, c'est lorsque des compagnies de docteurs s'interposent entre le peuple et les lumières, ainsi qu'il est arrivé en Espagne, en Italie et chez nous. Ce qui perd l'agriculture et le commerce, c'est lorsque des compagnies de monopoleurs se mettent entre le peuple et les récoltes ou les manufactures. Ce qui perd les finances, c'est lorsque des compagnies d'acteurs se mettent entre le peuple et le trésor royal. Ce qui perd une monarchie, c'est lorsqu'un corps de nobles se met entre le peuple et son monarque, comme en Pologne. Ce qui perd une religion, c'est lors-

qu'un corps de prêtres se met entre le peupl[
et Dieu ; comme chez les Grecs du bas Em[
pire, et ailleurs. Enfin ce qui fait la ruine e[
le malheur du genre humain, c'est lorsqu'un[
patrie elle-même, intolérante comme le[
corps qui la composent, se met entre les au[
tres patries, et veut avoir à elle seule l[
science, le commerce, la puissance et la rai[
son de tout l'univers.

Il est donc bien nécessaire de lier aux in[
térêts du peuple les intérêts des corps, qu[
n'en doivent être que les membres, puis[
qu'ils en entraînent la ruine lorsqu'ils ont de[
intérêts particuliers, et qu'au lieu d'être se[
véhicules, ils deviennent ses barrières. Il[
n'est pas moins nécessaire de réformer l'édu[
cation publique, puisque les corps ne doi[
vent leur esprit ambitieux qu'à l'éducatio[
européenne, qui dit à chaque homme d[
l'enfance : « Sois le premier; » et à chaqu[
corps : « Sois le maître. »

Les moyens d'illustration et d'anoblisse[
ment étant réservés désormais aux seuls ci[
toyens qui auront bien mérité du peuple, [
noblesse et le peuple se trouveront liés p[

les liens mutuels de la bienveillance, qui doit rapprocher tous les hommes, mais sur-tout ceux de la même nation.

Ménénius Agrippa rapprocha le peuple romain de son sénat par l'allégorie des membres qui tombèrent en langueur en refusant de travailler pour l'estomac : mais qu'aurait-il dit, si le sénat romain lui-même s'était séparé de son peuple, et n'eût voulu rien avoir de commun avec lui ? Dans son ingénieux apologue, le sénat qui régissait l'empire pouvait être comparé aux parties précordiales du corps humain ; mais parmi nous l'autorité étant monarchique, la noblesse ne peut être regardée, à plusieurs égards, que comme les mains armées de la nation. Le peuple, du sein duquel sortent les soldats, partage avec elle ce service ; et par ses travaux, ses arts et son industrie, doit se considérer de plus comme les mains laborieuses du corps politique : il en est aussi les yeux, la voix et la tête, puis-que c'est de lui que viennent la plupart des savants, des orateurs et des philosophes qui l'éclairent, ainsi que des magistrats qui le régissent : enfin il en est le corps proprement

dit, puisque les autres corps lui doivent leur
existence, n'existent eux-mêmes que pour lui,
et ne sont, par rapport à lui, que ce que sont
les membres par rapport au corps humain.
Dans notre état monarchique, ce n'est point
la noblesse qu'on peut comparer au cœur et à
l'estomac du corps politique, c'est la royauté,
et c'est ce qu'a fort bien senti le judicieux
La Fontaine, en nous appliquant l'apologue
de Ménénius. Voici comment il peint les
fonctions royales et celles du peuple, dans
sa fable des Membres et de l'Estomac.

> Je devois par la Royauté
> Avoir commencé mon ouvrage :
> A la voir d'un certain côté,
> Messer Gaster * en est l'image.
> S'il a quelque besoin, tout le corps s'en ressent.
> De travailler pour lui les membres se lassant,
> Chacun d'eux résolut de vivre en gentilhomme,
> Sans rien faire, alléguant l'exemple de Gaster.
> Il faudroit, disoient-ils, sans nous qu'il vécût d'air.
> Nous suons, nous peinons comme bêtes de somme ;
> Et pour qui ? pour lui seul : nous n'en profitons pas ;
> Notre soin n'aboutit qu'à fournir ses repas.

* *Gaster*, mot grec qui signifie l'estomac : c'est
de lui que vient suc gastrique, c'est-à-dire suc nour-
ricier.

Chômons, c'est un métier qu'il veut nous faire apprendre.
Ainsi dit, ainsi fait. Les mains cessent de prendre,
Les bras d'agir, les jambes de marcher :
Tous dirent à Gaster qu'il en allât chercher.
Ce leur fut une erreur dont ils se repentirent.
Bientôt les pauvres gens tombèrent en langueur ;
Il ne se forma plus de nouveau sang au cœur :
Chaque membre en souffrit ; les forces se perdirent.
      Par ce moyen, les mutins virent
Que celui qu'ils croyoient oisif et paresseux,
A l'intérêt commun contribuoit plus qu'eux.
Ceci peut s'appliquer à la grandeur Royale.
Elle reçoit et donne, et la chose est égale :
Tout travaille pour elle, et réciproquement
      Tout tire d'elle l'aliment.
Elle fait subsister l'artisan de ses peines,
Enrichit le marchand, gage le magistrat,
Maintient le laboureur, donne paie au soldat,
Distribue en cent lieux ses graces souveraines,
      Entretient seule tout l'état.
      Ménénius le sut bien dire.
La commune * s'alloit séparer du sénat :
Les mécontents disoient qu'il avoit tout l'empire,
Le pouvoir, les trésors, l'honneur, la dignité ;
Au lieu que tout le mal étoit de leur côté,
Les tributs, les impôts, les fatigues de guerre.
Le peuple hors des murs étoit déjà posté ;

Commune, mot qui chez nous a signifié de tout
temps le peuple, et qui a été remplacé, depuis peu,
par celui de tiers-état, « parce que, dit Jean-Jacques, l'intérêt particulier de deux ordres a été mis
aux premier et second rangs, et l'intérêt public seulement au troisième. »

La-plupart s'en alloient chercher une autre terre,
  Quand Ménénius leur fit voir
  Qu'ils étoient aux membres semblables;
Et par cet apologue, insigne entre les fables,
  Les ramena dans leur devoir.

Pour moi, qui n'ai pas le talent de mettre en vers simples et charmants les leçons profondes de la politique, je me contenterai de rapporter en prose bien commune, une fable indienne, plus convenable que l'apologue romain aux rapports de notre noblesse, et même du clergé, avec le peuple.

LES PALMES ET LE TRONC DU PALMIER.

Le palmier, le plus élevé des arbres fruitiers, portait autrefois, comme les autres arbres, ses fruits dans ses rameaux. Un jour les palmes, fières de leur élévation et de leurs richesses, dirent à leur tronc : « Nos fruits » sont la joie du désert, et nos feuillages, tou- » jours verts, en sont la gloire. C'est sur nous » que les caravanes dans les plaines, et les » vaisseaux le long des rivages, règlent leur » cours. Nous nous élevons si haut, que le so- » leil nous éclaire avant son aurore, et même » après son coucher. Nous sommes les filles du ciel; nous vivons le jour de sa lumière, et la nuit de ses rosées. Pour vous, enfant obscur de la terre, vous ne buvez que des eaux souterraines, et vous ne respirez que sous nos ombrages : votre pied est toujours caché dans les sables; votre tige n'est couverte que d'une écorce grossière, et si votre tête peut prétendre à quelque honneur, ce n'est qu'à celui de nous porter. » Le tronc leur répondit : « Filles ingrates ! c'est moi qui vous ai donné la naissance, et c'est du sein des sables que ma sève vous nourrit, engendre vos fruits pour me reproduire, et vous élève vers les cieux pour les conserver : c'est ma force qui préserve, à cette hauteur, votre faiblesse de la fureur des vents. » A peine il avait parlé, qu'un ouragan, sorti de la mer des Indes, vint ravager la contrée. Les palmes se renversent, se redressent, se froissent les unes contre les autres, et se dépouillent en gémissant de leurs fruits. Cependant le tronc tient bon; il n'est aucune de ses racines qui ne tire et ne soutienne du sein de la terre les palmes agitées au haut des airs. Le calme revenu, les palmes qui n'avaient

10*

plus que des feuilles, offrirent à leur tronc de
mettre à l'avenir leurs fruits en commun sur
sa tête, et de les préserver de leur mieux en
les couvrant de leur feuillage. Le palmier y
consentit ; et depuis cet accord, cet arbre
porte au haut de sa tige ses longs régimes de
fruits, jusque dans la région des vents, sans
craindre les tempêtes : son tronc est devenu
le symbole de la force, et ses palmes celui
de la vertu et de la gloire.

Le palmier, c'est l'état ; son tronc et ses
fruits, c'est le peuple et ses travaux ; les ou-
ragans sont ses ennemis ; les palmes de l'état
sont les naïres et les brames, quand ils sont
les amis du peuple.

VOEUX

POUR LE PEUPLE.

C'EST un nom bien étrange que le nom de tiers-état, donné en France au peuple, c'est-à-dire à plus de vingt millions d'hommes, par le clergé et la noblesse, qui tous deux ensemble ne sont tout au plus que la quarantième partie de la nation. Je ne crois pas que cette dénomination ait lieu dans aucun pays du monde. Qu'aurait dit le peuple romain, dont la nation était, comme la nôtre, divisée en trois ordres sous les empereurs, si ses sénateurs et ses chevaliers lui eussent donné le nom de tiers-état ? Que dirait le peuple anglais, s'il était qualifié ainsi par les lords et les évêques de sa chambre haute ? Le peuple français est-il moins respectable aux ordres qu'il entretient pour sa prospérité et sa gloire ?

Par tout pays le peuple est tout : mais si on le considère comme un corps isolé, relativement aux autres corps qui constituent l'état avec lui, il est, comme nous l'avons vu, le premier en ancienneté, en utilité, en nombre et en puissance, puisque la puissance des autres corps émane de lui, et n'existe que pour lui.

Il me semble donc juste que le corps du peuple conserve son nom propre, ainsi qu'ont fait les corps du clergé et de la noblesse, et qu'on l'appelle l'ordre du peuple. On peut substituer encore au nom de tiers-état, celui de communes, ainsi qu'il est d'usage en Angleterre, et qu'il l'a été fréquemment chez nous. Ce nom de communes caractérise en particulier le peuple de chaque province du royaume, désigné de tout temps par les noms de communes du Dauphiné, de la Bretagne, de la Normandie, etc., qui toutes ensemble forment les communes du royaume. Ce nom de communes n'a jamais été donné qu'au peuple, ainsi qu'on peut le prouver par l'au-

...orité des écrivains qui ont le mieux connu ...a valeur des expressions, entre autres par ...elle de La Fontaine. En effet, les intérêts ...du peuple sont communs, non-seulement à ...chaque province, mais aux autres ordres de ...a nation, parce que son bonheur fait le bon-...heur général. Il n'en est pas de même des ...intérêts des autres ordres, qui leur sont par-...ticuliers. D'un autre côté, le nom de tiers-...tat donné au peuple, suppose, comme l'a ...fort bien remarqué Jean-Jacques, que son ...intérêt n'est que le troisième, quoiqu'il soit ...de sa nature le premier. Or, comme les ...hommes forment à la longue leurs idées, non ...sur les choses, mais sur les mots, la justice ...demande que le surnom de tiers-état, imposé ...au peuple depuis quelques siècles par des ...corps privilégiés, parce qu'il leur rappelle ...leurs priviléges, soit remplacé par celui de ...communes, qu'il a eu de tout temps, afin ...qu'il leur rappelle à tous l'intérêt commun. *Salus populi suprema lex esto !* Que le ...salut du peuple soit la loi suprême !

De bons patriotes, touchés du sort mal-...heureux des gens de la campagne, ont pro-

posé d'en faire un corps différent de ceux
des villes ; mais on doit bien s'en garder. La
division en corps entraîne la division en intérêts. Les paysans doivent être suffisamment
représentés dans les assemblées provinciales
et dans l'assemblée nationale ; leurs demandes
doivent y être mises au premier rang : mais
il me paraît fort dangereux d'y distinguer
les communes des campagnes de celles des
villes, car leurs intérêts sont les mêmes : le
commerce des villes ne prospère que par le
travail des campagnes, et le travail des campagnes que par le commerce des villes.

La puissance d'une nation dépend de son
ensemble. Les branches supérieures d'un arbre
peuvent diverger, mais non pas les fibres de
son tronc, qui doivent être rassemblées sous
la même écorce. Si on pouvait diviser le
tronc d'un arbre en branches, on ne ferait
d'un chêne qu'un buisson ; mais si on réu-
nissait toutes les branches d'un buisson dans
un seul tronc, d'un buisson on pourrait faire
un chêne. Ce sont des images bien naïves de
ce qui est arrivé à plusieurs états. Que de
royaumes sont devenus buissons dans de vastes

...rrains, parce que leur tronc ne s'y ramifie
...u'en nobles ou en prêtres ! Voyez l'Espagne
...t l'Italie. Que de républiques et de monar-
...hies sont devenues des chênes, des cédres et
...es palmiers, dans de petits terrains, parce
...ue la noblesse et le clergé s'y sont conglo-
...mérés avec le peuple, et n'ont eu avec lui
...u'un intérêt commun ! voyez la Hollande et
...Angleterre. Rappelez-vous la force de l'em-
...re romain, où les nobles ne connaissaient
... gloire que celle du peuple.

...Je le répète, la puissance d'une nation
...épend de son ensemble : les malheurs de
...otre peuple sont venus de ce que le clergé
...t la noblesse y ont fait deux ordres séparés
...e ses intérêts : ces maux n'ont commencé à
...affaiblir que quand le despotisme, les mœurs,
... sur-tout la philosophie, les en ont rappro-
...és. Il n'en est pas moins vrai qu'il faut à
...harmonie d'un état, ainsi qu'à celle de
...Europe, des puissances qui se balancent;
...ais il n'y aura toujours que trop d'intérêts
...ui diviseront les hommes dans la même so-
...été, ne fût-ce que ceux de la fortune. Les
...orps de la noblesse et du clergé, dans notre

ordre politique, devraient être le contrair
de ce qu'ils sont : au lieu d'être réunis entr
eux contre le peuple, ils devraient lutter l'u
contre l'autre pour ses intérêts, comme le
peuples de l'Europe luttent pour la liberté d
son commerce, de sa navigation, de s
pêche, ou pour tel autre prétexte qui inté
resse le droit naturel des hommes : c'est c
droit qu'ils invoquent sans cesse. La com
mune de France devrait se régir, au moin
quant à la forme, par les mêmes lois que l
commune du genre humain.

En parlant des moyens de rapprocher d
peuple le clergé et la noblesse, j'ai indiqu
aussi ceux de rapprocher le peuple de ce
deux corps, non par le sentiment de l'amb
tion, qui n'est propre qu'à diviser les men
bres d'un état, mais par celui de la vertu qu
les réunit. Notre peuple n'a que trop de per
chant à s'élever ; l'éducation et l'exemple l
poussent sans cesse en haut. Il faut l'inviter
non à monter, non à descendre, mais à s
tenir à sa place : il ne lui convient d'être n
tyran, ni esclave ; il doit lui suffire d'êt
libre. La vertu tient en toutes choses le m

lieu ; c'est aussi là qu'est la sûreté, la tranquillité, le bonheur. Je souhaite donc qu'aucun bourgeois ne désire jamais de sortir de
l'ordre du peuple ; mais s'il y sent les inquiétudes de la gloire, qu'il reste encore dans son
ordre ; car il n'y a point d'état qui ne lui présente une carrière capable de satisfaire même
la plus vaste ambition.

O plébéien, qui ne trouvez aucune gloire
comparable à celle que donne la naissance,
et qui rougissez d'être homme, parce que vous
n'êtes pas gentilhomme ; êtes-vous légiste ?
soyez le défenseur de la vertu et la terreur du
crime. Nouveau Dupaty, enlevez à nos codes
barbares leurs innocentes victimes ; faites la
guerre à nos Verrès, à nos Catilina ; prenez en
main les causes des nations, et songez qu'avec
les foudres de l'éloquence, Cicéron a protégé
des rois, et que Démosthène en a fait trembler. N'êtes-vous qu'un simple commerçant ?
c'est le commerce qui vivifie les empires ;
c'est au commerce que les deux plus riches
états de l'Europe, la Hollande et l'Angleterre,
doivent leur puissance ; c'est par le commerce que leurs marchands voient à leur

11

solde, non-seulement une foule de gentilshommes, mais des princes et des souverains.
Le commerce même élève sur le trône. Rappelez-vous ces anciens négociants de Florence, qui ont régné dans leur patrie, et ont
donné deux reines à la vôtre. Seriez-vous un
malheureux navigateur, errant comme Ulysse
de mers en mers, loin de votre pays? vous
êtes l'agent des nations : non-seulement vous
pourvoyez à leurs besoins, mais vous leur
communiquez ce qu'il y a de plus précieux
chez les hommes, après la vertu : les arts, les
sciences et les lumières. Ce sont les hommes de
votre état qui ont fait connaître les îles aux
îles, les nations aux nations, et les deux
mondes l'un à l'autre : sans eux, le globe,
avec ses plus rares productions, nous serait
inconnu. Songez à la gloire de Christophe
Colomb, à laquelle nulle gloire, même
royale, n'est comparable ; puisque lui seul
a changé, par la découverte de l'Amérique,
les besoins, les jouissances, les empires, les
religions et les destins de la plupart des
peuples du monde. Êtes-vous au contraire un
artiste toujours sédentaire, comme Thésée

dans les enfers ? ô combien de routes vous
sont ouvertes, du sein du repos, vers une
gloire innocente ! combien vous en présentent la peinture, la sculpture, la gravure, la
musique, dont les productions ravissent de
plaisir et d'admiration ! Combien d'artistes
même dont les noms seront célèbres à jamais,
quoique leurs ouvrages n'existent plus ; tant
les hommes sont avides de suivre les traces
célestes de leur génie, et de recueillir jusqu'aux paillettes d'or que roule, avec les
siècles, le brillant fleuve de leur renommée !
Est-il quelque noble Européen dont le nom
doive durer, et s'illustrer autant que ceux
des Phidias et des Apelle, qui jouissent depuis deux mille ans des hommages de la postérité, et qui ont compté, pendant leur vie,
des Alexandre au nombre de leurs courtisans ?
N'êtes-vous qu'un philosophe, à qui personne
ne fait la cour ? considérez que vous ne la
faites vous-même à personne. Les nobles
dépendent des rois, et les philosophes ne
relèvent que de Dieu : les nobles vivent en
gentilshommes, et vous en hommes, ce qui
est bien plus noble. Sans les philosophes, les

peuples, égarés par de vaines illusions, ne
connaîtraient ni les lois, ni l'ensemble de la
nature. Ils sont les sources premières des
arts, du commerce et des richesses des nations. Rappelez-vous les admirables découvertes de Galilée, qui le premier pesa l'air,
et démontra le mouvement de la terre autour du soleil; et cette foule d'hommes illustres qui ont étendu la sphère de l'esprit humain dans l'astronomie, la chimie, la bota-
nique, etc.... Ils sont les époques les plus
mémorables des siècles, et leur gloire durera
autant que celle de la nature, dont ils sont
les enfants. Êtes-vous homme de lettres ?
c'est vous qui distribuez la gloire aux autres
hommes. Illustres écrivains! semblables à la
Vénus de Lucrèce, sans vous, rien ne se fait
d'agréable dans la sphère de l'intelligence, et
n'est permanent dans les champs de la mémoire. Soit que vous vous livriez à la poésie,
à la philosophie ou à l'histoire, vous êtes le
plus ferme appui de la vertu. C'est par vous
que les nations se lient d'intérêt et d'amitié
d'une extrémité du monde à l'autre, et des
siècles passés aux futurs. Sans vous, les rois

et les peuples s'écouleraient, sans laisser d'eux aucun souvenir. Tout ce qu'il y a de fameux parmi les hommes vous doit sa célébrité, et vos propres noms surpassent en splendeur les noms de ceux que vous illustrez. Quelle gloire égala jamais celle d'Homère, dont les poëmes servirent à régler les anciennes républiques de la Grèce, et dont le génie, depuis vingt-six siècles, préside encore, parmi nous, aux lettres, aux beaux-arts, aux théâtres et aux académies !

N'êtes-vous, après tout, qu'un paysan obscur attaché à la culture de la terre ? oh ! songez que vous exercez le plus noble, le plus aimable, le plus nécessaire et le plus saint de tous les arts, puisque c'est l'art de Dieu même. Mais si ce poison de la gloire, inspiré chez nous dès l'enfance à toutes les conditions, par l'émulation, fermente dans vos veines ; si vous avez besoin des vains applaudissements des hommes, au milieu de vos paisibles vergers ; rappelez-vous tous les maux que la gloire entraîne après elle, l'envie des petits, la jalousie des égaux, la perfidie des grands, l'intolérance des corps, l'indifférence des rois. Son-

11*

gez au sort de ces hommes que j'ai nommés parmi ceux qui ont le mieux mérité de leur patrie et de la postérité ; à la tête de Cicéron, coupée par Popilius Léna, son propre client, et clouée à cette même tribune qu'il avait autrefois honorée de son éloquence ; à Démosthène, poursuivi, par l'ordre des Athéniens qu'il avait défendus contre Philippe, jusque dans le temple de Neptune de l'île de Calauria, et se hâtant d'avaler du poison, pour trouver dans la mort un refuge plus assuré que celui des autels. Songez au poignard qui tua un des Médicis dans cette même ville qu'ils avaient comblée de leurs bienfaits ; aux fers qui attachèrent Colomb, au retour de son second voyage du Nouveau-Monde, et qu'il fit mettre, en mourant, dans son tombeau, comme un monument de l'ingratitude des rois qu'il avait si magnifiquement servis ; à Galilée dans les prisons de l'inquisition, forcé de se rétracter à genoux de la vérité sublime qu'il avait démontrée ; à Homère aveugle et mendiant, chantant de porte en porte ses poëmes sublimes, chez ces mêmes Grecs qui devaient un jour y chercher l'origine de leurs lois et

de leurs plus illustres républiques. Rappelez-
vous en France le Poussin couvert de gloire
dans toute l'Europe, excepté dans sa patrie,
obligé d'aller demander dans une terre étrangère de la considération et du pain; Descartes
fugitif en Suède, après avoir éclairé son pays
des premiers rayons de la philosophie; Fénelon exilé dans son diocèse, pour avoir aimé
Dieu plus que ses ministres, et les peuples
plus que les rois. Enfin, représentez-vous
cette foule d'hommes célèbres et infortunés,
qui, déchirés en secret par les calomnies
même de leurs propres amis, languirent dans
le mépris et la pauvreté, et, sans avoir seulement la consolation d'être plaints, eurent la
douleur de voir les honneurs et les récompenses qui leur étaient dus, donnés à d'in-
dignes rivaux.

Alors vous bénirez votre obscurité, qui
vous permet au moins de recueillir le fruit
de vos travaux et l'estime de vos voisins; d'é-
lever une famille innocente à l'ombre de vos
vergers, et d'atteindre, dans une vie si orageuse, à la seule portion de bonheur que la
nature ait répartie aux hommes. Pendant que

les tempêtes brisent les cédres sur le haut
des montagnes, l'herbe échappe à la fureur
des vents, et fleurit en paix au fond des vallées.

———

~~~~~~

VŒUX

POUR LA NATION.

———

La nation est formée de l'harmonie des trois ordres, du clergé, de la noblesse et du peuple, sous l'influence du roi, qui en est le modérateur. Les députés de ces trois ordres se rassemblent aujourd'hui dans l'assemblée nationale, à-peu-près dans le nombre de 300 pour le clergé, de 300 pour la noblesse, et de 600 pour le peuple.

Comme les deux premiers ordres ont réuni leurs intérêts depuis plusieurs siècles, on peut les considérer comme formant un seul corps qui balance celui du peuple : il en résulte donc deux puissances qui réagissent l'une contre l'autre, et dont le contre-poids est nécessaire, ainsi que nous l'avons dit, à l'harmonie de tout gouvernement moderne. Le roi, donc, peut tenir la balance monarchique en équilibre, en appuyant le peuple de sa puissance, en cas que le clergé et la noblesse tendissent à l'aristocratie ; ou en la dirigeant du côté des deux premiers ordres, si le peuple pesait vers la démocratie. Dans cette hypothèse, j'ai comparé l'état à une balance romaine ; les deux puissances, à deux leviers d'une grandeur inégale ; et la royauté, au poids qui court le long du plus grand, pour soulever les fardeaux.

Nous avons vu le peuple, par son nombre, représenter le grand bras de la balance, et le clergé avec la noblesse, le petit bras ; mais ce petit bras est d'une si grande pondération, que l'effet du grand est nul, si le roi ne pèse de son côté. C'est du côté du clergé et de la noblesse que sont les dignités et les bénéfices ecclésiastiques et militaires, la meilleure partie des terres du royaume, la disposition de tous les emplois, et même l'influence des parlements, ces anciens pères du peuple, ainsi que les vœux de beaucoup de plébéiens, qui cherchent à se rapprocher des premiers par les anoblissements, ou s'en laissent subjuguer par l'espoir des protections, et par le seul respect d'une grande naissance.

Si là puissance du peuple, dont le nombre est au moins quarante fois plus considérable que celui du clergé et de la noblesse, s'est affaiblie de siècle en siècle, au point de perdre toutes ses prérogatives et son équilibre contre leur puissance réunie, j'en conclus que les députés du peuple ne sont pas en nombre suffisant dans l'assemblée nationale, où ils ne sont qu'en nombre égal à ceux des autres ordres.

A la vérité, on compte que, dans le corps du clergé, les curés se rapprocheront des députés des communes, à cause des liens du sang ; mais ne seront-ils pas encore plus portés à se rapprocher de leurs évêques, à cause des liens de l'intérêt ? L'esprit de corps ne l'emporte-t-il pas sur l'esprit de famille ? Les députés des communes n'ont donc à opposer aux députés des deux premiers ordres, que la misère de vingt millions d'hommes, ou le désespoir qui en est le résultat.

Ils ne peuvent balancer le sentiment de l'intérêt de ces corps, que par le sentiment

de l'intérêt du peuple, d'où dépend la con-
servation publique. Ainsi, soit qu'ils votent
par ordre ou par tête, la lutte est inégale pour
eux ; car ils ont à craindre de la part des deux
autres ordres, de perdre des voix par les at-
traits de la fortune, tandis qu'ils n'ont d'espérance d'y en gagner que par ceux de la vertu.

Nous avons comparé l'état à un arbre, dont
les corps particuliers divergeaient en branches, et dont le peuple formait le tronc; nous
avons vu que plus les branches se multi-
pliaient, plus le tronc était affaibli : mais si
par une monstruosité dont la nature ne nous
montre pas d'exemple, les branches étaient
plus puissantes que le tronc lui-même, l'arbre serait facilement renversé.

Pour rendre plus sensible l'harmonie nécessaire entre les diverses parties de l'état, je
me servirai d'une image déjà bien ancienne.
La nation peut se représenter comme un vaisseau. Le peuple, avec ses travaux, ses arts et
son commerce, en est la carène, chargée d'a-
grès, de provisions et de marchandises dont
la cargaison fait l'objet du voyage. C'est à la
carène que se proportionnent toutes les par-

ies du vaisseau. La noblesse peut se rapporter aux batteries qui le défendent; le clergé,
aux voiles et à la mâture qui le font mouvoir;
es opinions politiques, morales et religieuses,
aux vents qui le poussent tantôt à droite, tantôt à gauche; l'administration, aux cordages
et aux poulies qui en varient la manœuvre;
la royauté, au gouvernail qui dirige sa course;
le roi, au pilote. C'est donc à l'intérêt du
peuple que le roi doit veiller principalement,
comme un pilote veille à la carène du vaisseau; car si ses hauts sont trop chargés par
une mâture trop élevée, ou par une artillerie
trop pesante, elle est en danger de renverser.
Elle est encore en péril de couler bas, si des
vers la rongent sans bruit, et y font des voies
d'eau.

En suivant cette allégorie, la puissance du
peuple doit surpasser en pondération celle des
deux autres corps, afin que le vaisseau de l'é-
tat soit toujours ramené dans son équilibre.
Or il arrive, avec le temps, dans un état, ce
qui arrive, pendant le cours d'un voyage,
dans un vaisseau dont la carène s'allège de
plus en plus par la consommation des vivres

12

et des agrès, qui sont portés des parties in-
férieures du vaisseau dans ses parties supérieures. Ainsi le peuple tend toujours à monter vers les corps du clergé et de la noblesse
par l'appât des bénéfices et des anoblissements. Le roi doit donc opposer le fort du
gouvernail aux deux forces prépondérantes
du clergé et de la noblesse, en faveur de celle
du peuple, qui a besoin du contre-poids de la
puissance royale pour les balancer. Il en résulte donc la nécessité d'augmenter le nombre des députés des communes dans l'assemblée nationale, afin de donner au roi même
la facilité de conserver sa propre puissance,
qui ne consiste que dans l'équilibre politique.
C'est la prépondérance en nombre des députés des communes sur ceux de la chambre
haute, qui assure en Angleterre la constitution de l'état. Voilà pourquoi, dans les tempêtes politiques, il est ramené fort aisément
dans son équilibre, parce que l'intérêt du
peuple, qui est l'intérêt national, y domine
toujours par le grand nombre de ses représentants. Au contraire on peut comparer plusieurs états de l'Europe, remarquables en él-

et par leur faiblesse (parce que le clergé, ou la noblesse, ou tous les deux ensemble, dominent sans le concours du peuple), à des vaisseaux renversés sur le côté par le poids de leurs parties supérieures, qui sont incapables d'aucune manœuvre, qui flottent encore parce que la mer qui les environne est tranquille ; mais qui, à la moindre tempête, courent risque d'être tout-à-fait submergés.

En attendant que l'expérience nous ait appris dans quelle proportion le clergé et la noblesse d'une part, et les communes de l'autre, doivent avoir des députés dans l'assemblée nationale pour y conserver un équilibre de puissance, il me semble nécessaire de la régler suivant certains principes, sans lesquels il est impossible d'y former aucun projet sage, et encore moins de l'exécuter.

1° Le premier principe qu'on doit y poser, c'est qu'aucune proposition n'y soit reçue ou rejetée par acclamation, mais qu'il soit donné au moins un jour pour que chaque député en délibère et en donne son avis par écrit, afin qu'il puisse conserver, par l'exa-

men, la liberté de son jugement, et par le
scrutin, celle de son suffrage.

Un des inconvénients qui m'ont le plus
éloigné de nos assemblées, et je parle des
plus graves, c'est la légèreté de leurs jugements, et la pesanteur du mien. Je n'y ai
jamais entendu proposer aucune question
qu'elle n'ait été décidée avant que j'aie eu
seulement le temps de l'examiner. Je ne suis
pas le seul qui me sois trouvé dans ce cas.
Un voyageur célèbre, qui avait fait le tour
du monde, se trouva fort embarrassé à son
retour à Paris. Ses compatriotes et ses amis,
gens savants, le questionnaient tous à-la-
fois sur ce qu'il avait vu dans les pays étrangers. Il ne savait comment les satisfaire;
mais il se trouva bientôt fort à son aise,
parce qu'il s'aperçut que les questionneurs
de sa droite répondaient sur-le-champ et
définitivement à ceux de sa gauche, et ceux
de sa gauche à ceux de sa droite, de sorte
qu'il ne lui restait qu'à garder le silence.
Pour moi, je l'avoue, je ne me déciderais
pas sur-le-champ à accepter une simple invitation de dîner à la campagne, que j'aime

beaucoup, sans y avoir pensé quelque temps, et tout seul. Il faut auparavant que je me représente, non le temps qu'il fera, mais le caractère du maître et de la maîtresse de la maison, celui de leurs amis, de leurs cousins, de leurs beaux-esprits, de leurs alentours, de leurs survenants ; de peur qu'au lieu d'aller à une partie de plaisir, je n'aille à une partie de déplaisir, ainsi qu'il m'est arrivé plus d'une fois, faute d'y avoir suffisamment réfléchi.

Pour revenir à nos assemblées publiques, quel en est le membre qui voudrait décider sur-le-champ d'une proposition d'où dépendrait sa fortune particulière ? A combien plus forte raison ne doit-il pas le faire, lorsqu'il s'agit de la fortune nationale ? Il faut donc que chacun d'eux y examine à loisir ce qu'il veut décider pour tous, et pour toujours ; il faut de plus qu'il donne son sentiment, non de vive voix, à la manière française, mais par écrit, à la manière des Romains. Rien n'est plus contraire à la sagesse des délibérations que les acclamations. Si celui qui fait une motion a une voix forte,

12*

de l'audace et des partisans, comme en ont
tous les ambitieux, il entraîne la multitude,
qui ne résiste guère à ceux qui font beaucoup
de bruit ; il fera sur-le-champ adopter à toute
une assemblée les projets les plus dangereux,
et il la liera aussitôt par le lien du serment,
afin de lui ôter jusqu'à la ressource du re-
pentir. Un homme sensé, qui en prévoit les
conséquences, n'osera seul heurter de front
un grand parti, de peur de se faire des ennemis personnels ; ou il aura besoin lui-même
de temps pour motiver son opinion en particulier ; ou il manquera de facilité pour l'exprimer en public. D'ailleurs, comment faire
rentrer en eux-mêmes ceux qui n'existent jamais que dans l'opinion d'autrui, et engager
à se rétracter une multitude qui a donné son
approbation avec tant d'éclat ? Les délibérations privées et par écrit évitent tous ces inconvénients ; et s'il nous en fallait des preuves
nous les trouverions dans les assemblées de
tous les peuples sages, anciens et modernes.

Doit-on voter dans l'assemblée nationale
par ordre ou par tête ? Cette question, qui a
été fort agitée, me semble renfermer en elle

nêmé sa solution. Puisque chaque député est membre de l'assemblée nationale, il doit y perdre de vue l'intérêt de son ordre, pour ne s'occuper que de celui de la nation. Il doit donc y voter par tête, comme un citoyen qui n'a d'autre but que l'intérêt public; et non par ordre, parce que chaque ordre a son intérêt particulier. Quelques patriotes ont proposé d'admettre le vœu par tête, lorsqu'il s'agirait de l'intérêt de la nation, et le vœu par ordre, lorsqu'il s'agirait de l'intérêt particulier d'un ordre. Mais dès qu'une motion qui intéresse particulièrement un ordre est proposée dans l'assemblée nationale, c'est qu'elle intéresse aussi la nation; car autrement on ne l'y proposerait pas. La plupart des abus publics n'intéressent-ils pas quelque ordre en particulier? Les laisser décider par ordre, dont chacun a son *veto*, n'est-ce pas les laisser sans décision?

Le vœu par tête a aussi ses inconvénients; mais, je le répète, ils ne sont que pour le peuple: car, pour maintenir son équilibre, il faut qu'il compte sur les vertus de ses députés, exposés à de grandes séductions, et

sur les vertus encore plus grandes des députés des deux autres ordres, auxquels la nation
demande le sacrifice de plusieurs priviléges
très-séduisants.

D'autres patriotes ont proposé de laisser
certains cas difficiles au jugement d'un comité formé des membres des trois ordres.
Quand Rome et Albe voulurent mettre fin à
leur querelle, Rome chargea de la sienne les
trois Horaces, et Albe les trois Curiaces:
mais je crois que si la plume en eût décidé,
comme de tant d'autres, elle ne se serait
jamais terminée. L'épée la trancha, parce
que c'étaient deux villes ennemies : mais les
corps de notre assemblée sont des membres
de la même nation ; ils doivent tendre sans
cesse à se réunir, et jamais à combattre. Plusieurs députés du clergé et de la noblesse ont
donné, par des sacrifices en tout genre, les
plus grandes preuves de générosité et de patriotisme. Pour en augmenter le sentiment
dans tous les ordres, et établir entre eux une
confiance mutuelle, je voudrais qu'un ordre,
dans des cas embarrassants, au lieu de prendre les défenseurs de ses intérêts parmi ses

nembrés, les choisît au contraire parmi ceux qu'il estime les plus gens de bien dans l'ordre opposé.

En changeant seulement les intérêts des parties, on a quelquefois dénoué des cas bien difficiles. Qu'on se rappelle, dans La Fontaine, le testament expliqué par Ésope :

> Un certain homme avoit trois filles,
> Toutes trois de contraire humeur :
> Une buveuse, une coquette,
> La troisième, avare parfaite.
> Cet homme par son testament,
> Selon les lois municipales,
> Leur laissa tout son bien par portions égales,
> En donnant à leur mère tant,
> Payable quand chacune d'elles
> Ne posséderoit plus sa contingente part.

L'aréopage les partagea d'abord suivant leur inclination.

> . . . . On composa trois lots :
> En l'un, les maisons de bouteille,
> Les buffets dressés sous la treille,
> La vaisselle d'argent, les cuvettes, les brocs,
> Les magasins de malvoisie,
> Les esclaves de bouche, et pour dire en deux mots,
> L'attirail de la goinfrerie.
> Dans un autre, celui de la coquetterie,
> La maison de la ville, et les meubles exquis,

    Les eunuques et les coiffeuses,
       Et les brodeuses,
    Les joyaux, les robes de prix..
Dans le troisième lot, les fermes, le ménage,
    Les troupeaux et le pâturage,
    Valets, et bêtes de labeur.

Mais chaque fille restant attachée à son lot, leur mère se trouvait sans argent, puisqu'elle n'en pouvait avoir que lorsque chacune d'elles

    Ne posséderoit plus sa part héréditaire.

Ésope leur distribua leurs lots tout au contraire de l'aréopage. Il donna

    A la coquette l'attirail
    Qui suit les personnes buveuses;
    La biberonne eut le bétail,
    La ménagère eut les coiffeuses.

Alors chacune des filles, mécontente de sa portion, s'en défit, et la mère fut payée.

Les trois sœurs, épithètes à part, sont nos trois ordres; et leur mère, c'est la nation qui leur redemande son douaire sur leur part d'héritage, quand elles s'en seront défaites.

Si une simple permutation d'intérêts peut quelquefois accorder les affaires, je trouve qu'une permutation d'intéressés peut aussi accorder les parties, ce qui est encore plus difficile. Je suis bien sûr, au moins, qu'on peut tout obtenir des Français par le sentiment de l'honneur. Le clergé et la noblesse ont sacrifié leurs priviléges pécuniaires; et ils n'ont opposé de résistance que pour leurs droits honorifiques. Mais si quelques-uns de ces droits étaient onéreux à l'agriculture, et si le peuple, pour leur opposer ceux de l'humanité, choisissait ses défenseurs parmi les plus gens de bien du clergé et de la noblesse, je ne doute pas qu'ils ne fussent abolis. D'un autre côté, je suis convaincu que si le clergé et la noblesse prenaient dans la chambre des communes les défenseurs des droits honoriques accordés à la dignité de leurs places, et à la vertu de leurs ancêtres, ces droits leur seraient conservés, et que s'ils n'étaient pas compatibles avec la dignité de l'homme et la liberté nationale, ils en seraient dédommagés magnifiquement par d'autres, tels que ceux des adoptions, qui les rendraient à

l'avenir les uniques sources de la noblesse
héréditaire : d'ailleurs vingt millions d'hommes manquent - ils de moyens d'honorer
leurs nobles, lorsque ces nobles se rappro-
chent d'eux ?

Je trouve donc qu'un comité de confiance
formé réciproquement d'arbitres choisis dans
chaque ordre, par l'ordre qui lui est opposé
d'intérêts, substituerait aux intrigues de la
politique qui embarrassent les affaires les
plus simples, la franchise de la générosité
qui simplifie les plus embarrassées. Les ordres de notre assemblée auraient-ils moins
de grandeur que les anciens Gaulois nos ancêtres, et auraient-ils moins de confiance les
uns à l'égard des autres, que n'en ont
entre elles des nations étrangères ? Lorsqu'Annibal passa dans les Gaules, les Gaulois convinrent avec lui que s'ils avaient à
plaindre des Carthaginois, ils s'en rappor-
raient au jugement des chefs carthaginois,
mais que si les Carthaginois à leur tour
plaignaient des Gaulois, les femmes de ceux-
ci décideraient de la justice de leurs plaintes.
Ces deux peuples vécurent en bonne intel-

gence, pour s'être fiés à leur générosité mutuelle, et pour avoir choisi les arbitres de
leurs différends dans ce qu'il y avait de plus
digne de respect et de confiance dans le parti
opposé. Il y a apparence que dans certains
cas, ils s'en seraient rapportés à la justice
même d'Annibal, également intéressé à complaire aux uns et aux autres; lui qui, entre
autres talents, eut l'art de se concilier toutes
sortes de nations dont il composait son armée. Pourquoi les trois ordres de notre nation ne se confieraient-ils pas également à l'é-
quité du roi, qui en est le médiateur naturel, et qui a sacrifié tant de fois ses intérêts
à l'intérêt public ?

Le second principe sur lequel on doit poser
la constitution future de l'état, est la permanence de l'assemblée nationale, et le retour
périodique de ses membres.

Au moyen de la permanence de l'assemblée, il y aura un ensemble dans toutes les
parties de l'administration, déjà constituée,
dans une grande partie du royaume, en assemblées de villages, de villes et de provinces. L'assemblée nationale, qui en forme le

centre, doit mettre sans cesse sous les yeux
du roi les hommes et les affaires, et établir
entre lui et le dernier de ses sujets une communication perpétuelle de lumières, de services, de protection et de secours, qui ne
pourra jamais être interceptée par aucun
corps intermédiaire; ce qui ne manquerait
pas d'arriver si l'assemblée nationale n'était
que périodique, ainsi qu'on l'avait proposé.

D'un autre côté, au moyen de la périodicité des membres de l'assemblée nationale,
aucun d'eux n'aura le temps de s'identifier
avec sa place, et de devenir un agent du
despotisme, en se laissant corrompre par
l'influence ministérielle, ou celui de l'aristocratie, encore plus dangereuse que le despotisme.

Il me semble qu'on doit renouveler les
membres de cette assemblée tous les trois
ans, ou tous les cinq ans, si on le juge plus
convenable, non tous à-la-fois comme en
Angleterre, mais seulement la troisième ou
la cinquième partie chaque année, afin que
le plus grand nombre de ses membres soit
toujours instruit des affaires.

Jamais l'assemblée nationale ne pourra porter atteinte aux prérogatives royales, parce que ses membres se renouvelleront sans cesse, qu'elle sera formée de deux puissances qui se balancent sous l'influence de la royauté, et que ce sera une loi fondamentale de la constitution future, comme elle l'est de la monarchie, qu'aucune proposition n'y recevra la sanction de loi, que du roi seul.

Le troisième principe essentiel à la constitution future de la France, et à son ensemble, est l'établissement des assemblées à-la-fois permanentes et périodiques dans tous les villages, villes et provinces du royaume, à l'instar de l'assemblée nationale, avec laquelle elles doivent correspondre.

De pareilles assemblées doivent être formées dans chaque quartier de Paris, et on en doit tirer des députés pour en composer l'assemblée municipale, afin que cette ville immense avec ses quartiers, soit assimilée à une province avec ses districts.

On doit étendre ces dispositions à nos colonies ; mais s'il est juste d'admettre leurs députés blancs dans l'assemblée nationale, il

ne l'est pas moins d'y appeler leurs députés
noirs, dans la classe des noirs libres; puisque étant employés à la culture et à la défense de nos colonies, ils ne sont pas moins
intéressés que les autres citoyens à délibérer
sur les intérêts de leur métropole. De plus,
la convocation des noirs libres dans l'assemblée nationale préparera l'abolition de l'esclavage dans nos colonies, comme la convocation des hommes libres dans nos anciens
états généraux prépara l'abolition de la servitude féodale, qui avait envahi une partie
des Gaules. Enfin ces hommes nés sous un
autre ciel, repoussés par leur patrie, et par-
ticipant aux bienfaits de la nôtre, augmen-
teront la majesté d'une assemblée qui prend
sous sa protection tous les infortunés, et ils
concourront peut-être à assurer un jour,
son humanité une gloire que les conquérants
n'ont jamais due à leurs victoires, celle de
voir, dans son sein, voter pour sa prospérité des députés de toutes les nations.

Quant aux conditions nécessaires pour être
électeur dans les assemblées rurales, municipales, provinciales et nationales, il m'

semble que c'en est une essentielle de posséder une portion de terre labourable, comme en Angleterre, afin de relever l'agriculture, et d'empêcher que la pluralité des électeurs ne se compose d'indigents que la nécessité oblige de vendre leurs voix; mais d'un autre côté, j'estime qu'il est inutile et injuste d'exiger, comme en Angleterre, une propriété territoriale encore plus grande de chaque député à l'assemblée nationale : car il est certain que les électeurs étant à l'abri des premiers besoins, ne seront jamais exposés à être corrompus par des députés sans fortune; et que des députés sans fortune, choisis par les électeurs qu'ils ne peuvent corrompre, doivent avoir des qualités personnelles très-recommandables. Il est possible en effet, que dans cette classe si nombreuse d'hommes de tous les ordres, qui n'ont aucune propriété, se trouve des citoyens très-éclairés et très-patriotes, qui doivent leur pauvreté même à leurs vertus : un Socrate, un Aristide, un Épaminondas, un Bélisaire, un Jean-Jacques.

Ces députés doivent être défrayés honorablement. J'ai entendu à ce sujet des gens se

13*

faire un faux point d'honneur, et prétendre
que des députés de la patrie devaient la servir gratuitement. Mais puisque tous ceux qui
la servent, dans des corps qui ne la servent
pas toujours, s'en font payer, depuis les car-
dinaux jusqu'aux sacristains, depuis les ma-
réchaux de France jusqu'aux soldats, et depuis le chancelier jusqu'au moindre clerc;
pourquoi n'en serait-il pas de même des
membres de l'assemblée nationale ? Il est
aussi juste que ceux qui servent directement
la patrie vivent de la patrie, que ceux qui
servent l'autel vivent de l'autel. D'ailleurs,
c'est le seul moyen d'ouvrir l'entrée de ces
assemblées aux hommes de mérite qui sont
pauvres. Chaque député à l'assemblée nationale doit donc recevoir un traitement honorable, non de l'ordre ou de la province qui
le député, mais de la nation, afin de lui rappeler qu'il a cessé d'être député de son ordre
et de sa province, pour devenir membre de
la nation. Ce traitement doit être égal pour
les députés de tous les ordres, parce que
leurs services sont égaux ; et quelque faible
qu'il soit, il doit être regardé, par chacun

d'eux, comme aussi honorable que celui que
les rois font à leurs ambassadeurs, puisqu'ils
le reçoivent des peuples à la solde desquels
sont les rois eux-mêmes.

Ces dispositions générales faites ou recti-
fiées sur de meilleurs plans, il n'y a aucun
abus, qu'avec le temps les assemblées permanentes et périodiques de villages, de villes
et de provinces ne puissent réformer, et aucun bien qu'elles ne puissent faire. Certainement dans les lieux où elles sont établies, on
ne s'est pas aperçu qu'elles aient empiété sur
la liberté des peuples, ou sur l'autorité
royale qu'elles éclairent et qu'elles servent :
il en sera de même de l'assemblée nationale
qui doit en être le centre.

Ceci posé, cette assemblée constituée sous
les yeux du roi, comme la nation même
qu'elle représente, durant toujours et se renouvelant sans cesse, s'occupera du soin de
détruire les maux avant de faire le bien.

Elle abolira d'abord ceux qui affligent l'a-
griculture, cette mère nourrice de l'état,
comme les capitaineries, les droits de chasse,
les gabelles, les corvées, les milices et la

taille ; ceux qui désolent le commerce,
comme les impôts trop onéreux et dispropor-
tionnés, les péages des rivières, les droits à
l'entrée des villes sur les vins, qui doivent y
payer à proportion de leur prix; ceux qui
affligent le corps politique, comme la vénalité des charges, les survivances, les pensions non méritées; enfin ceux qui attaquent
la liberté de l'homme dans ses opinions,
dans sa conscience, et même dans sa personne, comme la servitude des habitants du
mont Jura, et l'esclavage des noirs dans nos
colonies. Elle s'occupera de la réforme de la
justice civile et criminelle, de celle de l'éducation, sans laquelle aucun plan de législation n'est stable; et après avoir remédié aux
maux qui intéressent notre postérité, elle
étendra ses recherches sur ceux qui regardent les autres nations, et se communiquent
à nous par les correspondances que la nature
a établies entre toutes les familles du genre
humain.

Les cahiers des provinces ont pris en considération la plupart de ces objets; mais je
doute que l'assemblée nationale, chargée de

s réformer, puisse y suppléer par des lois
précises et invariables : car, comme je l'ai
dit, les hommes ne peuvent saisir que des
harmonies, c'est-à-dire, de ces vérités qui
sont toujours entre deux contraires : de là
vient que les lois sont mobiles par tout pays,
qu'elles changent avec les mœurs et les
siècles. Il en faut excepter les lois naturelles
qui ne varient point, parce qu'elles sont les
bases de l'harmonie générale, qui seule est
constante; c'est à celles-là qu'il faut rappeler
toutes les autres. C'est donc à la sagesse de
l'assemblée nationale à saisir, sur tous les
points de la législation, un *medium* harmo-
nique, et à l'y maintenir; ce qui nécessite la
permanence de l'assemblée, comme je l'ai
dit. Au reste, comme il a paru d'excellents
mémoires sur la plupart de ces matières, je
ne m'arrêterai qu'à quelques considérations
dont on peut ne s'être pas assez occupé,
mais qui me semblent très-importantes,
parce qu'elles regardent le peuple, dont l'intérêt est l'intérêt national.

Le roi a déjà déclaré ses intentions pater-
nelles au sujet de ses capitaineries, qui dé-

truisent, par le gibier, les récoltes des paysans, et envoient aux galères les paysans qui
détruisent le gibier. On doit se flatter qu'à
l'exemple du roi, les seigneurs régleront et
restreindront d'eux-mêmes leurs droits de
chasse, qui sont aussi de petites capitaineries.

La gabelle, cette autre pépinière de galé-
riens, a aussi attiré les regards paternels de
sa majesté : il y a lieu d'espérer que cet impôt sera détruit ; que les campagnes auront
en abondance l'usage du sel si nécessaire
aux bestiaux ; et que la mer, ce quatrième
élément, sera aussi libre aux Français, que
les trois autres éléments du globe.

Puisse sa majesté, pour attirer la béné-
diction du ciel sur les opérations de son assemblée nationale, délivrer des prisons et
des galères ceux de ses sujets qui sont les
victimes des lois désastreuses des capitaineries et des gabelles !

On doit encore soulager les gens de campagne, de la corvée des chemins, ou de l'argent qu'ils paient pour y suppléer, en y faisant contribuer non-seulement les abbayes

t les châteaux de leurs districts, mais les
illes au commerce desquelles ces chemins
ervent principalement, ainsi que les voya-
eurs qui les détériorent, en y voyageant à
cheval ou en voiture. On peut établir, pour
et effet, de poste en poste, des barrières et
es péages, ainsi qu'en Angleterre, en Hol-
nde et en plusieurs lieux de l'Allemagne.

Quant aux milices, la noblesse semble
raindre d'en porter la charge, soit en per-
onne, soit en argent; cependant la défense
e l'état lui semble principalement dévolue,
uisqu'elle a été jusqu'à présent toute mili-
ire. Ce n'est qu'à cette considération qu'on
ui a accordé autrefois ses titres, ses fiefs et
es prérogatives, qu'elle s'est rendus hérédi-
ires. Elle a gardé pour elle le bénéfice, et
a laissé la charge au peuple. Mais mon
ésir étant de délivrer les campagnes du far-
eau de la milice, et, qui pis est pour des
rançais, de sa tache, parce qu'elle est de-
nue une marque de roture, il s'en faut bien
ue je la veuille faire supporter à la noblesse.
oin de vouloir rendre les nobles roturiers,
i voudrais rendre les roturiers nobles, ou

plutôt je voudrais anoblir la vertu, et qu'il
n'y eût que le vice de vilain. On doit donc
délivrer de toute flétrissure l'agriculture, le
plus noble des arts, et le seul dont toutes les
fonctions conviennent à la vertu.

Il est aussi à désirer que l'industrie, le
commerce, l'urbanité et la richesse de nos
villes, se répandent dans nos campagnes
dont les habitants sont si pauvres et si malheureux. Il est constant que la plupart de nos
bourgeois ne se concentrent dans les villes
qu'afin de ne pas payer dans les campagnes
l'impôt roturier de la taille, et que leurs enfants n'y tirent pas à la milice. D'un autre
côté, quoique nos paysans, qui n'ont pas les
mêmes idées d'honneur sur la nature morale
des impositions, ne soient sensibles qu'à leur
poids fiscal, rien n'a pu jusqu'à présent les
familiariser avec le fléau de la milice, parce
qu'il attaque les plus doux sentiments de la
nature, en les privant de leurs enfants. C'est
la crainte de la milice qui les oblige d'envoyer leurs enfants dans les villes, aimant
mieux en faire des laquais que des soldats. Il
résulte donc de la taille et de la milice, que

nos campagnes manquent d'habitants, et que nos villes en sont surchargées. Comme l'impôt fiscal de la taille sera suppléé par un impôt territorial, également supporté par les propriétaires de tous les ordres, ce sera déjà un grand obstacle ôté à l'agriculture. Pour l'impôt personnel de la milice, il ne paraît pas si facile de le remplacer. Il semble fort étrange que ce soit, chez nous, un honneur de servir le roi dans l'état militaire, et une espèce de honte de tirer à la milice. Je trouve deux raisons de cette contradiction : la première, c'est que le service de la milice est forcé; la seconde, comme je l'ai déjà dit, c'est qu'il est une preuve de roture, parce que les nobles n'y tirent point. La première raison est de la plus grande force pour des hommes libres; la seconde n'en a pas moins pour des bourgeois, dont les enfants sont dressés à l'ambition par l'éducation publique; ainsi la milice n'est pas moins contraire aux préjugés nationaux qu'aux sentiments naturels.

La crainte de la milice est aussi une des grandes raisons qui éloignent des campagnes nos

14

jeunes paysans. Le cœur humain est si jaloux
de sa liberté, que quoique l'état d'officier soit
honorable et bien payé, je suis convaincu qu'il
ne se présenterait pas un seul gentilhomme
pour le remplir, si on voulait l'y contraindre.
Tenez la porte d'un jardin public toujours
ouverte, peu de personnes iront s'y promener : mettez-y des soldats pour forcer les
passants d'y entrer, tout le monde le fuira ;
tenez-la bien fermée avec des barrières et
des gardes pour en éloigner les curieux, chacun voudra y pénétrer, et y emploiera ses
recommandations.

Pour inspirer à la jeunesse de nos villages
le goût du service, je commencerais par le
leur interdire. Loin de faire de l'état de mili-
cien un sujet de crainte, de honte, et quelquefois de punition, j'en ferais un d'espoir,
d'honneur et de récompense. Je commencerais par apprendre à nos jeunes paysans
que ce n'est que sur le courage de ses sujets
les plus vertueux que la patrie compte pour
sa défense, et je ne permettrais qu'aux plus
honnêtes d'entre eux de s'exercer les jours de
fête au maniement des armes, à tirer à

lanc, à faire l'exercice, etc. Alors on verrait bientôt parmi eux autant d'empressement pour la milice, qu'ils en ont d'éloignement aujourd'hui. En cas de guerre, ils seraient toujours prêts à marcher, non sous les ordres de nos simples gentilshommes ou de nos riches bourgeois, comme nos milices provinciales, mais sous ceux d'officiers vieillis dans le service, qui trouveraient dans ces commandements, des retraites plus agréables que celle de l'hôtel des Invalides.

Il serait nécessaire aussi d'améliorer l'état de nos soldats, dont la paye n'est que de cinq sous par jour. Du temps de Henri IV, elle était aussi de cinq sous, mais les cinq sous de ce temps-là font plus de vingt sous d'aujourd'hui, par comparaison au prix des denrées. Il ne s'agit que d'augmenter la paye de nos soldats pour en avoir autant que l'on voudra, comme on a des hommes de toutes les professions. On leur fera gagner avec profit cet accroissement de paye, en les employant aux travaux des chemins, des ports, des monuments publics, etc.... ainsi qu'y étaient employés les soldats romains.

D'un autre côté, les fonds militaires s
trouveront augmentés de l'argent que pro
duiront les impositions sur les chemins ; d'un
partie des dépenses sur les bâtiments royaux
des redevances des fiefs tant nobles qu'ecclé
siastiques, autrefois chargés du service mi
litaire ; des contributions que fourniront en
core, pour cet objet, les corporations de
villes ; enfin des économies à faire sur le
pensions trop nombreuses et trop considé
rables de l'état-major de l'armée. Ces moyen
me semblent suffisants à l'entretien et à l'é
mulation de nos soldats, sur-tout si on leu
donne pour retraites et expectatives, la gard
des villes, les maréchaussées, et beaucou
de petits emplois civils, comme en Prusse
et qu'on leur présente, dans leur service
une route ouverte à tous les grades militaires
comme elle l'est dans tous les pays du monde

La servitude militaire ôtée de dessus no
campagnes, on délivrerait nos rivières et no
ports de mer de la servitude nautique. Au
cun navigateur ne serait forcé de servir su
les vaisseaux du roi, quoique le traitemen
des matelots y soit plus lucratif que celui de

soldats dans les régiments. On se gardera bien d'imiter les Anglais, qui, pour avoir des matelots en temps de guerre, font la presse, encore plus injuste que notre milice. Pourquoi nos négociants en trouvent-ils plus qu'ils n'en ont besoin ? c'est qu'ils les paient bien. Pourquoi donc l'état serait-il moins équitable à l'égard des gens de mer, que de simples marchands ? Il a incomparablement plus de moyens. Il peut augmenter les revenus de sa marine, en employant, en temps de paix, ses vaisseaux et ses matelots à des transports, et à une multitude de services nautiques : il peut offrir à ses matelots quantité de retraites, dans nos arsenaux, dans nos ports, sur nos rivières, et même dans nos colonies.

Au reste, tout Français doit avoir l'espérance de monter, par son mérite, jusqu'aux premières places de son état, sans naissance, sans argent et sans intrigue. C'est à cette liberté et à ces perspectives que la France a dû sa grandeur sous le despotisme même, et notamment sous celui de Louis XIV, le plus absolu de nos despotes. On peut obser-

14*

ver que depuis ce prince les talents se sont
affaiblis en France, précisément dans les parties de l'administration dont les corps sont
devenus aristocratiques. Il vaut mieux, sans
contredit, que l'état soit honoré, enrichi,
sauvé par le fils d'un paysan, que déshonoré,
ruiné, perdu par le fils d'un prince. Ainsi,
comme par le passé, un soldat pourra devenir maréchal de France; un matelot, chef
d'escadre, et même amiral; un simple répé-
titeur de collége, grand-aumônier; un avocat, chancelier; afin que nous puissions re-
voir encore des Fabert, des Jean Bart, des
Amyot, des l'Hôpital. Rome n'a dû, dans
tous les temps, son ensemble, sa puissance
et sa durée, qu'au droit dont jouissaient tous
ses citoyens de parvenir à tout. Rome moderne, comme Rome antique, leur a offert à
tous des dignités, des triomphes, l'empire,
et même l'apothéose.

La liberté civile de parvenir en France à
tous les emplois, doit donc s'étendre à tous
les citoyens, parce qu'elle est de droit
français. Quant à la liberté individuelle ou
de la personne, elle est de droit naturel; tout

Français a le droit de sortir de sa ville, de
sa province et du royaume, comme il sort
de sa maison. Cette liberté ne peut être res-
treinte, par des passe-ports, que dans les
temps de troubles. C'est le salut du peuple
qui doit être la règle de ces exceptions,
comme il doit être celle de toutes les lois
politiques.

On a beaucoup débattu de la liberté de
penser. Il est certain qu'aucun gouvernement
ne peut l'ôter à personne. Je puis être, au
dedans de moi, républicain comme un Spar-
tiate à Constantinople, ou Juif à Goa. La
conscience ne doit ses comptes qu'à Dieu;
c'est un état interdit à tous les tyrans. On y
pénètre par la persuasion, et non par la force.
C'est une fleur qui s'ouvre aux rayons du
soleil, et qui se ferme aux vents orageux.
Ainsi la liberté passive de penser est de droit
naturel. Quant à la liberté active, c'est-à-
dire, celle de publier ses pensées, elle se réduit à la liberté de parler; or, la liberté de
parler doit être réglée, dans un état, comme
la liberté d'agir. Certainement, il n'y est permis à personne d'agir d'une manière nuisible

à la société ou à ses membres ; il n'y doit donc pas l'être de publier des pensées qui pourraient leur faire tort. Je trouve même que l'assemblée nationale doit établir des lois plus rigoureuses que les nôtres, contre les calomniateurs, les plus méchants de tous les hommes, puisque le mal fait par leurs paroles, est plus grand et plus durable que celui que des brigands commettent par leurs actions. La liberté de publier ses pensées, ou la liberté de la presse, doit donc être réglée sur la liberté même d'agir ; et comme celle-ci ne doit éprouver aucune contrainte, lorsqu'il s'agit du bonheur public, le bonheur public doit être la règle de la liberté de la presse.

La liberté religieuse, ou la liberté de conscience proprement dite, est, comme la liberté de penser, non-seulement de droit naturel, mais du droit des gens : elle dérive de cet axiome de justice universelle : « Ne faites » pas à autrui ce que vous ne voudriez pas » qu'on vous fît. » Or, comme nous réclamons chez les peuples étrangers, la liberté d'exercer notre religion, nous devons, à notre tour, leur laisser la même liberté chez nous. La plupart des peuples de l'Asie l'accordent à toutes les nations, et même la liberté de prêcher. Sans cette tolérance mutuelle, il ne peut y avoir ni communication de lumières, ni même de commerce entre les hommes : tous les peuples seraient séquestrés les uns des autres, comme les Japonais le sont des Européens. Si, par l'intolérance, on ferme l'entrée des états aux erreurs, on la ferme aussi aux vérités ; on prive la nation du droit national dont nos ancêtres ont usé, lorsqu'ils ont reçu librement la religion que nous professons, et on lui ôte de plus la liberté de la répandre chez les autres peuples auxquels nous n'accordons pas des droits réciproques.

Pour que les Européens s'arrogent la prérogative d'envoyer des prédicateurs au Japon, il faut que les Japonais aient aussi celle d'envoyer des prédicateurs en Europe. Cependant, comme la gloire de Dieu et le bonheur des hommes doivent être la base de toute législation, on doit intolérer les religions superstitieuses, qui soumettent l'homme à l'homme, et non l'homme à Dieu ; ou intolérantes, qui rompent les communications entre les hommes, qui les damnent sans les connaître, qui leur apprennent à tourmenter leurs semblables ou eux-mêmes afin de se rendre agréables à Dieu, qui cependant est le père et l'ami des hommes.

Comme il n'est pas juste que le Français, qui veut être libre en France, soit tyran dans les autres parties du monde, il est néces-saire d'abolir l'esclavage des noirs, dans nos colonies d'Afrique et d'Amérique : il y va non-seulement de l'intérêt de la nation, mais de celui du genre humain. Quantité de ma-ladies physiques et morales dérivent de cette violation de la loi naturelle. Sans parler de plusieurs guerres qu'occasione la traite des noirs, et qui, comme toutes celles de l'Eu-rope, s'étendent jusqu'au bout du monde, les maladies physiques du climat des noirs, telles que les fièvres de Guinée, ont fait périr quantité de nos matelots et de nos soldats, d'autres, comme les pians, se sont natura-lisées dans nos colonies. Mais les maladies morales sont plus dangereuses, plus durables et plus expansives.

Il serait possible de prouver que la plupart des opinions qui, en différents temps, ont bouleversé l'Europe, sont venues des pays lointains. Le jansénisme, par exemple, paraît nous avoir été apporté de l'Orient par les croisades, avec la peste et la lèpre ; du moins on trouve les maximes du jansénisme dans des théologiens mahométans cités par Chardin. La peste et la lèpre ne subsistent plus chez nous ; mais le jansénisme dure encore, et fait même, dit-on, des progrès en Espagne. Nous ne saurions douter que nos opinions, à leur tour, n'aient troublé le repos des autres nations, témoin nos querelles religieuses, qui ont mis en garde contre nous les peuples de la Chine, et nous ont fait expulser du Japon. L'inquisition, qui a commencé à Rome en 1204, dans le temps des premières croisades, se répandit d'abord dans une partie de l'Italie, et de là chez les Portugais et les Espagnols ; elle dévasta, par l'entremise de ces peuples, une partie des côtes de l'Asie et de l'Afrique, et plus de la moitié de l'Amérique. En 1566, elle força les Hollandais de secouer le joug de l'Espagne.

A-peu-près dans le même temps, elle obligea
les peuples du nord de l'Europe de se séparer
de la religion romaine; et les peuples du
midi, qui restèrent catholiques, de lui opposer les plus fortes barrières : ensuite, semblable à une bête féroce qui se jette sur ses
conducteurs lorsqu'elle manque de proie, elle
n'a cessé de répandre la terreur dans les pays
qui lui ont donné la naissance ; Dieu voulant,
par un acte de sa justice universelle, que les
peuples intolérants trouvassent leur punition
dans les tribunaux mêmes de leur intolérance.

L'esclavage des noirs, que nous avons
établi dans nos colonies, à l'imitation des
Portugais et des Espagnols, a produit des
réactions à-peu-près semblables; car les habitants de nos colonies faisant aujourd'hui
au moyen de leurs richesses, des alliances
avec nos grands seigneurs, ils les accoutu-
ment insensiblement à regarder le peuple
blanc qui les nourrit en France, comme destiné à la servitude, ainsi que le peuple noir
qui cultive leurs possessions en Amérique.
C'est à l'influence de ce régime tyrannique,
qui s'est étendu même sur notre administra-

ion, qu'on peut rapporter cette étrange ordonnance du ministère de la guerre, déjà
citée, qui déclara, il y a quelques années,
qu'aucun homme non noble ne pourrait être
officier dans les troupes du roi; ordonnance
injurieuse pour la nation française, et dont
je ne crois pas qu'on puisse trouver d'exemple chez aucun peuple du monde, ni dans
aucun temps de notre monarchie, avant celui
de l'établissement de l'esclavage dans nos colonies. On peut, à la vérité, en excuser le motif,
ainsi que je l'ai fait, sur la nécessité de réserver
les emplois honorables aux pauvres gentilshommes : mais la noblesse ne peut être honorée lorsque le peuple est avili; car le plus haut
degré d'illustration où elle puisse elle-même
s'élever, est d'être, comme celle de Rome
ancienne, à la tête d'un peuple illustre.

Des réglements semblables à celui du département de la guerre se sont introduits
dans tous les corps. Le clergé ne veut plus
d'évêques, que tirés du corps des nobles; il a
oublié que les apôtres étaient de simples pê-
cheurs; que dis-je? la plupart des ecclésiastiques, quoique roturiers, ne font aucun cas

15

de leurs chefs, s'ils ne sont bons gentils
hommes. Depuis quelques années, les parle
ments exigent plusieurs degrés de nobless
pour être conseiller de grand'chambre,
séparent ainsi leurs intérêts de ceux du peupl
dont ils sont les enfants dans l'origine,
dont ils devraient être les pères par leu
fonctions. Il en est de même des compagni
municipales, financières et commerçante
qui réservent leurs principales dignités a
nobles. Enfin, jusqu'à nos corps de lettré
de savants et d'artistes, ils élisent, quand
le peuvent, leurs chefs parmi des noble
quelquefois fort ignorants, quoique ces cor
soient, par leur nature, des républiques do
les rangs ne doivent se régler que sur
talents. Louis XIV ne pensait pas ainsi, lor
qu'un cardinal, sous prétexte de la goutte
lui ayant demandé la permission de s'asse
dans un fauteuil aux séances de l'académ
française dont il était membre, le roi, au li
d'un fauteuil, en envoya quarante à l'acad
mie, afin qu'aucun de ses membres, quelq
qualifié qu'il fût, ne pût s'attribuer d'aut
distinction que celle que donne le génie. O

crois que cet esprit de servitude, où le peuple de tous les états court aujourd'hui de lui-même, nous vient, dans l'origine, de l'établissement de l'esclavage dans nos colonies; car auparavant, je ne trouve rien de semblable dans notre histoire. C'est aussi de cette époque que date la multiplicité des titres financiers, littéraires, et autres qualifications dont chacun tâche aujourd'hui d'allonger son nom, au défaut des comtés, baronnies et marquisats; tandis qu'autrefois les hommes même de la plus grande qualité, n'ajoutaient à leurs noms de famille que ceux de leur baptême. On trouve des exemples encore plus frappants et plus nombreux de ces abus de titres parmi les Portugais et les Espagnols, parce qu'ils nous ont précédés dans l'établissement de l'esclavage aux Indes, et dans le mépris des peuples dans leurs pays. Ces opinions tyranniques, déjà si répandues en France, prennent naissance dans l'esclavage de nos îles de l'Amérique, comme dans un foyer toujours subsistant de servitude, et se propagent en Europe par la voie de leur commerce, ainsi que la peste se

transporte de l'Égypte avec ses productions.
Or, comme on n'a point établi jusqu'ici sur les
côtes de France, de quarantaine pour les
hommes d'au delà des mers, infectés par naissance, par habitude et par intérêt, du dogme
de l'esclavage, et que la dépravation des
esprits est encore plus contagieuse que celle
des corps, il est de toute nécessité que l'esclavage du peuple noir soit aboli dans nos
colonies, de peur qu'un jour il ne s'étende
par l'influence de l'opinion de quelques particuliers riches, jusque sur le peuple blanc et
pauvre de la métropole. Les Anglais, qui
nous devancent en maturité et en sagesse,
ont déjà pris en considération cette cause du
genre humain; elle doit être plaidée dans
leur parlement comme elle aurait dû l'être
dans l'aréopage. Il s'est formé à Paris, comme
à Londres, une société amie et patronne des
pauvres noirs esclaves, au moins aussi digne
de l'estime publique que celle de la Merci.
C'est à cette société respectable à porter les
doléances de ces infortunés à l'assemblée nationale.

Mais comme il ne faut pas ruiner les

hommes qu'on veut réformer, j'observerai en faveur des habitants de nos colonies, qu'il faut procéder peu-à-peu à l'abolition de la servitude de leurs noirs; autrement on ferait le malheur des maîtres et des esclaves. Les révolutions de la politique doivent être périodiques comme celles de la nature. On peut d'abord tarir la source de l'esclavage aux îles, en défendant la traite des noirs en Afrique; ensuite on réduira la servitude personnelle des noirs à celle de la glèbe; puis celle de la glèbe en affranchissement, qu'on fera dépendre de leur bonne conduite à l'égard de leurs maîtres, afin qu'ils leur aient en partie obligation de leur liberté.

Ces changements sont d'autant plus faciles à faire que les cultures des îles sont bien moins pénibles et dispendieuses que celles de l'Europe. Il ne faut ni lourdes charrues, ni herses, ni attelages de chevaux, ni triples labours, pour planter le manioc, le maïs, la patate, le café, la canne à sucre, l'indigo, le cacaotier et le cotonnier, comme pour nos blés, nos vignes, nos lins et nos chanvres. Les campagnes de nos îles se cultivent comme

15*

nos jardins, avec des bêches, des pioches, des hottes. Des femmes et des enfants suffisent à la plupart de leurs récoltes.

A la vérité, les manufactures du sucre exigent de grandes dépenses en bâtiments, ainsi que le concours de beaucoup d'ouvriers. Des partisans de l'esclavage en ont voulu conclure la nécessité d'employer aux îles des ateliers de noirs esclaves. Cette conséquence si faible est même leur plus fort argument contre la liberté des noirs. Mais il ne faut pas en Europe d'ateliers d'esclaves pour entretenir et faire mouvoir les manufactures de tannerie, de tapisserie, de papier, d'armes, d'épingles, etc., qui demandent un grand concours d'hommes et plus d'ensemble dans leur fabrique que les manufactures du sucre. Un habitant, d'ailleurs, qui a un moulin à sucre, n'a pas plus besoin de cultiver toutes les cannes de son canton, pour en recueillir à lui seul le profit, qu'il n'est nécessaire que le possesseur d'un pressoir en Bourgogne ait à lui seul tous les vignobles de son coteau. Ceux qui fabriquent chez nous les toiles, ne cultivent point le lin et le chanvre; ni ceux qui font

... papier, ne ramassent point dans les rues ... chiffons de toile ; ni ceux qui impriment ... font des livres, ne se chargent pas d'en ... manufacturer le papier. C'est de la répartition ... différents arts dans des mains libres, ... est venue leur perfection en Europe. Les ... petites propriétés artistes sont nécessaires au ... progrès de l'industrie, comme les petites propriétés territoriales à celui de l'agriculture. Si ... fabricants de sucre aux colonies étaient chargés uniquement de sa fabrique, et les cultivateurs, de la culture des cannes, il ne serait pas nécessaire de raffiner en Europe le sucre des ... On y filerait, comme aux Indes, l'étoupe ... caire, les fils du bananier et le coton ; on ... ferait des cordages et des toiles. Les vastes habitations de Saint-Domingue et des Antilles, divisées en petites propriétés, et devenues libres, seraient aussi industrieuses, et ... se dire plus agréables, par la facilité de ... culture et par la température de leur ... que les fermes et les métairies de la ... où les hivers sont si rudes. Elles ... riraient une multitude d'emplois et de métiers à quantité de nos pauvres paysans et

ouvriers, qui manquent en France de travaux ; et les habitants de nos colonies se
trouveraient plus riches, plus heureux et plus
distingués, quand, au lieu d'esclaves étrangers, ils auraient des fermiers compatriotes,
et au lieu d'habitations, des seigneuries.

Je n'ai pas besoin de m'étendre sur l'abolition de la servitude mainmortable des habitants du mont Jura. Il est bien étrange que
cette servitude se soit maintenue jusqu'à présent dans un coin du royaume, par les cha-
noines de Saint-Claude, malgré les invita-
tions de Louis xvi, les prérogatives de l
France, les droits de la nature et les lois d
l'Évangile. La durée de cet abus prouve l
puissance et la tyrannie des corps. Les cha-
noines de Saint-Claude se détermineront san
doute d'eux-mêmes à restituer la liberté
des paysans français, à l'exemple de leur ve
tueux évêque, sans y être contraints p
l'assemblée nationale, qui a le droit de r
former toutes les injures faites à la nation.

Chefs du peuple dans tous les ordres,
vous le répète au nom de celui qui a lié l
destins de tous les hommes : votre prop

bonheur dépend de celui du peuple : si vous le haïssez, il vous haïra, il vous rendra au centuple le mal que vous lui ferez : mais si vous l'aimez, il vous aimera : si vous le protégez, il vous protégera : vous serez forts de sa force, comme vous êtes faibles de sa faiblesse. Voulez-vous donc vous-mêmes vivre libres ? n'attentez pas à sa liberté : acquérir des lumières ? ne l'aveuglez pas de préjugés : calmer vos propres ames ? ne lui donnez pas des inquiétudes : travailler à votre propre grandeur ? occupez-vous de son élévation : souvenez-vous que vous êtes le sommet de l'arbre dont il est la tige.

L'assemblée nationale doit s'occuper surtout du soin de réformer la justice civile et criminelle, dont les codes sont des monuments des siècles de barbarie, où le plus fort opprimait le plus faible. Elle réformera, par exemple, cette loi dénaturée par laquelle le témoignage d'une femme est déclaré bon pour constater un maléfice, et nul pour attester la simple prise de possession d'un bénéfice. Elle abolira cette autre loi, qui donne les deux tiers des terres à l'aîné de la famille, l'autre tiers à tous les frères cadets, fussent-ils une douzaine, et une simple portion de cadet à partager à toutes les sœurs, fussent-elles en même nombre que les garçons; en sorte que joignant l'expression de la galanterie française à une disposition inhumaine, elle déclare qu'un père peut marier sa fille avec un chapeau de roses, c'est-à-dire, avec rien. Cette loi, qui existe parmi la noblesse d'une grande partie du royaume, paraît être venue des barbares du Nord, en ce qu'elle est en vigueur parmi les paysans mêmes de cette portion de la Normandie appelée le pays de Caux, où s'établirent d'abord les ducs normands. Elle est inconnue à Paris et dans ses environs, où les frères partagent également avec leurs sœurs. Cette capitale du royaume ne serait jamais parvenue au point de richesse, d'urbanité, de lumières et de splendeur qui en font en quelque sorte la capitale de l'Europe, si cette loi féodale y eût existé.

Pour moi, venant à penser aux causes qui rendent une ville illustre, et qui en font le centre des nations, je vois que ce n'est ni la magnificence des monuments, ni les privilèes accordés au commerce, ni la douceur du climat, ni même la fécondité du sol, mais le bonheur dont y jouit la plus aimable portion du genre humain. Il y a sur la terre des villes plus heureusement situées que Paris, et qui sont bien moins fameuses et beaucoup moins peuplées. Naples est dans un climat délicieux; Rome moderne est remplie de monuments augustes; Constantinople est sur les limites des trois parties du monde, l'Europe, l'Asie et l'Afrique : d'autres villes, comme les capitales du Pérou et du Mexique, sont assises sur les bords du vaste Océan, dans un sol rempli d'or, d'argent, de pierreries, et sous un ciel égal, qui ne connaît ni les ardeurs de l'été ni les rigueurs de l'hiver; d'autres, comme Ceylan, Amboine, Java, sont dans des îles fortunées, au milieu des forêts de cannelliers, de girofliers et de muscadiers. Cependant aucune de ces villes n'est comparable à Paris, parce que les femmes y sont réduites à un esclavage civil ou moral. Il y a même en France des villes qui présentent plus d'avantages que sa capitale, parce qu'elles sont sous un ciel plus doux, ou plus près du centre

du royaume pour le régir, ou sur le bord de
mers pour communiquer avec toutes les na
tions. Rouen, par exemple, capitale du pay
de Caux, déjà considérable du temps de Cé
sar, aurait dû, par la richesse de son terri
toire, par l'industrie de ses habitants, et pa
sa situation sur la Seine, dans le voisinage d
la mer, s'élever au même degré de puissanc
que la capitale de l'Angleterre, qu'elle a sub
juguée autrefois par ses ducs. Mais si Londr
elle-même est devenue la rivale de Paris, c'e
sans doute par les mêmes causes. Paris doit
florissante prospérité à celle dont elle fait jou
les femmes. Par-tout où les femmes sont heu
reuses, on voit naître le goût, l'élégance,
commerce et la liberté. Les malheureux
tous les pays, qui comptent par-tout sur leu
sensibilité, y apportent leurs arts, leur indu
trie et leurs espérances. Les peuples y abor
dent, parce que les tyrans n'osent y paraîtr
Les villes les plus renommées de l'antiqui
sont celles où les femmes étaient le plus co
sidérées ; telle a été Athènes chez les Grec
telle a été une grande partie de la Grèce
elles régnaient par l'empire des graces,

nnocence et de l'amour, et qui a laissé d'elle
ne si douce mémoire, l'heureuse Arcadie.
Rome belliqueuse même leur a dû, par les
priviléges qu'elle leur accordait, la meilleure
partie de sa puissance sur des peuples barbares, tyrans de leurs femmes. Il est aisé de
subjuguer ses ennemis, quand on a leurs com-
pagnes pour amies. Ovide observe que Vénus
avait plus de temples à Rome que dans aucun
lieu du monde. Si on s'y rappelle tous ceux
des diverses Fortunes, de Junon, de Vesta,
de Cybèle, de Minerve, de Diane, de Cérès,
de Proserpine, des Muses, des Nymphes, de
Flore, etc.; on trouvera que les déesses y
étaient encore plus honorées que les dieux.
A Paris, les saintes sont plus fêtées que les
saints. Cette capitale de la France doit ses
prérogatives sur toutes les autres villes du
royaume, et son influence sur l'Europe, à
l'élégance des arts, à la variété des modes et
à la politesse des mœurs, qui résultent de l'empire des femmes. Les femmes sont à Paris les
législatrices du code moral, bien plus puissant que le code légal. Si elles y sont encore
opprimées par les lois, qui les soumettent à

16

leurs maris et à leurs enfants majeurs, elles y
sont protégées par les mœurs, qui leur réservent en tous lieux les premières places, comme
revêtues d'une magistrature naturelle qui les
rend dans tout le cours de notre vie les législatrices de nos goûts, de nos usages et même
de nos opinions. Elles sont, dès notre enfance,
nos premiers apôtres : ce sont elles qui nous
apprennent, tout petits, à faire de la même
main le signe de la croix et la révérence aux
dames; à honorer à-la-fois les autels et leur
sexe, comme si elles cherchaient dans nos
jeunes ames des protections pour l'avenir, et
à nous inspirer sur leur sein des habitudes re
ligieuses et tendres, qui doivent un jour leur
servir de sauvegarde contre la barbarie de nos
institutions. Les lois doivent donc venir avec
les mœurs au secours de leur faiblesse, en les
appelant par toute la France au partage égal
de nos fortunes et de nos droits, puisque la
nature les a appelées à celui de nos plaisirs et
de nos peines.

L'assemblée nationale doit encore s'occu
per du soin d'établir dans tout le royaume les
mêmes lois, ainsi que les mêmes poids et me

sures, afin de faire régner parmi les citoyens l'ensemble si nécessaire à la prospérité publique.

Elle doit aussi réformer la justice criminelle, qui n'a pas moins d'abus que la justice civile. L'humanité de nos magistrats, soutenue de la volonté de la nation et de la sanction du roi, pénétrera dans le ténébreux labyrinthe de nos lois, déjà éclairé par les Servan et les Dupaty..... afin d'ôter au crime ses refuges, et d'empêcher l'innocence de s'y égarer. Pour s'y guider eux-mêmes, ils ne perdront jamais de vue cette loi que la nature n'a point tracée sur des colonnes de marbre, ou sur des tables de bronze, ou sur des parchemins, et qu'elle n'a écrite ni en égyptien, ni en hébreu, ni en latin ; mais qu'elle a empreinte avec les caractères du sentiment, ce langage de tous les siècles, dans la conscience de tous les hommes, pour y être la base éternelle de la justice et du bonheur des sociétés :

« Ne faites pas à autrui ce que vous ne voudriez pas que l'on vous fît. »

Il s'ensuivra que les récompenses seront communes et personnelles à tous les Français,

pour les mêmes vertus ; comme les punitions
pour les mêmes vices. C'est le seul moyen de
détruire le préjugé qui honore toute la postérité d'une famille, à cause de la gloire d'un
de ses membres, ou qui la déshonore pour le
crime d'un seul. Cependant on doit abolir tous
les châtiments qui sont infamants et cruels. Il
me semble même juste de substituer, sans
flétrissure corporelle, à l'exemple des Romains, la peine du bannissement hors du
royaume à celle des prisons perpétuelles ou
des galères. Souvent un homme, après avoir
fait une mauvaise action dans son pays, où
il a été égaré par l'indigence, ou séduit par
l'exemple, ou entraîné par les passions, se
corrige dans un pays étranger où il est plus
heureux, et sur-tout où il est inconnu. Souvent, au contraire, il achève de se dépraver,
livré à lui-même dans une prison, ou flétri
dans la société des citoyens par l'opinion publique, qui le poursuit à jamais jusque dans
ses enfants. On doit aussi rendre la peine de
mort très-rare ; elle ne devrait avoir lieu que
pour punir les assassinats prémédités, comme
dans la loi du talion chez les Hébreux. On

boli la peine de mort en Russie dans tous les cas, excepté celui de lèse-majesté ; et les crimes y sont bien plus rares qu'autrefois, où cette peine était très-commune. Nous devons imiter l'humanité des Anglais, qui envoient la plupart de leurs criminels dans les pays nouvellement découverts. Il est aussi convenable d'adopter leurs jugements par pairs et par jurés dans les procédures. Ce dernier moyen peut également servir à constater les bonnes actions pour les récompenser, et les mauvaises pour les punir. Il n'est pas juste que les lois punissent toujours, et ne récompensent jamais ; qu'un homme soit envoyé aux galères ou au supplice pour avoir attenté à la fortune ou à la vie des citoyens, et qu'il ne reçoive aucune faveur publique pour avoir entretenu parmi eux la concorde, et les avoir consolés dans leurs infortunes. Notre justice n'a qu'une épée, elle ne sait que frapper ; sa balance ne lui sert qu'à peser les maux et jamais les biens. Il est donc juste que nos tribunaux puissent décerner des récompenses comme des punitions, et dresser des autels comme des échafauds. Alors les pierres de nos

16*

carrefours, toujours couvertes d'arrêts de flétrissure ou de mort, cesseront d'être, comme
à Gènes, des pierres infamantes; elles s'ho-
noreront des fastes de la vertu. Les entrées de
nos villes, au lieu d'effrayer les voyageurs par
des fourches patibulaires, les inviteront à y
chercher des asiles par des arcs de triomphe
élevés, comme à la Chine, à la mémoire des
bons citoyens.

Tels sont les principaux abus qu'il me semble nécessaire de réformer, avant toute autre
réforme. Maintenant, je vais faire quelques
réflexions sur l'impôt territorial, qui doit suppléer à la taille, acquitter les dettes de l'état
et être payé, sans exception, par tous les propriétaires des terres.

Il me semble que pour que l'impôt territorial soit réparti également sur les personnes,
il doit l'être inégalement sur les fortunes,
c'est-à-dire, qu'il doit croître à proportion de
l'étendue de chaque propriété : ainsi la portion de terre nécessaire pour nourrir une famille, étant déterminée, cette portion paie-
rait davantage à mesure qu'elle augmenterait
dans chaque propriété. Les Romains, dan

es premiers temps de leur république, avaient
borné à sept arpents la quantité de terre nécessaire à la subsistance d'une famille. Comme
nous ne sommes pas si sobres que les anciens
Romains ; que notre climat, plus froid que
celui de l'Italie, exige plus de besoins ; que
nos terres sont moins fécondes ; que nous
ayons des dîmes et d'autres sortes d'impo-
itions qui leur étaient inconnues, et qu'ils
articipaient au contraire aux tributs qu'ils
mposaient aux nations conquises, pour le
oulagement du peuple romain ; on peut fixer
n France à vingt arpents la quantité de terre
écessaire aux besoins d'une famille. Ceci
osé, l'arpent étant taxé par un impôt terri-
orial, prélevé en nature et non en argent,
haque propriété qui serait au delà de vingt
arpents, supporterait une légère taxe, appelée
l'impôt de censure. Cet impôt de censure
erait payé par ceux qui posséderaient deux
propriétés de vingt arpents ; il doublerait pour
ceux qui en auraient trois, quadruplerait pour
ceux qui en auraient quatre, etc.... Ainsi,
pendant que les propriétés particulières iraient
en progression arithmétique, 1, 2, 3, 4,

l'impôt de censure croîtrait en progression géométrique, 1, 2, 4, 8, etc....; de manière qu'il serait égal, pour une possession de mille arpents, à l'impôt territorial de ces mêmes mille arpents; il serait double pour celle de deux mille, quadruple pour celle de trois mille, octuple pour celle de quatre mille.

Cet impôt de censure croîtrait avec l'étendue des propriétés, comme le tarif des diamants et des glaces, dont le luxe est d'ailleurs bien moins dangereux que celui des terres, qui entraîne infailliblement la ruine d'un état, ainsi que l'ont observé Plutarque et Pline, à l'occasion de l'Afrique, de la Grèce et de l'Empire romain. On peut ajouter à ces exemples, dans les mêmes siècles, la Sicile, une partie de l'Asie; et dans ces temps modernes, la Pologne, l'Espagne et l'Italie. Il est donc à présumer que cet impôt de censure mettrait en France un frein aux grandes propriétés territoriales, bien mieux que les lois prohibitives, promulguées en vain à Rome sous les empereurs, qui fixèrent à cinq cents arpents le terme de la plus grande propriété individuelle. Il est toujours aisé d'en

...peindre une loi prohibitive, lorsque la prohibition n'en suit pas la transgression pas à pas. La cupidité, ainsi que les autres passions, est comme un chariot qui descend une montagne; si vous ne l'enrayez dès le départ, vous ne l'arrêterez pas dans le milieu de sa course.

Cet impôt de censure me paraît à tous égards fondé en justice; car si vingt arpents appartenants à une famille, paient la moitié moins que vingt arpents des mille qui appartiendraient à un seul propriétaire, d'un autre côté, ces vingt premiers arpents rendent à proportion beaucoup plus en denrées et en hommes. Mille arpents, sous un seul propriétaire, ont, chaque année, un tiers de leur étendue en jachères, et sont mis en valeur tout au plus par dix familles domestiques, de cinq personnes chaque, c'est-à-dire par cinquante personnes, en y comprenant les femmes et les enfants; tandis que ces mille arpents, divisés en cinquante propriétés de vingt arpents, seront cultivés par-tout, et feront vivre cinquante familles libres et industrieuses, c'est-à-dire, deux cent cinquante

citoyens. Or, l'abondance des denrées et de
hommes, sur-tout des hommes libres, e
la première richesse des états.

Il résulterait de cet impôt de censure te
ritoriale, que les grandes propriétés paya
plus et rendant moins, deviendraient pl
rares, et que les petites propriétés paya
moins et rendant plus, deviendraient pl
communes. Les premières seraient moins r
cherchées par les gens riches, sur-tout qua
on en aurait retranché les droits de chasse
les autres, en tant qu'ils sont onéreux à l'
griculture; et les secondes le seraient bea
coup par les bourgeois d'une fortune médi
cre, quand elles ne seraient plus opprimé
et flétries par les corvées, les milices et l
tailles : ainsi, l'impôt de censure deviendr
une digue contre l'opulence et l'indigence
trêmes, qui sont les deux sources de tous
vices nationaux. On pourrait l'étendre à tou
les grandes propriétés en emplois, en m
sons et en argent, sans toucher toutefo
aucune des grandes propriétés actuelle
même territoriales. Ces vœux, que je for
pour la félicité publique, ne sont que po

...venir, et ne doivent causer à présent la
...ine d'aucun grand propriétaire particulier.

...Après avoir parlé des propriétés rurales,
...ferai quelques observations sur le blé, la
...is importante de leurs productions, et qui
..., par sa nature, une propriété nationale.

...l liberté du commerce des grains a suscité
...aucoup d'ouvrages pour et contre : mais
...mme, par une suite de notre éducation
...bitieuse, on n'agite chez nous aucune
...estion que dans le dessein de briller, il est
...ivé que celle-ci, fort simple de sa nature,
...mme tant d'autres, est devenue fort pro-
...matique, parce que plus le bel esprit dé-
...t de la vérité, plus il l'embrouille.

...Il est certain qu'il n'y a point de famille un
...u à son aise, qui n'ait sa provision d'ar-
...nt assurée, au moins pour vivre un an : il
...t bien étrange que la grande famille de
...tat n'ait pas sa provision de blés emmaga-
...nés pour vivre au moins cet espace de temps.
...aute de magasins de blés, la liberté de leur
...mmerce en a épuisé plusieurs fois le
...yaume.

...Les émeutes populaires n'ont presque ja-

mais d'autres causes que la disette de blés.
Nos ennemis, tant du dehors que du dedans,
saisissent le moment où il est permis de le
exporter, enlèvent tout ce qui est à vendre,
à quelque prix que ce soit, bien assurés qu
dans trois mois ils nous le revendront a
double: ainsi nous ressemblons aux sauvag
qui vendent leur lit le matin, et qui sont obl
gés de le racheter le soir. Il est donc néce
saire que l'état, avant de permettre l'expo
tation des blés, en ait sa provision au moi
pour un an au delà de la récolte future,
pour cela, il a besoin de magasins publi
Il ne faut, pour décider cette question,
mémoire ministériel, ni dissertation acad
mique; il ne faut que du sens commun.
vous voulez vous appuyer sur des exempl
voyez Genève, la Suisse et la Hollande, q
avec des territoires ingrats ou insuffisan
vivent dans une abondance assurée,
moyen de leurs magasins publics; tandis
les paysans manquent souvent de pain en
logne et en Sicile, qui fournissent des blé
toute l'Europe. Nous devons craindre, d
on, les monopoles, si nous avons des ma

ans. S'ils dépendent des particuliers, on a raison ; ce sont les magasins particuliers qui font les disettes publiques : mais on n'a rien e semblable à redouter, si les magasins de lé sont à la nation, et administrés par les assemblées provinciales. A la vérité, les assemblées provinciales pourraient les réserver entièrement pour l'usage de leurs provinces, ui se trouveraient dans l'abondance, lorsque es provinces voisines tomberaient dans le esoin ; mais c'est ce qui ne peut arriver ous l'inspection et la correspondance de assemblée nationale, qui, instruite du suerflu des blés dans un canton, et de leur reté dans un autre, éclairerait l'autorité oyale, et, par son moyen, entretiendrait ans tout le royaume l'équilibre des subsisances de premier besoin. C'est une des raisns, entre mille, qui nécessite la permaence de l'assemblée nationale, et le chanement périodique de ses membres.

Nos livres politiques, pour complaire aux efs de l'administration, se sont beaucoup ccupés des moyens d'augmenter les richesses es états. Il semble qu'un peuple ne puisse

17

jamais avoir trop de vins, trop de blés, trop
de bestiaux, et sur-tout trop d'argent; car
c'est là que tout aboutit en dernier ressort.
Mais comment se fait-il qu'on a toujours trop
de cette première richesse des empires, je
veux dire de l'espèce humaine, puisque, presque par toute l'Europe, elle est si misérable
qu'on ne sait qu'en faire? Un berger n'est
point surchargé du nombre de ses moutons,
il n'expose point au carrefour de son village
de petits agneaux qui viennent de naître;
mais des pères et des mères abandonnent tous
les jours leurs enfants nouveau-nés aux carrefours des villes, et à la porte de leurs hôpitaux. Le nombre des enfants trouvés à Paris monte chaque année à cinq et à six mille,
et il est le tiers de ceux qui y reçoivent le
jour. Dans cette ville si riche et si indigente,
les plus méprisables rebuts ont une valeur;
on y ramasse, au coin des rues, des os, des
bouteilles cassées, des cendres, des loques;
un vieux chat y a son prix, ne fût-ce que pour
sa peau: mais personne n'y veut d'un homme
misérable. Cet habitant du fortuné royaume
de France, cet enfant de Dieu et de l'Église,

le roi de la nature; va sollicitant à chaque porte l'indulgence du chien de la maison, pour y demander d'une voix lamentable, à un être de son espèce, de sa nation et de la religion, un morceau de pain que souvent il lui refuse. C'est bien pis à la porte des hôtels, où un Suisse ne lui permet pas même de se montrer. C'est encore pis dans son grenier, d'où la faim le chasse, quand la honte, plus mordante qu'un chien, et plus rébarbative qu'un Suisse, lui défend d'en sortir.

Mais la mendicité même n'est plus la ressource de l'indigence, puisqu'on emprisonne les mendiants. Je désire donc, pour subvenir aux besoins du peuple, que tout homme valide manquant de travail, ait le droit d'en demander à l'assemblée de son village ou de son quartier. Si elle n'en a point à lui donner, elle enverra sa demande à l'assemblée de la ville dont elle ressortit; celle-ci, dans le même cas, la portera à l'assemblée provinciale, qui la fera parvenir à l'assemblée nationale, si elle est dans la même impuissance.

Ainsi l'assemblée nationale aurait en dernier ressort l'état de toutes les familles indi-

gentes du royaume, comme elle aurait celui
de tous ses besoins ét de ses ressources : elle
s'emploierait donc auprès du roi pour l'établissement de ces familles indigentes dans les
provinces qui manqueraient d'ouvriers, ou
bien dans nos colonies et les terres nouvellement découvertes, sous un régime semblable
à celui de la future constitution, afin de lier
toujours ces Français à leur patrie, et d'étendre par toute la terre la population, la puissance et la félicité de leur métropole. Ces pré-
voyances journalières sont encore des raisons
qui nécessitent la permanence de l'assemblée
nationale.

Ainsi la Bretagne et Bordeaux avec leurs
landes ; la Normandie avec ses veys, que la
mer couvre et découvre deux fois par jour ;
la Rochelle et Rochefort avec leurs marais
stagnants ; la Provence avec ses rochers et
ses plaines de cailloux ; la Corse avec ses
montagnes et ses makis ; les îles de l'Amérique avec leurs solitudes, et tant d'autres
terres concédées, comme celles de la Corse et
en grandes propriétés de dix mille arpents
à-la-fois, et qui sont restées incultes entre les

mains de leurs grands propriétaires sans argent, se trouveraient mises en valeur par
les petites propriétés, et fourniraient de nombreux débouchés à tous nos hôpitaux, sur-
tout à ceux des enfants trouvés. L'indigence,
coupée dans ses racines, cesserait de produire la mendicité, le vol et la prostitution,
qui en sont les fruits naturels. Pour les hommes pauvres et invalides, ils seraient soula-
gés dans leurs familles, ou dans des hospi-
ces, au moyen de secours administrés par
les assemblées de chaque district ; on y emploierait les revenus des hôpitaux, ces vastes
foyers de misères et d'épidémies. D'ailleurs,
comme il n'y aurait plus de pauvres en santé
dans le royaume, il ne s'y trouverait que fort
peu de pauvres malades.

Au reste, en indiquant aux pétitions des
indigents une période à parcourir d'assemblée en assemblée, je n'ai point voulu donner des entraves à leur liberté ; mais j'ai désiré offrir des moyens assurés de secours,
non-seulement à eux, mais aux villages,
aux villes, aux provinces, et à l'état même.
Si les particuliers ont besoin de travail, les

17*

sociétés entières ont souvent besoin de travail-
leurs. Michel Montaigne désirait « qu'on établît
» à Paris un bureau de renseignements, où
» ceux qui auraient besoin ou superfluité de
» quoi que ce fût, pourraient s'adresser mu-
» tuellement. » Nous avons exécuté en partie son
idée, par l'établissement des Petites-Affiches
et de quelques journaux semblables ; mais
nous ne l'avons guère appliquée qu'aux objets de luxe, tels que les meubles, les carrosses, les chevaux, les maisons, les terres,
et fort rarement aux hommes. Il faut l'é-
tendre aux besoins des campagnes, des
villes, des provinces, et de l'état même. Or
il n'y a qu'une assemblée nationale permanente, qui puisse embrasser à-la-fois les besoins publics et privés. C'est d'ailleurs un
acte de justice ; car si l'état a le droit d'exiger
du peuple des milices, des matelots et des
corvées, dans ses besoins pressants, le peuple a aussi, dans les siens, le droit de demander à l'état des moyens de subsister. Au
reste, tout Français a le droit de s'adresser
directement à l'assemblée nationale ; et s'il
préfère de chercher fortune hors du royaume,

il doit avoir la liberté d'en sortir, comme tout étranger doit avoir celle d'y entrer et de s'y établir, avec le libre exercice de sa religion, afin de fixer chez nous, par l'équité de nos lois, les hommes que nous attirons par l'urbanité de nos mœurs.

La confiance rétablie entre les trois ordres ; les intérêts des deux premiers, liés à celui du peuple, et balancés par celui du roi ; les assemblées rurales, municipales, provinciales et nationale, rendues permanentes dans leur ensemble, périodiques dans leurs membres, et concordantes dans leurs délibérations ; l'agriculture délivrée de toutes ses entraves, des capitaineries, des gabelles, des milices ; la liberté individuelle conservée à chaque citoyen dans sa fortune, sa personne et sa conscience ; l'esclavage aboli aux colonies et au mont Jura ; la justice civile et criminelle réformée ; l'impôt territorial assis proportionnellement aux territoires et aux besoins de l'état et de ses dettes ; les moyens de subsister multipliés et assurés au peuple par les digues opposées aux grandes propriétés, il sera dressé, sur tous ces ob-

jets, une constitution sanctionnée par le roi,
dont l'exécution sera confiée aux tribunaux,
pour être à l'avenir le code national.

Il est inutile que l'assemblée s'occupe du
soin de renfermer dans cette constitution
tous les cas possibles ; ils sont innombrables,
et il en est qu'il serait triste de prévoir, et
dangereux de publier. Comme l'assemblée
doit être permanente, elle y pourvoira à
mesure qu'ils se présenteront. Elle aura assez
de peine à réparer le passé, et à régler le présent, sans prendre inutilement celle de donner des lois à l'avenir.

Quelque sagesse qui préside à la rédaction
de ce code, il ne faut pas croire que les lois
en seront immuables. Il n'y a d'immuable
que les lois de la nature, parce qu'il n'y a
que son Auteur qui, par sa sagesse infinie,
ait connu les besoins de tous les êtres, dans
tous les temps : au contraire les législateurs
des nations n'étant que des hommes, en connaissent à peine les besoins présents, et ne sau-
raient prévoir ceux que l'avenir leur prépare.

Les lois politiques doivent donc être variables, parce qu'elles n'intéressent que les

familles, les corps et les patries, sujets eux-mêmes au changement; et les lois de la nature doivent être permanentes, parce que ce sont les lois de l'homme et du genre humain, dont les droits sont invariables. Or, je ne connais point d'état en Europe où le contraire ne soit arrivé, c'est-à-dire, où l'on n'ait rendu les lois politiques permanentes, et celles de la nature si variables, qu'à peine aujourd'hui on en peut reconnaître les traces.

Par exemple, l'hérédité de la noblesse, qui n'a pas été héréditaire dans son origine, est une loi politique rendue permanente dans toute l'Europe : cependant elle devait varier suivant le besoin des états; car on devait prévoir que les familles nobles se multiplieraient plus que les autres, parce qu'elles ont plus de crédit, et partant plus de moyens de subsister; et que les familles bourgeoises riches tendraient sans cesse à s'incorporer avec elles par les anoblissements; de sorte que le nombre des hommes oisifs allant toujours en augmentant, et celui des hommes laborieux toujours en diminuant, l'état, au bout de quelques siècles, se trouverait affaibli par sa propre constitution.

C'est en effet ce qui est arrivé à l'Espagne et à d'autres pays. Ce ne sont ni les guerres, ni les émigrations en Amérique, qui ont affaibli l'Espagne, comme tant de politiques l'ont dit ; c'est au contraire la paix, et la trop grande multiplication des familles nobles qui s'en est ensuivie. Les longues et cruelles guerres de la Ligue détruisirent en France beaucoup de gentilshommes ; et la France loin de s'affaiblir, augmenta en population et en richesse, jusqu'à Louis XIV. Les émigrations de l'Angleterre, qui est moins étendue que l'Espagne, ont formé en Amérique des colonies plus florissantes et plus peuplées que les colonies espagnoles ; et, loin de diminuer les forces de l'Angleterre, elles les auraient augmentées, si elles avaient été mieux liées avec leur métropole, dont elles se sont séparées à cause de leur puissance même.

C'est qu'en Angleterre les intérêts de la noblesse sont liés avec ceux du peuple, et que, comme lui, elle se livre à l'agriculture

es harmonies variables de ses ouvrages ; le bonheur de tous les hommes.

Mais comme les lois de la nature disparaissent elles-mêmes des sociétés, par les seuls préjugés inspirés à l'enfance, en sorte que les hommes viennent à croire que ce qui est naturel leur est étranger, et que ce qui leur est étranger est naturel, il est nécessaire de poser la base de notre constitution future sur une éducation nationale, afin qu'au défaut de la raison, elle devienne agréable à notre postérité, au moins par la douceur de l'habitude.

tre les mains des agioteurs. Il en est de même
des compagnies privilégiées en tout genre.
Ainsi une nation peut, par la seule permanence des lois et des coutumes, qui ont peut-
être servi autrefois à sa prospérité, se trouver à la fin dépouillée de son honneur, de
ses terres, de son commerce et de sa liberté.

Au contraire, une nation, en rendant variables, pour l'intérêt de quelques corps, les
lois de la nature qui doivent être permanentes, abolit à la longue la plupart des droits
de l'homme : tantôt ce sont ceux du mariage, tantôt ceux de la liberté personnelle
comme au mont Jura et dans nos colonies, etc.

Ce sera donc une loi fondamentale d
notre constitution future, que les seules loi
de la nature seront permanentes, et que toute
les lois politiques pourront être changées et ré
formées par l'assemblée nationale, toutes le
fois que l'exigera le bonheur de la nation
parce que le bonheur d'une nation est lui
même une conséquence de cette loi de la na
ture, qui s'est proposé constamment, dan s

les savants et des beaux esprits, mais de
ceux qui les ont rendus pieux, modestes,
naïfs, doux, obligeants et heureux, c'est-à-
dire, qui les ont laissés à-peu-près tels que
la nature les avait faits. Il ne faudra, pour
remplir ces places, ni brevets de maître-ès-
arts, ni lettres du grand-chantre, mais des
enfants beaux et bons; et comme c'est à
l'œuvre qu'on doit connaître l'ouvrier, on
jugera capables d'élever des citoyens, des
hommes qui ont bien élevé leur famille.

Ces instituteurs doivent jouir de la noblesse personnelle, à cause de la noblesse de
leurs fonctions. Ils seront sous l'inspection
immédiate de l'assemblée nationale, et ils
auront sous leur direction tous les maîtres de
sciences, de langues, d'arts et d'exercices.
Ils seront répartis dans les principaux quartiers de Paris, et dans toutes les villes du
royaume, pour y établir des écoles nationales; et il ne pourra y avoir, même dans un
village, de simple maître d'école qui ne soit
institué par eux.

Ils s'occuperont d'abord à réformer toute
notre éducation gothique et barbare du temps

de Charlemagne. Je n'ai pas besoin de dir
qu'ils en banniront l'ennui, la tristesse, le
larmes, les châtiments corporels; qu'ils éle
veront les enfants à l'amour, et non à l
crainte, pour en faire des citoyens et non de
esclaves, etc.... Puisqu'ils sont pères d'en
fants heureux, la nature leur en a appris bie
plus qu'à moi, inutile célibataire : mai
comme ils sont Français, ils ne doivent pa
être moins en garde contre les méthodes qu
exaltent l'ame, que contre celles qui l'av
lissent.

Ils banniront donc l'émulation de leur
écoles. L'émulation, dit-on, est un stimu
lant; c'est précisément pour cela qu'ils do
vent la réprouver. Hommes sans art et san
artifice, laissez les épices aux hommes dor
le goût est affaibli; ne présentez aux enfan
de la patrie que des mets doux et simple
comme eux et comme vous. Il ne faut pa
donner la fièvre à leur sang pour le faire ci
culer ; laissez-le couler de son cours naturel
la nature y a assez pourvu dans un âge si ac
tif et si remuant. Les inquiétudes de l'ado
lescence, les passions de la jeunesse, le

soucis de l'âge viril, ne l'enflammeront un jour que trop, sans qu'il soit en votre pouvoir de le calmer.

L'émulation est un stimulant d'une étrange espèce. Nous ne nous servons pas d'elle; c'est elle qui se sert de nous. Quand nous nous proposons de subjuguer un rival, c'est elle qui nous subjugue. Semblable à l'homme qui brida et monta le cheval à sa requête, pour se venger du cerf, une fois en selle sur notre âme, elle nous force d'aller où nous n'avons que faire, et de courir après tout ce qui va plus vite que nous. Elle remplit toute la carrière de notre vie, de soucis, d'inquiétudes et de vains désirs; et quand la vieillesse a ralenti tous nos mouvements, elle nous époçonne encore par de vains regrets :

Post equitem sedet atra cura.

Ai-je eu besoin dans l'enfance de surpasser mes camarades à boire, à manger, à promener, pour y trouver du plaisir? Pourquoi a-t-il fallu que j'apprisse à les devancer dans mes études, pour y prendre du goût? N'ai-je

18*

.pu m'instruire à parler et à raisonner san
émulation ? Les fonctions de l'ame ne sont-
elles pas aussi naturelles et aussi agréable
que celles du corps ? Si elles attristent no
enfants, c'est la faute de nos méthodes, e
non celle de la science ; ce n'est pas faut
d'appétit de leur part. Voyez comme ils son
imitateurs de tout ce qu'ils voient faire et d
tout ce qu'ils entendent dire ! Voulez-vou
donc attacher les enfants à vos exercices ? fai
tes comme la nature pour les siens : atta
chez-y du plaisir ; ils y courront d'eux-
mêmes.

L'émulation est la cause de la plupart de
maux du genre humain. Elle est la racine d
l'ambition ; car l'émulation produit le dési
d'être le premier, et le désir d'être le premie
n'est autre chose que l'ambition, qui se par
tage, suivant les positions et les caractères
en ambition positive et négative, d'où cou
lent presque tous les maux de la vie sociale.

L'ambition positive engendre l'amour d
la louange, des prérogatives personnelles e
exclusives pour soi ou pour son corps, de
grandes propriétés en dignités, en terres e

en emplois; enfin elle produit l'avarice, cette ambition tranquille de l'or, par où finissent tous les ambitieux. Mais l'avarice seule traîne à sa suite une infinité de maux, en ôtant aux autres citoyens les moyens de subsister, et produit, par une réaction nécessaire, les vols, les prostitutions, le charlatanisme, la superstition.

L'ambition négative engendre à son tour la jalousie, les médisances, les calomnies, les querelles, les procès, les duels, l'intolérance. De toutes ces ambitions particulières, se compose l'ambition nationale, qui se manifeste dans un peuple par l'amour des conquêtes, et dans son prince, par celui du despotisme. C'est de l'ambition nationale que dérivent les impôts, l'esclavage, les tyrannies, et la guerre, qui seule est le fléau du genre humain.

J'ai cru fort long-temps l'ambition naturelle à l'homme; mais aujourd'hui je la regarde comme un simple résultat de notre éducation. Nous sommes enveloppés de si bonne heure par les préjugés de tant d'hommes qui ont des intérêts à nous les inspirer,

qu'il nous est bien difficile de démêler dans
le reste de la vie ce qui nous est naturel ou
artificiel. Pour juger des institutions de no
sociétés, il faut nous en éloigner; mais, pour
juger des sentiments de notre cœur, il faut
rentrer. Pour moi, qui ai été long-temps re
poussé en moi-même par les mœurs publiques, et qui m'éloigne du monde de plus e
plus par mes habitudes, il me semble qu
l'homme ne se porte de lui-même, ni à s'é
lever au-dessus, ni à s'abaisser au-dessou
de ses semblables, mais à vivre leur égal. C
sentiment est commun à tous les animaux,
dont les individus et les espèces ne son
point asservis les uns aux autres; à plus fort
raison doit-il l'être à tous les hommes, qu
ont un besoin mutuel de s'entre-secourir.
L'amour de l'ambition n'est donc pas plus naturel au cœur humain, que celui de la servitude. L'amour de l'égalité tient le milieu
entre ces deux extrêmes, comme la vertu
dont il ne diffère pas : il est la justice universelle; il est entre deux contraires, comme
l'harmonie qui gouverne le monde. C'est lui
que Confucius appelait « le juste milieu »

qu'il regardait comme la cause de tout bien, qu'il appelait encore par excellence « la vertu du cœur. » Il en faisait consister le principe dans la piété, c'est-à-dire, dans l'amour de tous les hommes en général. Il recommande souvent dans ses écrits, « de ne pas faire souffrir aux autres ce qu'on ne voudrait pas souffrir soi-même. » C'est sur cette base naturelle qu'a été élevé l'édifice ébranlable des lois de la Chine, le plus ancien empire de l'univers. Les enfants ni les jeunes gens ne sont point élevés, à la Chine, à se surpasser les uns les autres. Ils ne connaissent, dit le philosophe La Barbinais, ni nos thèses, ni nos disputes d'écoles. Ils sont simplement soumis à des examens de morale par des commissaires nommés par la cour. Ces commissaires choisissent ceux qui se montrent les plus capables, de quelque condition qu'ils soient, pour les faire passer, par différents grades, à celui de mandarin, où ils peuvent parvenir jusqu'au ministère.

L'émulation que nous inspirons à nos enfants est, si j'ose dire, une ambition renfor-

cée; car l'ambitieux ne veut monter tout a
plus qu'à la première place; mais l'émula
teur veut encore s'élever aux dépens d'un r
val. Ce n'est pas assez pour lui de parven
au sommet de la montagne; il veut en vo
tomber ses rivaux. C'est un dieu cruel, au
quel il ne suffit pas d'avoir un temple et
l'encens; il lui faut des victimes.

Il est remarquable que l'émulation qu'o
nous inspire dès l'enfance, produit un plu
mauvais effet, chez nous autres Français,
nous rend plus vains qu'aucun autre peupl
de l'Europe. Il y en a plusieurs raisons dai
nos mœurs; mais, sans sortir de notre édu
cation, je trouve une cause particulière
l'ambition vaniteuse de nos enfants dai
celle de nos professeurs. En Suisse, en Hol
lande, en Angleterre, en Allemagne, en Ita
lie, en Russie, et, je crois, dans toutes l
universités de l'Europe, les places de profe
seurs mènent à des magistratures, à des pla
ces de conseiller aulique, ou à d'autres em
plois qui les lient à l'administration de l'état
il en était de même autrefois chez nous
avant que tout y fût devenu vénal. Ces pro

...seurs étrangers dirigent donc en partie ...urs disciples vers le but où ils tendent eux-...êmes, c'est-à-dire, vers la chose publique. ...ais nos régents français, obligés de cir-...scrire toute leur ambition dans des collé-...s, ne la satisfont qu'en l'inspirant aux en-...ts, sans en prévoir les conséquences pour ... citoyens. Ils établissent parmi eux de pe-...s empires, dont ils distribuent les dignités ...les couronnes, mais avec elles les jalousies ...les haines qui accompagnent par-tout l'é-...lation. Cependant ils ont assez d'exemples ...ses fatales suites chez les peuples anciens ...modernes. Pour quelques talents, que de ...es elle y a fait éclore! Au reste, si l'ému-...ion a élevé de grands hommes dans quel-...es républiques, c'est parce que les citoyens ...uvaient y parvenir à tout. Mais chez nous, ...le mérite seul ne mène plus à rien, où on ...peut s'élever aux petites places sans ar-...t, aux grandes sans naissance, et à au-...ne sans intrigue, la foule des ambitieux ...s'occupe qu'à abattre tout ce qui s'élève. ... voyageur, homme de mérite, me disait, ...y a quelque temps : « Je trouve aujour-

»d'hui dans le mépris, des hommes que j'[
»laissés ici, l'année passée, au plus ha[
»degré de l'estime publique. S'ils ne la m[
»ritaient pas, pourquoi l'ont-ils obtenue?[
»pourquoi l'ont-ils perdue, s'ils la mé[
»taient? Il y a en France un agiot de réput[
»tions que je n'ai vu nulle part. »

C'est l'émulation des enfants qui est ch[
nous la première cause de l'inconstance d[
hommes : comme elle inspire avec ses croi[
ses médailles, ses livres, ses prix, ses thès[
ses concours, à chacun d'eux d'être le pi[
mier, elle les remplit d'insubordination po[
leurs supérieurs, de jalousie pour leurs éga[
et de mépris pour leurs inférieurs. M[
comme les extrêmes se touchent, cette édu[
tion ambitieuse est en même temps tr[
servile. Comme elle ne les mène que [
l'amour de la louange, ou par la crainte [
blâme, elle les met pour toute la vie à[
discrétion des flatteurs, qui, pour l'or[
naire, ne savent pas moins médire que flatt[
Les suffrages d'autrui, qu'ils veulent toujo[
captiver, les captivent à leur tour d'une te[
force, qu'il leur suffit d'être entourés [

étracteurs de la vérité la plus évidente, pour qu'ils ne l'admettent jamais ; ou de prôneurs de l'opinion la plus absurde, pour qu'ils se la persuadent à la longue. Leur propre jugement ployant sous le faix de cette tyrannie, dont on leur a fait subir le joug dès l'enfance, leur conscience ne se forme plus que de l'opinion versatile d'autrui, qui devient pour eux la seule règle du bien et du mal.

Notre éducation ne nous dispose pas moins à l'opiniâtreté qu'à l'inconstance. C'est par la vanité et la faiblesse qu'elle nous inspire, que l'esprit de parti a tant de pouvoir, et qu'il suffit à un ambitieux de dire à ceux de ses partisans qui balanceraient à soutenir ses opinions : « Vous n'avez pas de courage, » pour les ramener à lui. Il y a cependant non un courage, mais beaucoup de faiblesse à se laisser entraîner aux passions d'un homme, fût-ce son corps, ou même de sa patrie. C'est parce que d'un côté on n'ose y résister, et que de l'autre on est environné de forces qui nous appuient, qu'on se croit fort. Si on était dans le parti opposé, on serait de l'avis con-

traire par la même faiblesse. Lorsque je voi
deux hommes disputer avec chaleur, je me
dis souvent : Chacun d'eux soutiendrait un
opinion opposée, s'il était né à cent lieue
d'ici. Que dis-je? il suffit seulement de la
traverse d'une rue, pour être à jamais l'en
nemi juré d'une opinion, dont on aurait été
le plus zélé partisan si on avait été élev
dans la maison voisine. Changez l'éducatio
d'un homme, vous changez son régime, so
habit, sa philosophie, sa morale, sa reli
gion, son patriotisme, etc. L'Africain pen
sera comme l'Européen, et l'Européen comm
l'Africain : le républicain aura les sentiment
du despote, et le despote ceux du républicain
Certes, une chose bien humiliante pou
l'homme, et capable de nous éloigner de la
recherche de la vérité, c'est de voir que non
seulement nos lumières acquises, mais no
sentiments, qui semblent naître avec nous
dépendent presque entièrement de notre édu
cation.

Nous sommes donc forcés, si nous aimon
la vérité et les hommes, de revenir aux loi
de la nature, puisque celles des sociétés nou

emplissent de préjugés dès la naissance, et nous rendent souvent les ennemis les uns des autres. Or, pour y disposer l'enfance, il faut lui inspirer l'esprit de modération. Cet esprit, que les enthousiastes, les fanatiques et tous les ambitieux regardent comme une faiblesse, est le véritable courage ; car il résiste seul aux partis opposés. C'est la royauté de l'ame qui, comme celle de la nature, tient la balance entre les extrêmes, et maintient l'harmonie des êtres. La vertu tient le milieu : *Stat in medio virtus.*

On dressera donc les enfants à ne jamais perdre le sentiment de leur conscience, et à l'appuyer sur celui de la Divinité, qui n'est pas moins naturel à l'homme. On développera en eux ce sentiment par la lecture simple de l'Évangile : ainsi, au lieu de leur apprendre à se préférer aux autres, par une émulation qui est pour les autres et pour eux une source perpétuelle de troubles, on les laissera se contenter d'abord d'eux-mêmes, afin que pendant les orages d'une société discordante, ils trouvent au moins dans leur cœur le repos et la paix. Bientôt on les élèvera à préférer

les autres à eux-mêmes, par la connaissance
de leurs propres besoins, auxquels ils ne peuvent pourvoir tout seuls. De là dériver
l'amour de leurs pères, de leurs mères, d
leurs parents, de leurs amis, de leur pa
trie, de tous les hommes, ainsi que l'exer
cice de toutes les vertus qui font le bon
heur des sociétés. On leur enseignera toute
les sciences convenables à ces principes
On retranchera donc de leur éducation un
partie des années employées à la stéril
étude de la langue latine, qu'on peut ap
prendre par l'usage, méthode plus courte
plus sûre et plus agréable que celle de no
grammaires ; on y joindra l'usage de la langu
grecque, dont l'étude est beaucoup trop né
gligée parmi nous.

Toute l'éducation de l'Europe porte au
jourd'hui sur ces deux langues mortes, qu
ne servent en rien à nos besoins. Cependan
je ne puis, pour l'honneur des lettres, m'em
pêcher de faire ici une réflexion ; c'est que l
gloire des empires dépend uniquement de
gens de lettres. Si on apprend aujourd'hui l
grec et le latin, si toute l'éducation euro

...péenne est fondée, depuis Charlemagne, sur cette étude ; si nous parlons si souvent de la Grèce et de l'Italie, et de leurs anciens habitants ; c'est parce que ces pays ont produit une douzaine d'écrivains, tels qu'Homère, Platon, Hippocrate, Plutarque, Xénophon, Démosthène, Cicéron, Virgile, Horace, Ovide, Tacite, Pline, etc. C'est donc pour une douzaine d'hommes de génie de l'antiquité, ou deux douzaines au plus, que sont fondées nos universités, en sorte que s'ils n'avaient pas existé, nous n'aurions point d'éducation publique, et l'on ne s'embarrasserait pas plus en Europe de savoir le grec et le latin, que l'arabe ou le tartare. A la vérité, Rome et la Grèce ont produit beaucoup d'hommes célèbres en différents genres ; mais il en est de même de plusieurs pays, comme la Chine, dont nous ne parlons point dans les colléges, parce que nous ne connaissons point d'écrivains fameux qui aient célébré leurs grands hommes. D'ailleurs ceux qui nous ont fait connaître les Grecs et les Romains, n'avaient besoin ni de leurs grands hommes, ni de leurs villes, pour nous laisser des monuments

19*

dignes d'eux; il leur suffisait de leur génie.
C'est celui d'Homère qui a fait errer Ulysse
et créé les dieux et les héros de l'Iliade. Celui
de Virgile n'aurait eu besoin, pour venir jusqu'à nous, et bien au delà, que de ses bergers
et de ses bergères. Les bords des ruisseaux où
il se repose, nous plaisent plus que ceux du
Gange, et les travaux de ses abeilles nous intéressent autant que la fondation de l'empire romain. Les autres ont de même leurs talents particuliers. Certes, ils méritent bien tous qu'on
emploie quelques années de l'enfance à les
connaître, et plusieurs années de la vie à en
jouir; mais ils avaient eux-mêmes trop de bon
sens pour ne pas désapprouver, s'ils vivaient
parmi nous, que l'éducation des nations européennes portât uniquement sur l'étude de
leurs ouvrages. Eux-mêmes n'ont point passé
toute leur première jeunesse à apprendre des
langues étrangères, mais à étudier la nature,
dont ils nous ont laissé des tableaux ravis-
sants. Un étranger arrivé à Prague, demandait le plan de cette ville à son hôte, afin,
disait-il, de la connaître. « Le plan de Prague
» est à Vienne, lui répondit l'hôte : nous n'en

avons pas besoin ici, nous avons la ville. »

Ainsi pouvons-nous dire par rapport aux ouvrages des anciens, même les plus parfaits : « Nous n'avons pas besoin des Géorgiques, nous avons la nature. » A la vérité, les anciens nous ont laissé de grandes connaissances sur les affaires et les hommes de leurs temps ; mais nous avons nos compatriotes qu'il faut éclairer et rendre plus heureux.

Si les sciences et les lettres influent sur la prospérité d'une nation, comme on n'en peut douter, peut-être conviendrait-il que la nation élût les membres de ses académies, comme ceux de ses autres assemblées. Les lumières doivent être en commun, ainsi que les autres richesses de l'état. Lorsque les académies élisent leurs propres membres, elles deviennent des aristocraties très-nuisibles à la république des sciences et des lettres. Comme on ne peut y être admis qu'en faisant la cour à ses chefs, il faut s'astreindre à leurs systèmes. Les erreurs se maintiennent par le crédit des corps, tandis que la vérité isolée ne trouve point de partisans. C'est ainsi que les uni-

versités apportèrent de si longs obstacles a
progrès des sciences naturelles, en maint
nant la doctrine d'Aristote contre le progr
des lumières. Kepler se plaint amèrement
celles de son temps. Ce restaurateur de l'a
tronomie avait découvert et démontré q
les comètes étaient des corps planétaires,
non de simples météores, comme le prête
daient les universités, d'après Aristote. Il
dans une de ses lettres, que ses livres, q
renfermaient une vérité si neuve et si év
dente, restaient sans honneur, tandis q
ceux qui contenaient des opinions contraire
étaient prônés et se répandaient par-tout,
cause du crédit des universités dans les libra
ries. Qu'aurait-il dit de leur influence s
l'opinion publique, si elles avaient eu, comm
les académies de notre temps, à leur disp
sition tous les journaux? Qu'on se rappel
les persécutions que des corps de théologie
firent éprouver à Galilée, pour avoir dé
montré le mouvement de la terre. Voy
aujourd'hui dans quelle stupeur les académi
maintiennent les sciences et les lettres e
Italie. Peut-être serait-il à propos qu'elles fu

ent assimilées chez nous aux assemblées nationales, c'est-à-dire, qu'étant permanentes,
leurs membres fussent périodiques, et qu'ils
fussent élus ou conservés dans leurs offices
par la nation, tant qu'ils s'acquitteraient de
leurs devoirs. Quoi qu'il en soit, comme les
écoles de la patrie ne seront que sous l'influence de l'assemblée nationale, il n'est pas
à craindre qu'il s'y introduise la tyrannie du
régime aristocratique.

On substituera donc à une partie de nos
études grammairiennes de l'antiquité, celles
des sciences qui nous approchent de Dieu, et
nous rendent utiles aux hommes, telles
que la connaissance du globe, de ses climats,
de ses végétaux, des différents peuples qui
l'habitent, des relations qu'ils ont avec nous
par le commerce; et sur-tout l'étude du nouveau code constitutionnel, qui doit être un
code de patriotisme et de morale.

On joindra aux exercices de l'intelligence
qui doivent former l'esprit et le cœur des enfants, ceux qui fortifient le corps, et le rendent propre à servir la patrie, comme la natation, la course à pied, les évolutions mili-

taires, usitées chez les anciens, que no[...]
étudions si long-temps dans la théorie, et[...]
inutilement dans la pratique. On apprend[...]
à chacun d'eux un art conforme à ses goût[...]
afin qu'il puisse trouver en lui-même d[...]
ressources contre les révolutions de la fo[...]
tune.

On accoutumera les enfants au régime v[...]
gétal, comme le plus naturel à l'homme. L[...]
peuples qui vivent de végétaux sont, de to[...]
les hommes, les plus beaux, les plus robu[...]
tes, les moins exposés aux maladies et a[...]
passions, et ceux dont la vie dure plus lor[...]
temps. Tels sont en Europe une grande pa[...]
tie des Suisses. La plupart des paysans, [...]
sont par tout pays la portion du peuple la pl[...]
saine et la plus vigoureuse, mangent fort p[...]
de viande. Les Russes ont des carêmes et d[...]
jours d'abstinence multipliés, dont leurs s[...]
dats mêmes ne s'exemptent pas; et cepe[...]
dant ils résistent à toutes sortes de fatigu[...]
Les nègres, qui supportent dans nos coloni[...]
tant de travaux, ne vivent que de manioc, [...]
patates et de maïs. Les brames des Inde[...]
qui vivent fréquemment au delà d'un siècl[...]

e mangent que des végétaux. C'est de la
cte pythagorique que sont sortis Épaminon-
s, si célèbre par ses vertus ; Archytas, par
n génie pour les mécaniques ; Milon de
rotone, par sa force ; et Pythagore lui-
ême, le plus bel homme de son temps, et
ns contredit le plus éclairé, puisqu'il fut
père de la philosophie chez les Grecs.
omme le régime végétal comporte avec lui
usieurs vertus, et qu'il n'en exclut aucune,
sera bon d'y élever les enfants, puisqu'il
flue si heureusement sur la beauté du corps
sur la tranquillité de l'âme. Ce régime pro-
nge l'enfance, et par conséquent la vie
umaine. J'en ai vu un exemple dans un
une anglais, âgé de quinze ans, et qui ne
raissait pas en avoir douze. Il était de la
ure la plus intéressante, de la santé la plus
buste, et du caractère le plus doux : il fai-
it les plus grandes traites à pied, et ne se
chait jamais, quelque événement qui lui
rivât. Son père, appelé M. Pigot, me dit
il l'avait élevé entièrement dans le régime
thagorique, dont il avait reconnu les bons
fets par sa propre expérience. Il avait

formé le projet d'employer une partie de
fortune, qui était considérable, à établir dans
l'Amérique anglaise une société de pytha
goriciens occupés à élever, sous le mêm
régime, les enfants des colons américain
dans tous les arts qui intéressent l'agricu
ture. Puisse réussir cette éducation, dig
des plus beaux jours de l'antiquité ! Elle
convient pas moins à une nation guerrièr
qu'à une nation agricole. Les enfants d
Perses, du temps de Cyrus, et par son ordr
étaient nourris avec du pain, de l'eau et
cresson : ils se choisissaient entre eux d
chefs auxquels ils obéissaient ; ils formaie
des assemblées, où, comme dans celles
leurs pères, on agitait toutes les questio
qui intéressaient le bien public. Ce fut av
ces enfants, devenus des hommes, que Cyr
fit la conquête de l'Asie. J'observe que L
curgue introduisit une grande partie du
gime physique et moral des enfants des Pe
ses, dans l'éducation de ceux de Lacéd
mone.

Il est au moins indispensable d'apprend
à nos enfants ce qu'ils doivent pratiquer éta

hommes, et de préparer la génération pro-
chaine à goûter notre nouvelle constitution,
de peur qu'un jour, par émulation à l'égard
de leurs pères, ainsi que nous avons fait souvent à l'égard des nôtres, ils ne viennent à
renverser toutes nos lois, uniquement pour
avoir la vanité d'en substituer d'autres à leur
place. Il résultera d'une éducation nationale,
liée à notre législation future, une constitution appropriée à nos besoins et à ceux de
notre postérité. Il arrivera de là que la plupart de nos bons esprits n'étant plus repoussés des emplois publics, par leur vénalité,
ne s'isoleront plus dans des académies et des
universités pour s'y occuper uniquement des
affaires de la Grèce et de Rome, où ils nous
font admirer leur intelligence, qu'ils n'emploient presque jamais à servir leur pays;
semblables à ces vases antiques qui nous plaisent par la beauté de leurs formes, mais qui
ne servent que de parade dans nos cabinets,
parce qu'ils n'ont point été taillés pour nos
usages.

Après avoir pourvu au bonheur du peuple
français, par tous les moyens qui peuvent en

20

perpétuer la durée au dedans du royaume,
il est digne de l'assemblée nationale de s'occuper de ceux qui peuvent l'assurer au dehors avec les autres nations.

VŒUX

POUR LES NATIONS.

La même politique qui lie, pour leur bonheur, toutes les familles d'une nation les
unes avec les autres, doit lier entre elles
toutes les nations, qui sont des familles du
genre humain. Tous les hommes se communiquent, même sans s'en douter, leurs maux
et leurs biens, d'un bout de la terre à l'autre.
La plupart de nos guerres, de nos épidémies,
de nos préjugés, de nos erreurs, nous sont
venus du dehors. Il en est de même de nos
arts, de nos sciences et de nos lois. Mais à
ne s'arrêter qu'aux biens de la nature, voyez
nos champs. Nous devons presque tous les
végétaux qui les enrichissent aux Égyptiens,
aux Grecs, aux Romains, aux Américains,
à des peuples sauvages. Le lin vient des bords

du Nil, la vigne de l'Archipel, le blé de la Si
cile, le noyer de la Crète, le poirier du mon
Ida, la luzerne de la Médie, la pomme de
terre de l'Amérique, le cerisier du royaum
de Pont, etc. Quelle ravissante harmoni
forme aujourd'hui l'ensemble de ces végétau
étrangers, au milieu de nos campagnes fran
çaises ! vous diriez que la nature, comme u
roi, y convoque ses états-généraux. On
distingue différents ordres, comme parmi de
citoyens. Ici sont les humbles graminées
qui, semblables aux paysans, portent le
utiles moissons : de leur sein s'élèvent de
arbres fruitiers, dont les fruits moins néces
saires sont plus agréables, mais qui exigen
des greffes et une éducation plus soignée
comme des bourgeois. Sur les hauteurs son
les chênes, les sapins et les puissances de
forêts, qui, comme la noblesse, mettent le
plaines à l'abri des vents ; ou comme le clergé
s'élèvent vers le ciel pour en attirer les rosées
Dans le coin d'un vallon, sont des pépinières
comme des écoles où s'élève la jeunesse de
vergers et des bois. Aucun de ces végétau
ne nuit à l'autre ; tous jouissent du sol et de

soleil ; tous s'entr'aident et se prêtent des graces mutuelles : les plus faibles servent d'ornement aux plus robustes, et les plus robustes d'appui aux plus faibles. Le lierre, toujours vert, tapisse l'écorce raboteuse du chêne ; le gui doré brille dans le sombre feuillage de l'aune ; le tronc nu de l'érable s'entoure des guirlandes du chèvre-feuille ; et le peuplier pyramidal de l'Italie élève vers le ciel les pampres empourprés de la vigne. Chaque classe de végétaux a son oiseau comme son orateur : l'alouette s'élève en chantant du sein des moissons ; la tourterelle soupire au haut d'un orme ; le rossignol, du milieu d'un buisson, fait entendre ses touchantes doléances. En diverses saisons, des tribus d'hirondelles, de cailles, de pluviers, de loriots, de rouge-gorges, arrivent du nord ou du midi, font leurs nids dans nos campagnes, et se reposent dans les caravanserails que la nature leur a préparés. Chacun d'eux adresse ses pétitions au soleil, comme à un roi, et lui demande ses bienfaits pour le district qu'il habite : ils ne s'arrêtent dans nos plaines, nos guérets et nos bocages, que parce qu'ils y

20*

reconnaissent les plantes de leur pays, et qu'ils y trouvent à vivre dans l'abondance. L'homme seul n'a point d'asile dans les possessions de l'homme, s'il lui est étranger. En vain l'Italien soupire à la vue du figuier qui a ombragé son enfance ; en vain l'Anglais admire dans nos champs français les cultures de son pays : l'un et l'autre mourront de faim au milieu de nos récoltes, s'ils n'ont point d'argent; et peut-être en prison, s'ils n'ont point de passe-port, et s'ils sont d'une nation ennemie.

Ce n'est point par cette indifférence pour les étrangers, que les Orientaux sont parvenus à ce point de grandeur qui les a rendus le centre des nations. Ils ne voyagent point chez les peuples de l'Europe, mais ils attirent chez eux les hommes de tous les pays, par des établissements pleins d'humanité. C'est pour leurs princes et leurs citoyens riches l'objet le plus méritoire de leur religion, de construire, pour l'utilité des voyageurs, des ponts sur les rivières, des réservoirs d'eau fraîche dans des lieux arides, et des caravanserails dans les villes et sur les chemins. Souvent le tombeau du fondateur s'élève auprès du monument de sa bienfaisance, et on y distribue, à certains jours, des vivres à tous les passants. Le voyageur bénit la main qui lui prépare un secours inespéré au milieu d'une solitude, et il conserve à jamais le souvenir de cette terre hospitalière. Les Orientaux permettent à toutes les nations l'exercice de leur religion; et s'ils en reçoivent des ambassadeurs, ils les défraient pendant tout le temps de leur séjour. Telles sont à l'égard des étrangers, les mœurs des Turcs, des Persans, des Indiens, des Chinois; de ces peuples que nous osons appeler barbares.

Il n'y a que l'étude de la nature qui puisse nous éclairer sur les droits du genre humain et sur les nôtres. Des corps intolérants les ont usurpés en Europe, pendant des siècles vraiment barbares. Ils détournèrent à leur profit nos respects, nos richesses, nos lumières et nos devoirs; mais, en s'emparant de l'empire de l'opinion, ils ne purent se rendre maîtres de celui de la nature. Ce fut le retour des lettres qui nous rappela à ses lois. On vit

naître d'abord l'étude de ses harmonies chez
les peuples sensibles, et celle de ses éléments
chez les peuples pensants. L'Italie eut des
peintres et des poëtes ; l'Allemagne, des na-
turalistes ; et l'Angleterre, des philosophes.
Bientôt les lumières s'étendirent du règne fos-
sile au végétal : Tournefort parut en France,
et Linnæus en Suède. L'étude des végétaux
avait fait, vers le commencement de ce siècle, les plus grands progrès en Angleterre.
Des amis des hommes et de la nature trans-
plantèrent dans leurs jardins les plantes agres-
tes de nos campagnes, et naturalisèrent dans
nos campagnes les plantes étrangères qu'ils
cultivaient dans leurs jardins. On se repose
près de sa maison, sur l'herbe des prairies,
au pied des arbres des forêts ; et on voyage
dans nos plaines à l'ombre des marroniers
d'Inde et des acacia de l'Amérique. Quelques philosophes, entre autres Buffon, ten-
tèrent chez nous de naturaliser les animaux
étrangers ; mais, faute d'avoir connu que le
règne animal était lié nécessairement au règne végétal, ces tentatives n'eurent presque
aucun succès. Le renne et la vigogne refu-

sèrent de vivre dans nos climats, où ils ne trouvaient pas même les plantes de leur pays qui servent à leur nourriture. Cependant, les animaux des contrées les plus chaudes, enfermés dans nos serres avec les végétaux de leurs climats, y firent des petits. On vit en France, avec surprise, naître des titiris, des makis de Madagascar, et des perroquets de Guinée. Sans doute leurs parents, entourés de bananiers, d'yucca, d'aloès, se crurent dans les forêts de l'Afrique, et le sentiment de la patrie fit renaître en eux celui de leurs amours. Sans doute, chacun d'eux ferait son nid dans nos campagnes, si le végétal qui doit nourrir ses petits y donnait son fruit.

Oh ! qu'il serait digne d'une nation éclairée, riche et généreuse, d'y naturaliser des hommes étrangers, et de voir dans son sein les familles asiatiques, africaines et américaines, se multiplier au milieu des plantes mêmes dont nous leur sommes redevables ! Nos princes élèvent dans leurs ménageries, près de leurs châteaux, des tigres, des hyènes, des ours blancs, des lions et des bêtes féroces de toutes les parties du monde,

comme des marques de leur grandeur; i
leur serait bien plus glorieux d'entreteni
autour d'eux des infortunés de toutes les nations, comme des témoignages de leur humanité.

A la vérité, l'intérêt de la politique commence à répandre ce sentiment en Europe
et c'est le nord qui nous en donne l'exemple
La Russie se pique d'avoir sous sa dépendance des hommes de toutes les nations e
de toutes les religions. Lors du couronne-
ment de l'impératrice Catherine II, à Mos-
cou, son premier peintre m'ayant fait l'honneur de me consulter sur la composition d
tableau qu'il en devait faire, je lui conseilla
d'y représenter des députés de toutes le
nations qui sont sous l'empire de Russie
des Tartares, des Finlandais, des Cosaques
des Samoïèdes, des Livoniens, des Kamtschadales, des Lapons, des Sibériens, de
Chinois, etc., portant chacun en présen
quelque production particulière à son pays
Les physionomies, les costumes et les tribut
de tant de peuples différents, auraient, selo
moi, mieux figuré dans cette auguste céré-

monie, que les diamants et les tapisseries de la couronne. Mais, soit que cette idée simple et populaire ne plût pas à un peintre de cour, ou qu'elle lui parût d'une trop difficile exé-cution, il lui substitua les lieux communs et inintelligibles de l'allégorie. Il y avait de mon temps au service de Russie, des Français, des Anglais, des Hollandais, des Allemands, des Danois, des Suédois, des Polonais, des Espagnols, des Italiens, des Grecs, des Per-sans..... La Russie doit ces grandes vues à Pierre-le-Grand. Ce prince avait jusqu'à des nègres dans son service militaire. Il y éleva au grade de lieutenant-général un noir de Guinée, appelé Annibal, qu'il avait fait ins-truire dès l'enfance, et qui l'avait suivi dans toutes ses campagnes. Il honora cet Africain de sa confiance, au point de lui donner la place de directeur-général du génie ; ce que je suis bien aise de rapporter, pour faire voir la mauvaise foi de ceux qui ne supposent pas les nègres capables d'un certain degré d'in-telligence. J'ai vu à Pétersbourg, en 1765, le fils de ce général nègre, qui était colonel d'un régiment, et estimé de tout le monde,

quoique mulâtre. Pourquoi, nous autres Français, qui nous croyons plus policés que les Russes, n'avons-nous pas encore rendu une pareille justice aux nations ? A la vérité, j'ai vu des
Turcs au service du Roi, mais c'était sur les
galères. Étant à Toulon en 1763, au moment de m'embarquer pour Malte, menacée
d'un siége de la part des Turcs, un homme
à barbe longue, en turban et en robe, qui
était assis sur ses talons à la porte du café de
la marine, m'embrassa les genoux comme
j'en sortais, et me dit en langue inconnue
quelque chose que je n'entendais pas. Un
officier de la marine, qui l'avait compris,
me dit que cet homme était un Turc esclave,
qui, sachant que j'allais à Malte, et ne dou-
tant pas que son sultan ne prît cette île,
ne réduisît tous ceux qui s'y trouveraient
à l'esclavage, me plaignait de tomber, si
jeune, dans une destinée semblable à la
sienne. Je remerciai ce bon musulman de
l'intérêt qu'il prenait à moi, et je demandai
à cet officier pourquoi ce Turc lui-même
était esclave en France, puisque nous étions
en paix avec les Turcs, et qui plus est, leur

liés. Il me dit que cet homme avait été pris
par un vaisseau barbaresque, mais que c'é-
tait seulement par grandeur pour le service
du roi, qu'on le tenait dans l'esclavage,
ainsi que quelques-uns de ses compatriotes;
qu'on avait pour cet usage, déjà bein ancien, une galère appelée la galère turque;
qu'on les y traitait avec douceur, en les laissant faire à-peu-près tout ce qu'ils voulaient,
excepté qu'on veillait soigneusement à ce
qu'ils n'écrivissent point à Constantinople, de
peur qu'ils ne fussent réclamés par la Porte.
Ce mot de grandeur m'est revenu plusieurs
fois dans l'esprit, sans que j'aie pu le comprendre. Quel rapport y a-t-il entre la grandeur de nos rois et l'esclavage de quelques
Turcs, qui ne leur ont jamais fait de mal ?
C'est sans doute aussi pour cette même grandeur, qu'on représente des hommes enchaînés au pied de leurs statues. Mais puisque
nos rois veulent avoir des Turcs, comme les
rois de l'Asie ont des éléphants, il me semble
qu'il serait plus digne de leur grandeur de
les mettre dans un bon hospice, que sur une
galère.

A la vérité, les princes de l'Europe entr[e]-
tiennent des régiments étrangers chez eu[x,]
et des consuls, des résidents et des ambass[a]-
deurs chez les peuples étrangers; mais [les]
ministres de leur politique sont souvent l[es]
causes de nos discordes. Les peuples doive[nt]
se lier entre eux, non par des traités [de]
guerre ou de commerce, mais par des bie[n]-
faits; non par les intérêts de l'orgueil ou [de]
l'avarice, mais par ceux de l'humanité et [de]
la vertu.

C'est à nous autres Français à en mont[rer]
l'exemple aux nations. Nous sommes de to[us]
les peuples de l'Europe ceux qui ont le pl[us]
de philanthropie, et nous la devons à [nos]
mauvaises institutions. La philanthropie [est]
naturelle au cœur humain, mais la natur[e l'a]
divisée en différents degrés, afin que nous
fissions l'apprentissage en parcourant les d[if]-
férents âges de la vie. Nous passons succe[s]-
sivement par l'amour de notre famille, [de]
notre tribu, de notre patrie, avant de n[ous]
instruire à aimer le genre humain. Dans l'[en]-
fance nous apprenons à aimer nos paren[s]
qui nous ont donné la naissance et l'éducatio[n]

ins la jeunesse, la tribu qui nous assure un
at pour subsister, et une compagne pour
ous reproduire ; dans l'âge viril, la patrie
i nous associe à ses emplois, et nous donne
s moyens d'établir notre famille ; enfin,
ans la vieillesse, délivrés de la plupart de
os passions, nous étendons nos affections
genre humain. Mais ces degrés que la na-
re nous fait parcourir dans la carrière de
vie, pour en étendre avec elle les jouis-
nces, sont détruits par nos habitudes so-
ales. L'amour de la famille s'éteint dès
tre enfance, par les nourrices et les pen-
ns hors de la maison paternelle ; celui de
tre tribu, par les mœurs financières, qui
nfondent tous les rangs ; celui de la patrie,
rce que nous n'y pouvons parvenir à rien
ns argent : il ne nous reste donc qu'à aimer
genre humain, dont nous n'avons point à
ous plaindre. Au reste, cette disposition
ilanthropique est celle que nous demande
tout temps la nature ; car elle a fait les
ommes pour s'aimer et s'entr'aider par
ute la terre. Il est même très-remarquable
e la plupart des peuples qui se sont rendus

célèbres dans les premiers degrés de la ph
lanthropie, s'y sont arrêtés, et ne sont poi
parvenus au dernier. Les Chinois, dont
gouvernement patriarcal est fondé sur l'
mour paternel, se sont séquestrés du gen
humain, encore plus par leurs lois que p
leur grande muraille. Les Indiens et l
Juifs, si attachés à leurs castes ou tribu
ont méprisé les autres peuples au point
ne jamais s'allier avec eux par des mariag
Les Grecs et les Romains, si fameux
leur patriotisme, ont regardé les autres n
tions comme des barbares; ils ne les no
maient pas autrement, et ils mirent tou
leur gloire à s'emparer de leurs pays.
peut dire cependant à la louange des R
mains, qu'ils ont réuni souvent à eux
peuples conquis, en leur accordant les dro
de citoyen romain; et cette politique
maine fut la véritable cause de leur succ
rapide et de leur grandeur. Occupons-nou
nous autres Français, du bonheur des n
tions; c'est un moyen sûr de faire la co
quête du monde. Les Tartares en ont env
une partie par leur nombre; les Grecs, so

Alexandre, par la discipline; les Romains, par le patriotisme; les Turcs, par la religion; tous, par la terreur. Conquérons-le par l'amour. Leur empire s'est écroulé; le nôtre sera durable. Déjà nous avons subjugué l'Europe par nos arts, nos modes et notre langue; nous régnons sur les esprits; régnons encore sur les cœurs. Montrons à tous les peuples de l'univers une législation qui assure notre bonheur. Invitons-les, par notre exemple, à rétablir chez eux les lois de la nature; et en attendant, faisons-les jouir de ces premiers droits, en leur offrant chez nous des asiles.

Pour remplir un objet si intéressant, je désirerais que l'on y destinât un vaste emplacement, dans le voisinage de Paris, sur le bord de la Seine, du côté de la mer. On le choisirait dans un terrain inégal, formé de montagnes, de rochers, de ruisseaux, de bruyères, de prairies. On y sèmerait toutes les plantes exotiques déjà naturalisées dans notre climat, ou celles qui peuvent l'être : la grande vesce de Sibérie aux fleurs bleues et blanches, qui donne un abondant pâturage;

le trèfle du même pays, qui n'est pas moin⸱
fécond ; le chanvre de la Chine, qui s'élève
comme un arbre, à 15 pieds de hauteur ; le
différents mils, le gom de la Mingrelie ; l
blé de Turquie, la rhubarbe de la Tartarie
la garance, etc...... On y planterait en dif
férents groupes, les arbres et les arbrisseau
étrangers qui ont résisté dans nos jardins
notre dernier hiver, les acacia, les thuya
les arbres de Judée et de Sainte-Lucie, le
sumacs, les sorbiers, les ptéléa, les lilas, le
androméda, les liquidambars, les cyprès
les ébéniers, les amélanchiers, les tulipie
de Virginie, les cèdres du Liban, les peu
pliers d'Italie et de Hollande, les platane
d'Asie et d'Amérique, etc. Chaque végétal
serait dans le sol et l'exposition qui lui se
raient le plus convenables. On y ferait con
traster le bouleau à feuillage mobile et gai
avec le sapin pyramidal et sombre ; le catalp
aux larges feuilles en cœur, qui dresse a
ciel ses branches roides comme celles d'u
candélabre, avec le saule de Babylone, don
les rameaux traînent à terre comme un
longue chevelure ; l'acacia, dont les ombre

égères se jouent avec les rayons du soleil,
avec l'épais mûrier de la Chine, qui leur interdit tout passage; le thuya, dont les rameaux aplatis ressemblent aux feuillures d'un
rocher, avec le mélèze qui porte les siens
garnis de pinceaux, semblables à des houppes
de soie. On peuplerait ces bosquets, de fai-
sans, de canards de Manille, de poules d'Inde,
de paons, de daims, de chevreuils, et de
tous les animaux innocents qui peuvent supporter notre climat. On verrait dans leurs
clairières le cerf léger se promener auprès
de la tortue rampante; et sous leurs ombrages, le brillant pivert grimper sur les écorces
du sapin, où l'écureuil de Sibérie, au gris
de perle argenté, s'élancerait de branche en
branche. Le long d'un ruisseau, le cygne vo-
guerait en paix auprès du castor occupé à
bâtir une loge sur son rivage. Beaucoup
d'oiseaux seraient attirés dans ces lieux par
les végétaux de leurs pays, et s'y naturaliseraient comme eux, lorsqu'ils n'auraient rien
à redouter des chasseurs.

On diviserait ce terrain en petites portions
suffisantes à l'amusement d'une famille, et

on les donnerait en toute propriété à des in
fortunés de toutes les nations, pour leur ser
vir de retraites. On y bâtirait aussi des loge
ments convenables à leurs besoins, et o
leur fournirait, de plus, des vivres et de
habits suivant leurs coutumes.

Quel spectacle plus grand, plus aimable
plus touchant, que de voir sur des monta
gnes et dans des vallées françaises, des arbr
de toutes les parties de la terre, des animau
de tous les climats, et des familles malhe
reuses de toutes les nations, se livrant en li
berté à leur goût naturel, et rappelés au bo
heur par notre hospitalité! A l'ombre de l'
livier de Bohême, ou plutôt de Syrie, do
l'odeur est aimée des Orientaux, un Tu
silencieux, échappé au cordon du sérail, f
merait gravement sa pipe; tandis que da
son voisinage un Grec de l'Archipel, joye
de n'être plus sous le bâton des Turcs, cu
tiverait, en chantant, l'arbrisseau du laud
num. Un Indien du Mexique effeuillerait
coca, sans être forcé par un Espagnol d'al
le boire dans les mines du Pérou; et près
là, l'Espagnol méditant lirait tous les livr

propres à l'instruire, sans craindre l'inquisition. Le Paria n'y serait point voué à l'infamie par le Brame, et de son côté le Brame
n'y serait point opprimé par l'Européen. La
justice et l'humanité s'étendraient jusqu'aux
animaux. Le Sauvage du Canada n'y désirerait point de dépouiller l'ingénieux castor de
sa peau, et aucun ennemi ne souhaiterait à
son tour d'enlever au Sauvage sa chevelure.
Les hommes et les animaux innocents y trouveraient en tout temps des asiles assurés. Un
Anglais, dans une île semée de raigrass,
s'exerçant à élever des coursiers, ou à construire des barques encore plus légères à la
course, se croirait dans sa patrie; tandis
qu'un Juif, qui n'en a plus, se rappellerait
la sienne et les chants de Jérusalem, sur les
bords de la Seine, au pied d'un saule de Babylone. Un bateau attaché à un tilleul, ren-
fermerait la famille d'un Hollandais toujours
prêt à voguer le long du fleuve pour les besoins de la colonie; et une tente sur des roues,
attelée de chameaux, contiendrait celle d'un
Tartare errant, qui chercherait, à chaque
saison, l'exposition qui lui conviendrait le

mieux. Sur la plus haute montagne, un La
pon, sous un bois de sapins, ferait paître e
été son troupeau de rennes auprès d'une gla
cière ; tandis qu'au fond de la vallée, a
midi, dans les plus rigoureux hivers, u
Nègre du Sénégal cultiverait, dans une serr
des nopals chargés de cochenilles. Beaucou
de plantes et d'animaux qui se refusent à no
éducations, aimeraieut à se reproduire enti
les mains de leurs compatriotes ; et beaucou
de familles étrangères, qui meurent de regr
hors de leur patrie, se naturaliseraient dai
la nôtre, au milieu des plantes et des an
maux de leurs pays.

Il n'y aurait de chaque nation qu'une seu
famille, qui la représenterait, non par so
luxe qui excite la cupidité, mais par des i
fortunes qui sont pour tous les hommes i
objet d'intérêt. Ces retraites ne seraient do
nées ni à la naissance, ni à l'argent, ni à l'i
trigue, mais au malheur. Parmi les préten
dants du même pays, on accorderait la pr
férence à celui qui aurait éprouvé le pl
d'infortunes, et qui les aurait le moins m
ritées. Ils n'auraient d'autres arbitres que l

autres habitants du lieu qui, ayant passé par
les mêmes épreuves, seraient leurs pairs et
leurs juges naturels.

Cet établissement coûterait peu à l'état.
Chaque province de France pourrait y fonder
un asile pour une famille de la nation qui a
plus de rapport avec son commerce. Autant
en pourraient faire ceux de nos grands seigneurs qui, ayant bien mérité de leurs vassaux, se sentent dignes d'être les protecteurs
d'une nation. Enfin les puissances étrangères
seraient admises à en établir chez nous de
semblables, pour une famille de leurs sujets.
Ces puissances ne tarderaient pas à nous imiter chez elles. La plupart ont, comme nous,
des soldats étrangers à leur service, et des
ambassadeurs nationaux chez les étrangers,
le tout pour leur gloire, c'est-à-dire, souvent pour faire du mal aux hommes. Il leur
coûterait bien moins de faire, pour l'intérêt de l'humanité, ce qu'elles ont fait si long-
temps et si vainement pour l'intérêt de leur
politique.

Les plus grands avantages en résulteraient
pour nos manufactures et notre commerce. On

trouverait dans ces familles de nouvelles in-
dustries pour les arts et les cultures, des observations pour les savants et les philoso
phes, des interprètes pour toutes les langues
et des centres de correspondance pour toute
les parties du monde. Ainsi, comme à Ams-
terdam, chaque colonne de la Bourse, ins
crite du nom d'une ville étrangère, est l
centre du commerce de la Hollande avec cett
ville, chaque famille, échappée au malheur
serait, dans cet hospice, le centre de l'hos
pitalité de la France à l'égard d'un peupl
étranger. Il ne serait plus besoin à un Fran
çais de voyager hors de son pays, pour con
naître la nature et les hommes : on verra
dans ce lieu tout ce qu'il y a de plus inté
ressant par toute la terre, les plantes et le
animaux les plus utiles, et, ce qu'il y a d
plus touchant pour le cœur humain, des in
fortunés qui ont cessé de l'être. En rappro
chant toutes ces familles, on affaiblirait ent
elles les préjugés et les haines qui divise
leurs nations, et causent la plupart de leu
malheurs.

Au milieu de leurs habitations serait u

ois inhabité, formé de tous les arbres étran-
ers que la nature a naturalisé chez nous;
de ceux qui croissent d'eux-mêmes dans
os forêts, tels que les ormes, les peupliers,
s chênes, etc.... Au centre de ce bois se
ient des bocages de tous nos arbres frui-
rs, de noyers, de vignes, de pommiers,
poiriers, de châtaigniers, d'abricotiers, de
chers, de cerisiers, entremêlés de champs
blé, de fraisiers et de légumes, qui ser-
t à la nourriture des hommes. Au milieu
ces cultures, terminées par un ruisseau
ez escarpé pour servir de barrière aux ani-
ux, serait une vaste pelouse, où paîtraient
r et nuit des troupeaux de vaches, de
bis, de chèvres, et de tous les animaux
i sont utiles à l'homme par leur lait, leur
ne ou leurs services. Du centre de cette
ouse s'élèverait un temple en rotonde,
vert aux quatre parties du monde, sans
ures, sans ornements, sans inscriptions et
s portes, comme ceux qui furent élevés,
s les premiers temps, à l'Auteur de la na-
e. Chaque jour de l'année, chaque fa-
le viendrait tour-à-tour, au lever et au

coucher du soleil, y réciter, dans la langue
de ses pères, la prière de l'Évangile, qui, s'a-
dressant à Dieu comme au père des hommes,
convient aux hommes de toutes les nations.
Ainsi, comme la plupart des religions ont
consacré à Dieu un jour particulier dans
chaque semaine : les Turcs, le vendredi ; les
juifs, le samedi ; les chrétiens, le dimanche ;
les peuples de la Nigritie, le mardi ; et sans
doute d'autres peuples, le lundi, le mercredi
et le jeudi ; Dieu serait honoré dans ce temple
d'un culte solennel chaque jour de la semaine,
et dans une langue différente tous les jours
de l'année.

Comme les animaux heureux se rassembleraient sans crainte autour des habitations
des hommes, de même les hommes heureux
se réuniraient sans intolérance autour du
temple de la Divinité. La reconnaissance envers Dieu et envers les hommes y rapprocherait peu-à-peu les langues, les costumes
et les cultes qui divisent les habitants par
toute la terre. La nature y triompherait de la
politique. Ces habitants y offriraient en commun à Dieu les fruits dont il soutient la vie

humaine dans nos climats. Comme l'année est un cercle perpétuel de ses bienfaits, et que chaque lune amène ou des feuillages, ou les fruits, ou des légumes nouveaux, chaque lune nouvelle serait l'époque de leurs ré-coltes, de leurs offrandes et de leurs fêtes principales. Dans ces jours sacrés, toutes les familles se rassembleraient autour du temple, pour y prendre en commun des repas inno-cents avec les racines des plantes, les fruits des arbres, les blés des graminées et le lait des troupeaux. L'amour les rapprocherait encore davantage. Les jeunes gens des deux sexes y danseraient sur la pelouse, au son des divers instruments de leurs pays. L'In-dienne du Gange, un tambour à la main, brune et vive comme une fille de l'Aurore, verrait en riant un enfant de la Tamise, épris de ses charmes, apporter à ses pieds les riches mousselines dont Calcutta dépouille sa patrie. Les bienfaits de l'amour y répare-raient les rapines de la guerre. La timide In-dienne du Pérou reposerait ses yeux sur ceux d'un jeune Espagnol, devenu son amant et son protecteur. La Négresse de Guinée, au

collier de corail, aux dents d'ivoire, souri-
rait au fils de l'Européen qui donna jadis de
fers à ses pères, et ne désirerait d'autre vengeance que d'enchaîner le fils, à son tour
dans ses bras d'ébène.

L'Amour et l'Hyménée y réuniraient des
amants de toutes les nations, des Tartares et
des Mexicaines, des Siamois et des Laponnes,
des Russes et des Algonquines, des Persans
et des Moresques, des Kamtschadales et des
Géorgiennes. Le bonheur y inviterait tous
les hommes à la tolérance. La Française, en
dansant, poserait d'une main une couronne
de fleurs sur la tête de l'Allemand, et de
l'autre verserait du vin dans la coupe du
Turc. Elle animerait par la liberté et les graces
décentes, ces fêtes hospitalières, données
dans son pays à tous les peuples de l'univers
et quand le soleil couchant prolongerait sur
la pelouse l'ombre des bois, et en dorerait
les cimes de ses derniers rayons, tous les
chœurs de danse, réunis autour du temple
chanteraient à l'Auteur de la nature un hymne
de reconnaissance, que répéteraient au loin
les échos.

Oh! que ne puis-je, un jour, voir dans cet asile du genre humain, quelques-uns des infortunés que j'ai rencontrés hors de leur patrie, sans que personne prît à eux aucun intérêt! Un jour, à l'Ile-de-France, un esclave faible et blanc, dont les épaules étaient écorchées à porter des pierres, se jeta à mes pieds, et me pria d'intercéder pour sa liberté, que, depuis plusieurs années, des Européens lui avaient ravie, contre le droit des gens, puisqu'il était Chinois. J'intercédai auprès de l'intendant de l'île, qui, ayant été à la Chine, le reconnut pour Chinois, et le renvoya dans son pays. Mais à quoi sert d'être délivré de l'esclavage, quand il reste à combattre la pauvreté, le mépris et la vieillesse? Une fois, à Paris, un vieux noir tout décharné, fumant sur une borne un petit bout de pipe, et presque nu au milieu de l'hiver, me dit d'une voix mourante : « Ayez pitié d'un misérable nègre! » Infortuné, me dis-je en moi-même, à quoi te peut servir la pitié d'un homme comme moi? Non-seulement toi, mais ta nation entière, avez besoin de la pitié des puissances de l'Europe! Combien de fois des en-

22*

fants, des femmes, des vieillards qui ne parlaient pas français, se sont présentés à moi dan
les rues, ne pouvant expliquer leurs malheur
et leurs besoins que par des larmes ! Ce n'es
point pour eux, mais pour leurs souverains
que les ambassadeurs de leurs nations rési-
dent à Paris. S'il y en avait seulement un
famille entretenue par l'état, ils trouveraie
au moins avec qui pleurer. Que ne puis-je
un jour, voir dans l'asile que je leur souhaite, des hommes des nations qui m'o
honoré moi-même de leur hospitalité et d
leurs larmes ! J'en ai trouvé en Hollande,
en Russie, en Prusse, qui m'ont dit : « Ou-
» bliez une patrie qui vous repousse, et passe
» vos jours avec nous. » Quelques-uns m'o
dit, ce que peut-être jamais un homme rich
dans mon pays n'a dit à son ami pauvre
« Acceptez la main de ma sœur, et soye
» mon frère. » Mais comment moi-même aurais-je accepté une main qui m'aurait donn
une compagne et un frère, quand, loin d
ma patrie, je ne pouvais plus disposer d
mon cœur ! Non, ce ne sont ni les climats
ni les langues, qui divisent les hommes ; c

...nt les corps et les patries. Par-tout j'ai
...rouvé les corps intolérants et les cours trom-
...euses; mais par-tout j'ai trouvé l'homme
...on et le malheureux sensible. Oh! que la
...rance se couvrirait de gloire, si elle ouvrait
...ns son sein une retraite aux infortunés de
...utes les nations! Heureux si je pouvais
...nsacrer à ce saint établissement les faibles
...uits de mes travaux! Heureux si j'y pou-
...is finir mes jours! ne fût-ce que dans une
...aumière, sur quelque crête escarpée de
...ontagne, sous des sapins et des genévriers,
...ais voyant au loin, sur les coteaux et dans
...urs vallons, des hommes jadis divisés de
...ngues, de gouvernements et de religions,
...unis au sein de l'abondance et de la liberté
...r l'hospitalité française!

...Je vous adresse ces vœux, ô Louis xvi!
...i, en convoquant vos États généraux, m'y
...ez invité, en appelant tous vos sujets au
...d de votre trône. Je vous les recom-
...ande, ministres d'une religion amie des
...mmes; noblesse généreuse qui ambition-
...z une gloire immortelle; défenseurs du
...uple, dont la voix doit se faire entendre

à la postérité; vous tous qui, par la vertu, l[a]
naissance, la fortune ou les talents, forme[z]
des puissances dans l'assemblée auguste d[e]
la nation. Je vous y nomme pour mes repré[-]
sentants, femmes opprimées par les lois, en[-]
fants rendus misérables par notre éducation[,]
paysans dépouillés par les impôts, citoyen[s]
forcés au célibat, serfs du mont Jura, nègre[s]
de nos colonies, infortunés de toutes les n[a-]
tions : si vos chagrins et vos larmes pou[-]
vaient se faire entendre au milieu de cet[te]
assemblée de citoyens éclairés et justes, l[es]
vœux que j'y forme pour vous, y devie[n-]
draient bientôt des lois.

Puissent ces vœux s'accomplir un jou[r!]
Qu'à la vue d'un clocher ou d'un château q[ui]
s'élève au milieu des moissons, la veuve q[ui]
chemine seule à pied, et la mère de famil[le]
encore plus malheureuse, entourée d'enfa[nts]
misérables, se réjouissent comme à la v[ue]
des asiles destinés à les protéger, à les co[n-]
soler et à les nourrir! Ou plutôt, ô Franc[e,]
que dans tes riches campagnes on ne v[oie]
désormais aucun indigent; que les petit[es]
propriétés répandent jusque dans tes lande[s]

industrie, l'abondance et la joie ; que dans les moindres hameaux, chaque fille trouve un amant, et un amant une épouse fidèle ; que tes mères y voient multiplier leurs récoltes avec leurs familles ; que tes enfants y soient préservés à jamais de cette funeste ambition qui cause tous les maux du genre humain ; qu'ils apprennent du cœur maternel à ne vivre que pour aimer, et à n'aimer que pour propager la vie ; et que tes vieillards, coopérateurs de ta félicité future, finissent leurs jours dans les espérances et la paix, qui ne sont données qu'à ceux qui ont aimé Dieu et les hommes !

O France ! puisse ton roi se promener sans garde au milieu de ses enfants, et les voir à leur tour apporter au pied de son trône les tributs de leur reconnaissance ! Puissent les nations de l'Europe y rassembler leurs Etats généraux, et ne faire avec nous qu'une seule famille, dont il soit le chef ! puissent enfin tous les peuples du monde, dont nous aurons recueilli les infortunés, y envoyer un jour des députés, bénir Dieu dans toutes les langues, et y servir l'homme dans tous ses besoins !

SUITE

DES VŒUX

D'UN

SOLITAIRE.

D

Qua
rlau
asch
ie rei
répo
is plu
is de ra
que, s
y die
sont f
ite de se
e répo
jais de

SUITE

DES VŒUX

D'UN

SOLITAIRE.

———

Quelques personnes ont paru surprises qu'ayant parlé, dans mes Études de la Nature, des causes qui devaient produire la révolution, j'aie refusé d'y prendre aucun emploi. A cela je répondrai ce que j'ai déjà dit : c'est que depuis plus de vingt ans ma santé ne me permet pas de me trouver dans aucune assemblée politique, savante, religieuse, et même de plaisir, dès qu'il y a de la foule, et que les portes en sont fermées. Des amis prétendent que le désir de sortir, et les agitations spasmodiques que j'éprouve alors, viennent d'un sentiment exquis de la liberté : cela peut être ; mais à

Dieu ne plaise que je fasse passer mes défauts
pour des vertus ! mes maux sont de véritables
maux ; ils naissent du désordre de mes nerfs,
dérangés par les secousses de ma vie. * Indépendamment des causes physiques qui m'ont

* Ce mal est bien plus ancien qu'on ne pense.
Voici ce que je trouve à ce sujet, au commencement
de la 54e épître de Sénèque à Lucilius :

     Longum mihi commeatum dederat mala valetudo;
repentè me invasit. Quo genere ? inquis. Prorsùs me-
ritò me interrogas, adeò nullum mihi ignotum est.
Uni tamen morbo quasi assignatus sum : quem quare
græco nomine appellem, nescio. Satis enim aptè
dici *suspirium* potest. Brevis autem valdè et pro-
cellæ similis, impetus est. Intrà horam ferè desinit.
Quis enim diù expirat? Omnia corporis aut incom-
moda aut pericula per me transierunt : nullum mihi
videtur molestius. Quidni? Aliud enim quidquid est
ægrotare est; hoc est, *animam agere.* Itaque medic
hanc *meditationem mortis* vocant.

     » Mon indisposition m'avait donné une trêve asse
» longue ; mais elle est venue tout d'un coup me ré
» prendre. Quelle sorte de mal ? me dites-vous. Cer
» tainement, vous avez raison de me le demander
» car je les connais tous. Il en est un cependant au
» quel je suis, pour ainsi dire, voué. Je ne sais si j
» dois l'appeler du nom que les Grecs lui donnent
» notre mot *suspirium* (soupir) le caractérise asse

éloigné des assemblées, j'en avais de morales. J'avais fait une si longue et si malheureuse expérience des hommes, que depuis long-temps j'étais résolu de n'attendre d'eux aucune portion de mon bonheur. En conséquence, je m'étais retiré depuis plusieurs an-

bien. Sa violence dure peu, mais elle ressemble à celle d'un orage ; elle passe presque dans une heure ; car qui peut être long-temps à rendre l'esprit? Toutes les maladies incommodes et dangereuses, je les ai essuyées ; mais je n'en connais point de plus insupportable. Comment cela? parce que dans tout autre mal, ce n'est enfin qu'être malade ; au lieu que dans celui-ci, c'est mourir. C'est pourquoi les médecins le nomment *méditation à la mort.* »

Ce mal ressemble parfaitement, selon moi, au mal de nerfs. Il fut peut-être pour Sénèque la cause de sa philosophie, qui fut, à son tour, le remède de son mal : elle lui apprit à le supporter ainsi que les méchancetés de Néron. La philosophie est donc nécessaire à tous les hommes, puisque l'on peut, dans la retraite la plus paisible, être aussi violemment tourmenté par un *soupir,* que par le plus cruel tyran.

Les épîtres de Sénèque à Lucilius sont, à mon avis, son meilleur ouvrage. Il les composa dans sa vieillesse, après avoir été long-temps éprouvé par le malheur.

nées dans un des faubourgs de Paris le moin̄[...]
fréquenté. Là, je me consolais des vains effort[...]
que j'avais faits autrefois pour servir ma patri[...]
en réalité, en m'occupant de sa prospérité e[...]
spéculation. J'ai cru dans ma retraite m'ac[...]
quitter suffisamment de mon devoir de citoyen, en osant, sous l'ancien régime, publie[...]
les désordres qui devaient amener la révolution, et les moyens que je croyais propres [...]
la prévenir, en remédiant à nos maux. J'a[...]
attaqué dans mes Études de la Nature, publiées pour la première fois en 1784, les abu[...]
des finances, des grandes propriétés territoriales, de la noblesse, du clergé, des acadé[...]
mies, des universités, de l'éducation, etc....
sans santé, sans réputation, sans corporation[...]
sans patron, sans fortune, qui seule équi[...]
vaut dans le monde à toutes les autres ressources. Il y a plus, c'est que je n'avais, pou[...]
subsister, qu'une médiocre gratification annuelle qui était à la disposition du départe[...]
ment dont j'avais le plus combattu la puissance et les désordres, celui des finances. Le[...]
bienfait que j'en recevais était si casuel, qu[...]
dépendait, chaque année, de la volonté d[...]

ses premiers commis, et ensuite de celle du ministre, si dépendant lui-même de la volonté d'autrui, qu'il y en a eu dix successivement dans l'espace de douze ans. Je ne crois pas qu'aucun écrivain, parmi ceux mêmes qui sont le plus dévoués à la cause publique, se soit trouvé dans ma position. Jean-Jacques était lié personnellement avec des grands qui aimaient ses ouvrages; avec des ministres qui en favorisaient la publication, même en les faisant saisir; avec de jolies femmes qui les défendaient contre tous : mais ce qui vaut encore mieux, ses seuls talents en musique pouvaient le faire vivre dans une indépendance absolue de tout le monde. Pour moi, il était fort douteux que j'en eusse dans aucun genre; mais il ne l'était pas que j'étais sans aucune sorte de prôneurs : car j'étais brouillé, à cause de mes principes mêmes, avec les philosophes qui avaient à leur disposition les principaux journaux, ces trompettes de la renommée.

On jugera des difficultés que j'ai eu à surmonter, par celles que j'ai rencontrées pour faire approuver, imprimer et publier mes Études de la Nature. J'en ai d'abord composé

23*

la meilleure partie dans un hôtel garni de la
rue de la Madelaine, et je les ai rassemblées
dans un petit donjon de la rue Neuve-Saint-
Étienne-du-Mont, où j'ai habité quatre ans
au milieu des inquiétudes physiques et domestiques d'une espèce rare. C'est là aussi
que j'ai éprouvé les plus douces jouissances
de ma vie, au milieu d'une solitude profonde
et d'un horizon enchanteur. J'y serais peut-
être encore si, par caprice, on ne m'avait
obligé d'en sortir pour le détruire; ce fut là
que je mis la dernière main à mes Études de
la Nature, et que je les ai publiées. Je fus
d'abord demander un censeur à la chancelle-
rie; mais une espèce de secrétaire de la librairie voulut m'obliger d'y laisser mon manuscrit. Comme il était rempli d'idées qui
m'étaient particulières, il ne convenait pas
que je l'abandonnasse à l'indiscrétion ou à
l'insouciance des bureaux. Après plusieurs sol-
licitations, j'obtins de le confier au censeur
que j'avais demandé. C'était un savant dis-
tingué par ses lumières : il l'approuva tout
entier; mais d'après les réglements, il fut
obligé de me renvoyer à un théologien, parce

u'il y avait de la morale. Celui-ci trouva
mauvais que je ne me fusse pas d'abord adressé
lui. Il me disputa chaque page de mon manuscrit. Il attachait des idées dangereuses aux
mots les plus innocents; il trouvait mauvais,
par exemple, que j'eusse dit que Louis XVI
avait appelé les Anglo-Américains à la liberté :
il voulait me retrancher ce mot de *liberté*,
condamné, disait-il, par M. le garde des
sceaux, comme un signe de ralliement des
philosophes. J'eus bien de la peine à lui faire
comprendre que je n'entendais point parler
de la liberté de penser des Anglo-Américains,
mais de leur liberté politique, à laquelle
Louis XVI avait coopéré, au su de toute la
terre. Il ne voulait point que je parlasse de
l'abus des corps, excepté cependant de ceux
de l'université, parce qu'il était professeur
du collége royal, qui rivalise avec elle pour
l'éducation. J'admirais comme plusieurs de
mes meilleures preuves sur la Providence me
coûtaient des disputes avec un théologien.
Plusieurs fois j'ai été au moment de lui reti-
rer mon manuscrit, en lui disant que j'allais
me plaindre au garde des sceaux, et lui de-

mander un autre censeur. Mais le remède aurait été pire que le mal. Plus on changeait de
censeurs, plus ils devenaient difficiles. Les
derniers nommés, par esprit de corps, ou
pour faire valoir leur exactitude comme le
premier, allaient mettant de plus en plus l'ouvrage en discussion au rabais, comme des
fripiers qui vont toujours en mésoffrant au-
dessous du prix que le premier venu d'entre
eux a fixé à un habit. Il me fallut donc
malgré moi, consentir à quelques retranche-
ments, notamment sur le clergé. Je suppri-
mai deux articles, selon moi, très-importants
l'un où je proposais de rendre le clergé citoyen
en le faisant salarier par l'état; l'autre où je
conseillais, comme une étude également utile
à l'humanité et à la religion, de faire faire aux
jeunes ecclésiastiques, destinés à être ministres de charité, une partie de leur séminaire
dans les prisons et les hôpitaux, afin de leur
apprendre à remédier aux maladies de l'ame
comme on apprend, dans les mêmes lieux,
aux jeunes médecins à remédier à celles du
corps. Moyennant quelques autres sacrifices,
mon censeur théologien me rendit mon ma-

...uscrit au bout de trois mois. Il n'y mit, pour
...oute approbation, que son nom; mais il m'en
...t voir en même temps une de douze lignes,
...emplie des plus grands éloges, en me disant:
...Voilà les approbations que je donne aux ouvrages dont je suis content : » c'était pour
...ne nouvelle traduction de l'Odyssée d'Ho-
...ère, dont personne n'a parlé.

...Je retirai donc mes Études de la Nature de
...ette inquisition; mais je n'étais pas au terme
...e ma peine; il fallait les faire imprimer. Il
...ait bien juste aussi, dans ma position, que
... recueillisse quelque argent de mes longs
...avaux. Je m'adressai donc à une veuve, li-
...raire de la cour, qu'un de mes amis, qui y
...vait des emplois considérables, m'avait van-
...e comme une personne bien loyale, et à
...quelle il m'avait recommandé. Elle me re-
...t d'abord très-froidement, sur la proposi-
...on que je lui fis de faire les avances de l'im-
...ession de mon livre, et de la rembourser
...uite sur sa vente; mais dès que j'eus dit
...n nom et celui de mon ami, elle prit un
... riant, et se félicita de ce qu'il avait pensé
...elle pour lui faire avoir de bons ouvrages.

Je lui montrai mon manuscrit, et je la priai
de me dire ce qu'en coûteraient les frais d'impression. Elle jugea qu'il en fallait faire six
petits volumes in-12, et les tirer à 1500 exemplaires. Ensuite elle me donna un état des
frais de composition, de tirage, de papier,
d'assemblage, de magasinage, de brochure
de remises pour sa vente et pour les libraires
de province. J'en pris une note sous sa dic-
tée, et l'ayant examinée chez moi, je trouvai que je lui serais encore redevable de quelque chose, en supposant que mon édition se
vendît bien. Je songeai alors à la faire à mes
dépens en trois volumes, pour diminuer de
la moitié les frais de brochure et de remise
aux libraires, évalués par la note à 15 sous par
volume; ce qui faisait, pour la seule vente
une dépense de trente-quatre pour cent. Je
n'avais pour tout argent que 600 livres; j'en
trouvai avec bien de la peine 1200 autres à
emprunter de quelques amis riches, et je ne
doutai pas qu'avec ces avances en argent
comptant, qui allaient alors à plus du tiers
des frais de l'édition, je ne pusse traiter directement avec un imprimeur, d'autant que

je devais lui abandonner l'édition entière, jusqu'à ce qu'il se fût remboursé de tous ses frais.
Ces conditions étaient encore plus avantageu-
es que celles des libraires, qui ne paient et
ne s'acquittent de leurs impressions qu'avec
des billets à un an et un an et demi de terme ;
mais j'oubliais que je n'étais qu'un auteur. Je
vus donc chez un des plus fameux imprimeurs
de Paris, croyant que j'éprouverais moins de
difficultés avec un artiste riche et éclairé. Il
me reçut d'abord fort révérencieusement, et
me présenta un exemplaire de ses belles éditions, croyant que je venais pour en acheter ;
mais lorsque je lui eus fait part de mon projet, et que je lui eus demandé le prix de son
impression, il changea de visage. Il refusa de
me satisfaire ; il me dit qu'il n'imprimait que
pour son compte, et qu'il n'employait son
imprimerie que pour des ouvrages dont les
succès étaient décidés. Un ami m'indiqua un
autre imprimeur, qu'on avait prévenu en ma
faveur, et qui ne demandait pas mieux que
le traiter avec moi. Cet imprimeur accepta
toutes mes conditions, et me pria de lui confier mon manuscrit pour juger, me dit-il,

combien il contiendrait de feuilles d'impression. Il me le rendit au bout de quelque
jours, en me disant qu'il ne pouvait pas s'en
charger, parce qu'il lui était survenu de
affaires. La même chose m'arriva successivement avec trois ou quatre autres, qui ne
sont pas des moins renommés de Paris. De
qu'ils avaient mon manuscrit, ils en diffé
raient l'impression sous divers prétextes
tantôt ils en voulaient augmenter le prix
tantôt celui du papier; et quand je consen
tais à leurs demandes, ils me le rendaient
en me disant que mon ouvrage n'était poin
à la mode, qu'ils l'avaient communiqué
des connaisseurs, qu'il n'aurait point
succès. Quand ils l'ont vu prospérer, il
m'ont calomnié, en disant que j'avais man
qué de confiance en eux.

Ces différents obstacles, dont j'abrége
récit, en retardèrent la publication encor
près de trois mois. Enfin, résolu de ne m
plus fier aux réputations si fausses, et au
recommandations qui m'ont toujours port
malheur, je m'en rapportai à cette pro
dence qui ne m'a jamais trompé. Je fus

on propre mouvement dans une imprime-
te, et m'étant adressé à un prote fort honnête et fort instruit, appelé M. Bailly, je
conclus sur-le-champ avec lui et avec son
imprimeur, M. Didot le jeune, dans lequel
trouvai des facilités et une probité dont
i eu à me louer de toute manière.

Mon ouvrage imprimé, j'éprouvai d'autres
ficultés pour le faire annoncer. J'en en-
yai des exemplaires aux principaux jour-
ux; mais comme ils attendent, selon leur
utume, le jugement du public pour y con-
mer le leur, les premiers n'en rendirent
mpte qu'au bout de quatre mois. Ils en in-
èrent d'abord quelques satires anonymes,
ils rejetèrent les éloges qu'on leur en
essait; ils gardèrent ensuite le silence sur
fond, qui déplaisait aux académies, et ils
louèrent que le style auquel ils attri-
èrent tout son succès. Il était plus grand
je n'aurais osé l'attendre. On le contre-
ait de toutes parts. On me manda de
rseille que toutes les provinces méridio-
es étaient remplies de ses contrefaçons,
is qu'on était bien surpris de n'y pas trou-

ver un exemplaire de l'édition originale.
semblait que, non-seulement tous les librai
de province se fussent ligués pour la rui
d'un auteur qui avait osé faire imprimer s
ouvrage à ses dépens, mais que les inspe
teurs, et même le chef suprême de la libra
rie y prêtassent la main. L'inspecteur de
librairie de Lyon ayant reçu ordre, plusieu
fois, de faire des visites chez des contrefa
teurs bien connus, loin de les trouver
contravention, il les plaignit, au contrair
de ce que mon libraire ne leur faisait pas d
remises assez fortes. Il est certain, cepe
dant, qu'il y a eu une multitude de contr
façons de mes Études, faites par des librai
de cette ville, et qu'un d'entre eux, que j
nommé ailleurs, a porté l'impudence jusq
les faire annoncer chez lui dans le catalogue
la foire de Leipsick. Toutes mes réquisiti
à cette occasion ont été vaines. A qui
serais-je adressé pour avoir justice? Un
principaux libraires de Marseille fit ent
dans cette ville une balle de contrefaçons
mon ouvrage, qui fut saisie; le garde
sceaux ordonna qu'elle serait confisquée

profit de la librairie de Marseille, c'est-à-
dire, des contrefacteurs mêmes. Je savais
bien qu'un homme isolé ne peut obtenir de
justice d'un homme qui tient à un corps. Je
songeai donc à opposer le corps des gens de
lettres à celui des libraires. Mais la vanité
divise les premiers, et l'intérêt réunit les
derniers. Un jeune poëte, membre de plusieurs lycées et académies, m'étant venu
voir, je lui parlai de l'utilité que retireraient
les gens de lettres répandus en sociétés accréditées dans tout le royaume, s'ils veil-
laient mutuellement aux intérêts les uns des
autres, en s'opposant aux contrefaçons. Cet
enfant d'Apollon reçut ma proposition avec
le plus grand mépris. Jamais je ne pus lui faire
comprendre qu'il était plus honnête de vivre
des fruits de son travail, que de mendier des
pensions auprès des grands; et de donner
des honoraires aux libraires, que d'en recevoir.

Cependant, au milieu de tant d'épines, je
cueillis beaucoup de fleurs et quelques fruits.
On m'adressa de toutes parts des lettres de
félicitation. Mes anciens services me valu-

rent, à l'occasion de la faveur publique, un
petite gratification annuelle que le roi m
donna de son propre mouvement. Ces pre
miers dons de la fortune, joints à quelque
autres qui avaient quelque apparence d
solidité, et sur-tout un produit de deux édi
tions, me firent songer à réaliser un dés
que je formais depuis long-temps. C'éta
d'aller continuer mes Études de la Nature à
sein de la nature même. Je voulais acquér
quelque petite métairie, où, loin des hom
mes injustes et jaloux, je pusse m'occu
per encore de la cause des marées et de
courants de la mer, qui fluent alternativ
ment des glaces de chaque pôle par l'actio
semi-journalière et semi-annuelle du solei
J'avais démontré cette importante vérité jus
qu'à l'évidence, mais je m'étonnais de l'in
différence de notre marine et de nos acadé
mies sur un objet si utile à la navigation
au commerce mutuel des hommes, elles q
ont fait tant d'entreprises dispendieuses
souvent inutiles pour la nation et pour le gen
humain. Je voulais encore rassembler quelque
nouvelles harmonies dans l'étude ravissan

és plantes, et sur-tout continuer l'Arcadie, dont j'avais publié le premier livre. A ces idées de félicité publique, se joignaient des projets de bonheur personnel. Le sentiment m'en était doux comme celui d'une convalescence. J'étais au moment de les réaliser, lorsque la révolution arriva.

Sollicité avec instance par le peuple de mon quartier, qui avait de moi une grande opinion, parce que j'avais fait un livre, je fis un effort sur ma santé pour assister à la première assemblée de mon district. J'y éprouvai que mes études n'avaient pas diminué mes infirmités, ni la révolution assagi les citoyens. Ils parlaient tous à-la-fois. Je leur présentai trois propositions : la première, qu'on ne délibérerait sur aucun objet que trois jours après qu'il aurait été proposé, afin de conserver la liberté de son jugement ; la seconde, que les votes se feraient non de vive voix, mais au scrutin, afin de conserver la liberté de son suffrage ; la troisième, que l'assemblée nationale serait permanente, et ses membres amovibles tous les trois ans, en les renouvelant par tiers chaque année. On

ne se donna pas seulement la peine d[...]
discuter mes propositions, excepté un maî[...]
tre de pension, qui combattit la permanenc[...]
de l'assemblée, et qui fut ensuite nomm[...]
électeur. On m'avait déjà fait le même hon[...]
neur, mais j'en donnai la démission le len[...]
demain, à cause de ma santé physique e[...]
morale. Je venais d'éprouver ce que je savai[...]
déjà, que le peuple désirait le bien public[...]
mais que les corps ne voulaient que leur bie[...]
particulier. D'ailleurs, quand mes indisposi[...]
tions me l'auraient permis, il m'aurait ét[...]
bien difficile de prendre un parti. J'étais li[...]
au peuple par devoir, et par reconnaissanc[...]
au roi dont les bienfaits me soutenaient de[...]
puis douze ans. J'avais combattu le despo[...]
tisme aristocratique, je ne voulais pas flatte[...]
l'anarchie populaire. Je voyais, parmi le[...]
chefs du peuple, des hommes qui avaient l[...]
plus profité des faveurs de la cour; et dan[...]
le parti de la cour, ceux qui avaient le plu[...]
flatté le peuple. Je les connaissais les uns e[...]
les autres pour des ambitieux, c'est-à-dire[...]
pour des hommes de la plus dangereuse es[...]
pèce, selon moi. Ils ne connaissent ni l'ami[...]

…ié, ni l'égalité, quoiqu'ils en parlent sans cesse : quand on marche à côté d'eux, on devient leur ennemi; et derrière eux, leur esclave. On est forcé d'être, dans leur société, hypocrite ou méchant. Je ne voulais pas m'empirer en travaillant à améliorer les autres. Il y avait aussi, à la vérité, à la tête de la révolution des hommes vertueux, désintéressés, sages, éclairés, qui, dans tous les temps de leur vie, n'avaient jamais changé de principes; mais il était difficile de deviner où ce nouvel ordre de choses, dont le plan n'existait pas encore, les conduirait eux-mêmes.

Tous ces changements ne me faisaient pas plus d'illusion que celui du théâtre, où les mêmes acteurs ne font que changer d'habits et de noms. Je retrouvais dans notre nouvel ordre politique nos anciens citoyens, comme dans notre nouvelle géographie de la France nos anciens fleuves. Les hommes se succèdent comme les eaux courantes, mais ils ne changent pas plus de passions que les fleuves de canal; c'étaient toujours les mêmes ambitions, avec cette différence que

celles des petits avaient surmonté celles des
grands ; toutes avaient lutté, sans respect
pour les lois anciennes et modernes. J'en ai
été moi-même la victime en plus d'un genre,
d'abord à l'occasion d'un cimetière au bout
de mon jardin, interdit depuis huit ans, et
envahi par la commune, qui en a fait un
foyer de méphitisme par des enterrements
journaliers ; ensuite au sujet de mes ouvrages
devenus la proie des contrefacteurs. En vain
je me suis plaint au juge de paix, à la sec-
tion, à la municipalité, au département : ce
qu'il y a de pis, c'est qu'on a fait semblant
de me rendre justice ; et on a laissé les abus
sans réforme, quoiqu'ils intéressassent directement les lois municipales et les propriétés
personnelles. La loi peut paraître sourde
aux réclamations d'un particulier, parce
qu'on peut la croire distraite ; mais dès
qu'elle les écoute, les trouve justes, et n'y
satisfait pas, on la méprise, parce qu'on la
juge impuissante. J'ai aidé moi-même, en
ne publiant pas mes peines, à couvrir sa faiblesse. Je la regardais comme une mère malheureuse, au milieu d'enfants ingrats et dés-

...éissants : mais, comment aurais-je pu en augmenter le nombre ! Quelque emploi que j'eusse pris, il m'eût fallu épouser les intérêts d'un parti, promettre et tromper, voir des abus et les favoriser, et en tout obéir au peuple, afin de paraître le gouverner. Avec tant de raisons pour m'éloigner de nos assemblées tumultueuses, je n'en avais pas moins pour renoncer à mes projets de retraite. Nos campagnes étaient encore plus agitées que nos villes. On ne doit jamais compter sur un bonheur hors de soi; et s'il est pour un homme quelque asile impénétrable, ce ne peut être que dans sa conscience. On m'en avait offert d'agréables et de paisibles hors du royaume, mais je me serais reproché d'abandonner ma patrie dans son état de crise. Encore que je ne pusse calmer l'esprit d'anarchie qui la bouleversait, je pouvais influer sur celui de quelques particuliers, modérer l'un, encourager l'autre, consoler celui-là. On attache trop de prix aux vertus publiques, et trop peu aux vertus privées. Dans une tempête, il ne faut pas moins d'art pour gouverner une gondole que le Bucentaure. On ne

doit pas juger de la bonté des machines par
la grandeur de leurs mouvements : si les
grandes produisent de plus grands effets que
les petites, c'est qu'elles ont de plus grands
leviers. Il en est de même des vertus. Il est
certain que si, dans un temps de trouble,
chaque citoyen rétablissait l'ordre seulement
dans sa maison, l'ordre général résulterait
bientôt de chaque ordre domestique. Je me
consolai donc de rester dans ma solitude physique et morale, persuadé que n'étant point
livré à l'intérêt des partis, j'étais plus en
état de connaître l'intérêt national, et que si
j'étais capable de le servir, je pouvais le faire
d'une manière plus durable par la voie de
l'impression, où j'avais eu des succès, que
par celle de la parole, où je n'étais point
exercé.

En conséquence, quoique mes Études de
la Nature eussent pour moi un charme inexprimable, je les abandonnai pour m'occuper
de celles de la société. J'écrivis les Vœux
d'un Solitaire. C'est celui de tous mes ouvrages qui m'a le plus coûté, et dont je suis
le moins content. J'y ai voulu concilier la

intérêts d'un prince qui m'avait obligé ; d'un clergé qui m'avait témoigné plus que de l'indifférence, parce que j'avais refusé de solliciter ses bienfaits; des grands qui m'avaient repoussé; des ministres qui m'avaient trompé; de leurs flatteurs qui m'avaient calomnié; des académies qui m'avaient traversé. Le temps des vengeances publiques était arrivé, je pouvais y associer les miennes ; mais, fidèle à ma devise, je ne voulus pas même rétablir dans mes Vœux les articles que le censeur avait retranchés dans mes Études. Les hommes dont j'avais à me plaindre étaient trop malheureux; j'aimai mieux oublier quelques objets d'intérêt national, que de satisfaire mes ressentiments particuliers. Je me proposai donc de conserver l'ancienne commune de la patrie, en émondant seulement les grands arbres pour donner de l'air et du soleil aux petits. On a été au delà de mes vœux. On a étêté, arraché, et replanté sans doute sur un très-beau plan ; mais ce sont toujours les mêmes arbres. Les vieux ne pourront reprendre, parce qu'ils sont vieux; les jeunes s'étoufferont, parce qu'ils ne sont pas bien alignés :

il n'y a donc d'espérance que dans les pé
pinières. Ce n'est que sur une éducation na
tionale qu'on peut fonder une bonne consti
tution. Malgré mes anciens travaux, j'ai os
entreprendre celui-ci, en suivant la chaîn
des lois naturelles dont j'ai montré quelque
anneaux dans mes Études. Les droits de
l'homme n'en sont que des résultats. Ce gran
ouvrage demande du temps, du repos, de l
santé et des talents, tous biens qui ne so
pas dans ma dépendance; mais au moin
j'ai tâché de remplir mes devoirs de citoyen
Je n'ai pas même perdu de vue les circon
stances passagères où j'ai cru être de quelqu
utilité. Lorsqu'après le retour du roi de l
frontière, le royaume se divisait en deu
partis, dont l'un voulait faire une républiqu
de la France, et l'autre conserver la monar
chie, et que tous invoquaient la guerre civil
et étrangère, je me suis hâté de rappeler a
peuple les anciennes obligations qu'il avait
son monarque, et au monarque ses devoi
envers son peuple. J'envoyai mes observa
tions bien recommandées à l'entrepreneur d
Mercure et du Moniteur, mais il ne juge

as à propos de les publier.* Elles ne furent
as mieux accueillies d'un autre journal fort

* J'ignorais alors que cet entrepreneur n'eût au-
une influence sur ces journaux, comme il l'a imprimé depuis. Cependant il a publié lui-même, dans
me pétition aux électeurs de Paris, qu'il en avait
eaucoup sur les gens de lettres, et qu'il avait même
onné des honoraires à M. de Buffon.

Dans ce même opuscule, il a eu la bonté de me
laindre, comme victime des contrefaçons des li-
raires, dont à la vérité je n'ai jamais voulu rece-
oir d'honoraires. Mais ce qui m'a paru bien étrange,
est qu'il y propose de faire la fortune des auteurs,
h leur assurant pendant quatorze ans la propriété
e leurs ouvrages, « à condition qu'au bout de ce
erme, il serait libre à tout libraire de les imprimer.»
m'avait déjà fait l'honneur de me communiquer ce
rojet de vive voix; je lui dis : « C'est comme si les
ardiniers de Boulogne demandaient que le beau
ardin que vous y avez, rentrât dans leur commune, parce que vous en jouissez depuis plus de
quatorze ans. La propriété d'un ouvrage est encore
plus sacrée que celle d'un jardin. » Il me répondit
ue cette loi existait en Angleterre, et qu'il comp-
ait la solliciter auprès de l'Assemblée nationale.
ignore si cette loi existe; mais après tout, il faut
hercher de bonnes lois chez ses voisins, et non pas
les abus. Les Anglais, renfermés dans une île, ont

répandu. J'éprouvai alors ce que je savai
déjà par expérience, c'est qu'il y a fort pe
de papiers publics au service d'un homme qu
ne tient à aucun corps particulier. Cepen
dant, ayant adressé mes observations au ré
dacteur des Petites-Affiches de Paris, elle
furent publiées assez à temps pour produir
un bon effet, même dans l'Assemblée natic
nale. Je les ai insérées depuis au commence
ment de l'avis en tête de ma quatrième éd

sans doute des moyens d'empêcher les contrefaço
d'y pénétrer; mais il n'en est pas de même
France : il est certain que notre ancienne admin
tration, avec ses espions, ses gardes, ses inspectè
et tout son despotisme, n'a jamais pu les arrêt
Comment donc la nouvelle en viendrait-elle à bo
sous le régime de la liberté, aujourd'hui que les vill
n'ont ni portes, ni barrières, ni commis? Ainsi do
un auteur, après avoir été, pendant quatorze an
la proie des contrefacteurs, finirait par être celle d
libraires. Ainsi un marchand, un agriculteur,
fabricant, pourront acquérir, par leurs travaux, d
propriétés qui passeront à perpétuité à leurs enfan
et un homme de lettres, qui a souvent mieux mér
de sa patrie, ne jouirait pas des mêmes droits : il
verrait lui-même dépouillé de la propriété de ses o
vrages, au bout de quatorze ans : les études de

mon des Études de la Nature. Elles n'ont rien de bien remarquable que la circonstance pour laquelle je les avais destinées, et l'autorité de Fénelon et des antiques lois de Minos sur les devoirs des rois, parfaitement conforme aux décrets de l'Assemblée nationale cons-tituante.

Depuis cette époque, je me suis occupé à soin de recueillir quelques idées relatives à notre constitution ; elles sont une suite na-

nesse ne lui appartiendraient plus dans sa vieil-lesse : malgré les lois, des fripons lui en enleveraient les premiers fruits par de misérables contrefaçons ; à la faveur des lois, de riches libraires achèveraient de le dépouiller par des éditions fastueuses ! L'Assem-blée est trop sage pour ne pas rejeter le projet cap-tieux dont je viens de démontrer l'injustice : elle doit sévir, au contraire, contre ceux qui emploient tant d'artifices pour enlever aux gens de lettres les fruits tardifs de leurs longs travaux. Les chefs de l'ad-ministration ont feint, jusqu'à présent, de ne pas trouver de moyens pour arrêter les contrefaçons. Il y en a un bien simple, c'est de punir ceux qui les vendent. En vain les libraires s'excusent sur leur ignorance : tout libraire doit savoir distinguer une contrefaçon d'avec une édition originale, comme un orfèvre doit savoir distinguer le cuivre de l'or.

turelle des Vœux d'un Solitaire. J'ai été
d'autant plus encouragé à y joindre les se-
conds, que plusieurs des premiers ont été
remplis par l'Assemblée. Quelques-uns de
ceux-ci même n'en paraissent avoir été né-
gligés, qu'à cause des circonstances embar-
rassantes où elle se trouvait. Tel est celui
de l'impôt de censure sur les grandes propriétés territoriales, qui serait devenu
obstacle à la vente des biens nationaux. C
objet mérite toute l'attention de la présente
législature, si elle veut s'opposer aux progrès
d'une aristocratie qui a renversé autrefois l
Grèce et l'empire romain.

Lorsque mes Vœux d'un Solitaire paru-
rent, ils ne plurent qu'à un petit nombre
personnes. Ils ne furent point agréables a
clergé et à la noblesse, parce qu'il leur sem-
bla que j'étendais trop loin les droits d
peuple. Ils auraient pu plaire au peuple
dont je réclamais les droits, si, alors occu
à vaincre la résistance des corps qui l'opp
maient, il n'avait appris à les étendre aus
loin que sa puissance. L'Assemblée const
tuante, soutenue de sa faveur, a été d

ses décrets beaucoup plus loin que moi dans mes Vœux. Ceux qui les trouvaient alors trop hardis, les ont trouvés depuis bien modérés. D'un autre côté, nos législateurs se sont trouvés fort embarrassés. Ils ont été vis-à-vis de l'état tombant en ruine, comme les architectes devant un vieux bâtiment à réparer. Une fois le marteau mis dans ses murs, il a fallu le démolir jusque dans ses fondements. Il eût été sans doute à désirer qu'un bon architecte eût tracé seul tout le plan de la reconstruction, pour y mettre plus d'ensemble. Malgré les vues différentes de nos législateurs, et les obstacles en tout genre qu'ils ont éprouvés, il y a de si belles parties dans notre constitution, qu'on peut dire que c'est la plus convenable au bonheur des peuples, qui ait encore paru en Europe.

Il en est des premiers plans des empires comme de ceux de nos anciennes villes; la plupart des rues y font de longs détours. Je n'ai vu même aucun chemin en pleine campagne, tracé en ligne droite, par l'allure naturelle des hommes; ils vont tous en serpen-

tant. Cela prouve qu'il n'est pas aisé d'aller
droit à ceux mêmes qui en ont l'intention, et
que, pour aligner sa route, on a besoin de
points invariables dans son horizon. Ceux de
la terre ne se rencontrent que dans le ciel,
comme le savent ceux qui ont fait le tour du
monde.

Il y a lieu de croire que notre nouvelle
constitution sera durable, parce qu'elle est
fondée en grande partie sur les droits de
l'homme, qui dérivent eux-mêmes des lois
célestes et immuables de la nature.

Tous les maux dont l'état était accablé
chez nous, provenaient uniquement de l'ambition particulière des corps. Les capitalistes
s'étaient emparés de ses finances; les parlements, de sa justice; la noblesse, de son
honneur; le clergé, de sa conscience; les
académies, de sa raison. Tous tenaient le
corps national lié, sans qu'il pût faire le
moindre mouvement que pour leurs intérêts
particuliers.

Heureusement ils n'étaient pas d'accord.
Pendant qu'ils se querellaient, la nation a
dégagé ses mains, et a brisé une partie de

ses chaînes. La principale reste à rompre, c'est celle de l'or. L'or seul donnant aujourd'hui les moyens de satisfaire toutes les ambitions, toutes les ambitions se réduisent à celle d'avoir de l'or. C'est pour avoir de l'or qu'on laboure et qu'on navigue, qu'on est artiste, magistrat, prêtre, militaire, docteur; que les nations font la paix ou la guerre, et que nos États généraux même se sont assemblés. L'or est le premier mobile du corps social, comme le soleil, dont il est l'emblème et peut-être la production, est celui du monde. Mais comme le soleil lui-même détruirait ce monde, si la sagesse divine ne gouvernait ses effets, l'or détruirait la société, si une bonne politique ne dirigeait son influence. J'appelle politique, non l'art moderne de tromper les peuples, qui est un grand vice, mais, suivant son étymologie même, l'art antique de les gouverner, qui est une grande vertu, et qui est une émanation de la sagesse divine.

Le plus grand mal que l'or puisse produire dans un état, c'est lorsqu'il s'accumule dans un petit nombre de mains : c'est comme si

les rayons du soleil se fixaient dans la seule
zone torride, et abandonnaient le reste du
globe aux glaces. Il est donc nécessaire de
surveiller les hommes qui ont des moyens
d'attirer à eux tout l'or du royaume. Ce sont
les ministres, les capitalistes, la noblesse et
le clergé : les ministres, par l'influence
royale ; les capitalistes, par celle de leur
argent ; les nobles, par celle des armes ; le
clergé, par celle des consciences. Nous avons
à opposer aux ministres l'assemblée nationale
aux capitalistes, les départements ; à la noblesse, les gardes nationales ; au clergé, le
municipalités. C'est sans doute pour balancer les quarante-quatre mille seigneuries e
cures du royaume, qui étaient à la tête de l
puissance militaire et spirituelle de la France
qu'on a créé quarante-quatre mille munici
palités. Un jour viendra sans doute où de
puissances anciennes et modernes s'amalga-
meront ensemble, et n'auront qu'un seul but
le bonheur de l'homme ; mais, en attendan
que tous les ressentiments soient éteints, e
que l'intérêt national ait remplacé les intérê
des corps, nous allons nous livrer à quelque

nonsidérations sur les dangers que nous avons à craindre, et sur les remèdes que nous pourrons y apporter. Elles sont des conséquences des décrets mêmes de l'assemblée constituante, qui n'a pas eu le temps de tout prévoir. Plus sa moisson a été abondante, plus elle nous a laissé à glaner.

DES MINISTRES ET DE L'ASSEMBLÉE NATIONALE.

Un des décrets les plus sages de l'assemblée nationale constituante, est celui qui déclare la personne du roi inviolable, et les ministres seuls responsables de ses fautes. Je ne répéterai pas ici ce que j'ai dit ailleurs sur le caractère personnel du roi : il suffit de dire qu'il a été le premier mobile de notre liberté. Il méritait donc, à plusieurs titres, l'honorable prérogative qui rend sa personne sacrée, comme la loi même qu'il est chargé de faire exécuter. Mais elle lui appartenait encore comme roi; les rois ne sont trompés que par ceux qui les environnent. Néron lui-même eût été forcé d'être vertueux, si le sénat romain avait puni ses crimes dans ses ministres.

Ce sont donc les ministres seuls qui peuvent lutter avec l'assemblée, en lui opposant une partie des forces nationales, dont le nerf principal est l'argent; 1° par une disposition dangereuse des revenus de la liste civile, qui monte à trente millions; 2° par la distribution de beaucoup d'emplois lucratifs, qui peuvent leur donner quantité de créatures au dedans et au dehors du royaume; 3° parce que la durée de leur ministère n'étant pas fixée, ils ont un grand avantage sur les membres de l'assemblée, qui changent tous les deux ans. Ainsi ils ont au-dessus de l'assemblée nationale, une pondération d'argent, de crédit, et de temps qui seul amène beaucoup de révolutions.

Il est donc nécessaire 1° que l'assemblée nationale veille sur l'emploi des revenus de la liste civile, dans le cas où ils serviraient à corrompre ses propres membres, ou même ceux des assemblées de département, municipales, ou primaires. Ce délit est un crime de lèse-nation; un ministre corrupteur doit être déclaré encore plus coupable qu'un député corrompu.

2° L'assemblée nationale doit aussi porter une attention particulière sur le caractère patriotique des hommes qui sont employés par les ministres comme fonctionnaires publics. Elle doit observer sur-tout, si, conformément à la constitution, on a eu égard dans leur choix, au mérite et non à la naissance. Faute de cette surveillance, il peut arriver en peu de temps que la plupart des employés dans les travaux de l'état, les officiers de guerre et de marine, ainsi que les consuls, ministres et ambassadeurs hors du royaume, choisis par des ministres malintentionnés, se trouvent tous préparés pour opérer de concert une contre-révolution au dedans et au dehors du royaume. Il leur serait facile de faire désirer au peuple, en opérant des chertés de blé, en suscitant des brigandages ou des querelles religieuses; car le peuple, fatigué des anciennes secousses de la révolution, et voyant augmenter ses maux, ne manquerait pas d'en accuser l'assemblée qu'il a chargée du soin de l'en garantir. Il s'y porterait d'autant plus volontiers qu'il aime le changement, et que vivant, sur-tout dans la

capitale, du luxe des grands qui y ont fixé
leur demeure, il est à leur égard dans une
dépendance naturelle, qui naît de leurs richesses et de ses besoins, et qu'il n'éprouve
pas de la part des membres peu riches et pas
sagers de l'assemblée nationale. Cette dispo
sition au mécontentement général peut en
core être puissamment secondée par de
journalistes factieux et soudoyés. Avant qu
la constitution fût achevée, sans doute il
été libre à tout écrivain de la discuter ; ma
aujourd'hui qu'elle est sanctionnée par le ro
reçue par la nation, confirmée par une se
conde assemblée de ses députés, élus ave
une pleine liberté, il ne doit plus être pe
mis d'écrire que pour l'améliorer. Enfin,
constitution peut être renversée par une mu
titude d'indigents, sans morale, et dont
plupart donneraient leur part à la liberté p
blique pour un écu. Ils peuvent d'autant pl
aisément être les principaux instrume
d'une contre-révolution, qu'ils se souvie
nent d'avoir été ceux de la révolution. Tout
ces considérations doivent paraître de la pl
grande importance à l'assemblée. Elle p

viendra ces maux en les arrêtant dès leur source. Elle doit décréter que les ministres seront responsables de la conduite des fonctionnaires publics qui sont à leur nomination, comme ils le sont des ordres du souverain. Ils doivent répondre de l'émanation de ces ordres et de leur exécution.

3° Il me semble que nos députés restent trop peu de temps en place. J'aurais désiré qu'au lieu de deux ans, ils y eussent été au moins trois. En effet, beaucoup d'entre eux quittent des états solides et lucratifs, pour un état passager qui les dédommage à peine de leurs sacrifices. Tels sont, entre autres, les agens de loi qui ont fourni tant de défenseurs à la liberté publique. J'aurais souhaité aussi qu'on eût renouvelé un tiers de l'assemblée tous les trois ans. On a craint, dit-on, qu'elle ne se perpétuât en aristocratie. Mais sa révolution totale ne peut-elle pas amener celle de la constitution ? Une nouvelle assemblée perd beaucoup de temps avant de se mettre au fait des affaires. Dans un temps de troubles, son renouvellement total peut être fort dangereux. Le vaisseau de l'état, en chan-

geant son équipage au milieu d'une tempête,
peut sombrer sous voile ou changer de route.
Tout grand mouvement est à craindre dam
les grandes crises. Un état renouvellerait-i
toute son armée en présence de l'ennemi
pour lui substituer des troupes sans expé
rience ? Comment donc ose-t-il, en présenc
de tant d'ennemis de ses intérêts, substitue
à une assemblée qui les a défendus, une as
semblée nouvelle, dont la plupart des mem
bres ne connaissent que ceux des départe
ments qui les ont choisis ? Il leur faut plu
sieurs mois avant de se mettre au niveau de
affaires publiques, et d'en rétablir le cours
On peut, ce me semble, éviter d'une par
les dangers d'une aristocratie permanente, e
de l'autre ceux d'une révolution subite et to
tale, en renouvelant les membres de l'as
semblée par tiers tous les ans, c'est-à-dire
que chaque département destituerait tous le
ans un tiers des anciens députés, et en insti
tuerait un tiers de nouveaux. Il résultera
de là deux grands avantages pour la nation
c'est qu'elle supprimerait ceux de ses dépu
tés suspects de corruption, sans les entacher

puisque leur réforme serait un résultat de la
loi même qui les aurait élus; et qu'elle se
conserverait perpétuellement le droit de surveiller son assemblée, et d'y maintenir l'esprit public : alors on pourrait sans risque
prolonger la durée même de l'assemblée à
cinq ans, en en renouvelant tous les ans la
cinquième partie.

Telles sont les précautions que je crois nécessaires à la durée de la constitution, et
pour donner à l'assemblée nationale une prépondérance qui la rende respectable au peuple, et qui la mette à même de lutter avec
avantage contre les ministres. Il faut espérer
cependant qu'elles seront un jour superflues.
Plusieurs de nos ministres choisis par le roi,
se pénètrent de son patriotisme, et ils sentent que leur gloire, comme la sienne, est
dans le bonheur national.

Il y a un moyen, ce me semble, de les y
diriger. On a fait plusieurs décrets contre
leurs mauvaises intentions, et aucun en faveur de leurs bons offices. C'est les désigner
à la nation comme ses ennemis, et les engager à le devenir. Ils sont trop à plaindre d'a-

voir tout à craindre du côté d'une nation qui
se méfie d'eux, et peu à espérer du côté du
roi, qui ne peut plus leur donner ni cordons
bleus ni duchés. Je voudrais donc que la nation se chargeât de les récompenser d'une
manière digne d'elle. Ainsi, après dix ans de
services, l'assemblée examinerait leur conduite, et, après l'avoir jugée constitution-
nelle et irréprochable, elle leur décernerait
une statue. On pourrait la poser à la base de
celle du roi, élevée sous la coupole d'un
temple de mémoire, et décrétée de la même
manière. Ainsi, au lieu de voir nos rois à
cheval, sur le bord d'un piédestal flanqué de
nations enchaînées, ou de figures allégori-
ques des vertus, on les verrait debout, entourés de leurs bons ministres, dont les uns
tiendraient le trident de Neptune; d'autres
le caducée de Mercure; d'autres, la foudre
de Jupiter, ou, ce qui vaut encore mieux,
sa corne d'abondance. On pourrait ajouter
ces symboles, des inscriptions et des bas-re-
liefs qui rappelleraient les actions principales
de leur ministère. Ce monument accessible
de toutes parts, figurerait à merveille a

milieu d'une place publique, ou même sur les bords de la Seine, suivant l'inclination dominante du prince. Le peuple juge assez bien des caractères de plusieurs rois, par l'emplacement de leurs statues; il croit que Louis xv n'aimait que la chasse, parce que la sienne est hors de la ville; Louis xiv, la grandeur, parce qu'il s'est entouré des grands hôtels de la place Vendôme et de celle des Victoires; Louis xiii, la noblesse, parce qu'il est à la place Royale, dans le Marais, l'ancien séjour de la cour; Henri iv, le peuple, parce qu'il est au centre de la promenade populaire, le Pont-Neuf. Je trouverais cependant Henri bien plus respectable, si on voyait aux quatre coins de son piédestal, au lieu d'esclaves enchaînés, le sage Duplessis-Mornay, le véridique Sully, le vertueux La Noue, et quelques autres des amis du roi, qui, comme lui, ont aimé le peuple. Notre capitale ne manque pas de nouveaux emplacements. Ses marchés en offriront de bien intéressants à ceux de nos rois qui se plairont au milieu de l'abondance de leurs sujets.

26*

DES CAPITALISTES ET DES DÉPARTEMENTS.

L'or est le seul mobile de notre politique; pour en avoir, les puissances oublient les premiers principes de la morale et de la justice. Quelque difficile qu'il soit aujourd'hui de réfuter des erreurs accréditées par l'opinion publique et mises en exécution, je commencerai ce paragraphe par quelques réflexions qui pourront servir à nous en préserver au moins pour l'avenir. C'est au sujet de l'invitation que le ministre des finances a faite aux citoyens de donner le quart de leur revenu pour leur contribution patriotique. 1° Cette invitation était subreptice, puisqu'on a fait une obligation civile d'une offre purement volontaire. 2° La loi promulguée à cette occasion est impolitique, parce qu'il ne faut jamais faire balancer les hommes entre leurs intérêts et leur conscience; en effet, elle a produit quantité de fausses déclarations. L'assemblée a été très-sage en ne permettant pas qu'on y joignît de faux sermments. 3° Cette loi est inquisitoriale; elle obligé les citoyens de révéler publiquement les secrets de leur fortune, après que le fisc a abusé de leur confiance pendant tant de siècles, et lorsqu'il en abuse encore. En faisant un devoir obligatoire d'un acte de bonne volonté, elle met ceux d'entre eux qui, au dehors, paraissent à leur aise, mais qui, au fond, sont hors d'état de contribuer, dans l'alternative cruelle de publier leur indigence ou de passer pour mauvais citoyens. Ces considérations si morales empêchèrent Louis xiv de faire exécuter un projet semblable. Malgré son despotisme, il n'osa pénétrer dans le secret des familles. Il eut des remords de conscience, dit le duc de Saint-Simon. 4° Cette loi n'est pas équitable, car elle ne proportionne pas la contribution à la fortune des contribuables. Un homme qui a du superflu, est plus en état de payer le quart de son revenu, que celui qui n'a que le simple nécessaire. Il y a plus, le rentier qui a mille livres de rentes foncières, est une fois plus riche que celui qui a un pareil revenu en rentes viagères; et celui-ci l'est encore plus que celui qui les tient d'un emploi, qu'il peut

perdre immédiatement après avoir payé sa
contribution. Cependant tous les trois, quoique d'une fortune très-inégale, paient également; ce qui est contraire à l'esprit même
de la loi. 5° Enfin, il est résulté de toutes ces
inconséquences, que les plus riches capitalistes, qui ont la meilleure partie de leur fortune cachée dans leur portefeuille, ont le
moins payé, comme on en peut juger par
leurs déclarations. C'était cependant en partie pour acquitter les intérêts de leurs papiers, qu'on a décrété la contribution patriotique. Sans doute le ministre patriote qui en
a proposé la loi, et l'assemblée qui l'a décrétée, ont eu de bonnes intentions; mais
au milieu des troubles où ils se trouvaient,
ils n'en ont pas prévu les inconvénients. Ils
pouvaient l'établir sur les mêmes bases que
celles des impositions municipales. A Dieu
ne plaise que je veuille donner aux mauvaises
consciences des arguments pour l'éluder.
Tout bon citoyen doit obéir aux lois, même
injustes. J'ai désiré seulement que nos fautes
passées nous servissent de leçon pour l'avenir. L'assemblée constituante y a été plus

d'une fois entraînée par l'influence des capitalistes. Telle était celle qui obligeait tout citoyen de payer l'impôt direct d'un marc d'argent pour pouvoir être élu parmi ses membres. En l'abolissant, elle a fait voir qu'elle avait un autre tarif que celui de l'argent, pour apprécier le mérite, et qu'il fallait à sa constitution d'autres mobiles que ceux de la fortune.

Maintenant qu'on a ôté aux capitalistes les moyens de faire valoir leur argent, par la suppression des charges vénales, des emprunts publics, et bientôt de l'agiot des grands assignats par l'émission des petits, il est à craindre que leur avidité n'engloutisse toutes les terres du royaume. Je n'y connais d'autre empêchement qu'un impôt de censure qui s'accroisse avec les propriétés territoriales. J'ai proposé ce moyen dans la première partie de cet ouvrage, et il n'a pas plu aux riches, quoiqu'il y aille même de leurs intérêts particuliers : mais le salut de l'état en dépend. J'ai démontré en plusieurs endroits de mes Études, que les grandes propriétés territoriales avaient causé la ruine de la Grèce, de

l'empire romain, et de plusieurs royaume
de l'Afrique, suivant les témoignages de
Pline et de Plutarque. J'y ai observé qu'elle
avaient contribué en grande partie à celle de
la Pologne, et j'ai parlé des maux qu'elle
avaient produits en France. Ces maux n
feront qu'augmenter, maintenant que beau
coup de personnes, qui étaient déjà riches e
terres, acquièrent, avec le remboursement d
leurs charges, des biens nationaux. A la vé
rité, l'abolition du droit d'aînesse diviser
un jour les héritages en portions égales parm
les parents; mais les familles n'en seront pa
moins riches, et leur aristocratie est aus
dangereuse que celle des corps. Chez les Ro
mains, les héritages se partageaient égale
ment; ils n'en furent pas moins ruinés pa
les grands propriétaires en terres.

Il y a au sujet de la vente des biens natio
naux, un autre grand abus à réformer, c'e
celui des capitalistes monopoleurs, qui le
achètent en gros pour les revendre en détail
Souvent ils bénéficient quinze et vingt pou
cent, sans bourse délier, ainsi que j'ai en
tendu un d'entre eux s'en vanter. Je sais bie

que les départements tolèrent ces abus pour faciliter la vente des grandes terres ; mais on parviendrait au même but en les divisant en petites propriétés de vingt ou trente arpents. Elles trouveraient plus d'acquéreurs, et se vendraient plus cher au profit de la nation. On en écarterait à coup sûr les monopoleurs, en établissant un impôt de censure, qui irait toujours en croissant suivant le nombre de ces petites propriétés accumulées sur la même tête.

C'est l'avidité des grands propriétaires qui a introduit et maintenu si long-temps en Europe l'esclavage dans l'agriculture. Où trouver en effet des hommes libres, qui veuillent cultiver une terre uniquement pour le profit d'autrui ? En Russie, les terres n'ont de valeur que par le nombre de leurs serfs. Il y a, dans ce pays, des propriétaires qui ont des domaines aussi grands que des provinces, et dont ils ne tirent presque rien, faute d'esclaves. Ce sont les grands propriétaires qui ont introduit l'esclavage des noirs en Amérique. Les premiers Espagnols qui firent la conquête des Antilles, du Mexique et du Pérou,

s'en partagèrent les terres, et en réduisirent
les habitants à la servitude pour les cultiver,
mais sur-tout pour en exploiter les mines
d'or et d'argent. Malgré les modifications politiques du roi d'Espagne en faveur des malheureux Indiens, ses soldats en agirent envers eux comme il en avait agi lui-même
envers leurs princes. Ils les dépouillèrent
et les détruisirent pour la plupart ; ils sup-
pléèrent ensuite à leur service par des esclaves tirés de l'Afrique. Les Français ne les
employèrent aux Antilles qu'en 1635, après le
renouvellement de la compagnie des Indes.
Ainsi les Espagnols ont à se reprocher d'avoir
été les premiers Européens qui ont versé le
sang des Américains, et ont introduit l'esclavage des noirs en Amérique. Un crime produit toujours un autre crime. Il en est résulté
trois peuplades malheureuses, d'Indiens asservis, de noirs esclaves, de blancs tyrans.
Les blancs sont sans doute les plus misérables ;
par une réaction bien remarquable de la justice divine, ils ont trouvé leur punition dans
cet or même qu'ils ont tant désiré. Ils vivent
d'abord au milieu de leurs frères, cuivrés

noirs, dans une crainte perpétuelle qu'ils ne
se réunissent pour les piller et les exterminer.
Ils s'efforcent de les attacher à leur joug par
tous les liens de la superstition, mais ce sont
eux qui en portent les chaînes à leur cou. Ils
sont gouvernés par des moines qui sont aussi
avides qu'eux de leurs richesses, et qui les
en dépouillent par la crainte des satellites de
l'inquisition dans ce monde, et des démons
dans l'autre. L'or et l'argent, arrosés des
pleurs des hommes, ne sortent de leurs mines
que pour enrichir des monastères.

D'un autre côté, les sabres des flibustiers
ne leur sont pas moins redoutables que les
légendes des missionnaires. Des poignées
d'aventuriers, attirés par ce même or, ont
répandu souvent la terreur dans ces riches
contrées, dont les habitants misérables sont
sans patriotisme. Nos colonies n'éprouvent
pas de si grands maux, parce qu'elles sont
plus pauvres. L'assemblée nationale s'est occupée de leur bonheur en voulant rendre aux
mulâtres et aux noirs libres, l'initiative aux
assemblées coloniales que Louis XIV leur avait
accordée, et qui leur appartenait de droit na-

27

turel. N'est-il pas juste donc que des hommes libres qui cultivent la terre, qui en paient les impositions, et qui la défendent en temps de guerre, aient quelque part à son administration? Quelle que soit leur couleur, ne sont-ils pas citoyens? Les habitants blancs leur en avaient ôté les prérogatives, sans doute par une suite de leurs alliances orgueilleuses avec nos grands seigneurs, mais elles subsistaient dans les colonies portugaises. Je les en ai vu jouir dans notre île de Bourbon, dont les premiers habitants épousèrent des négresses de Madagascar, faute de femmes blanches et laissèrent à leurs enfants mulâtres leurs héritages avec tous les droits de citoyen. Les familles françaises qui s'y sont établies depuis, et parmi lesquelles il y en a plusieurs de nobles, n'ont point dédaigné de s'allier avec eux. Il est fort commun d'y voir des neveux et des nièces, des cousins et des cousines, des frères et des sœurs, des pères et des mères de différentes couleurs. Rien ne m'a paru plus intéressant que cette diversité. J'y ai reconnu le pouvoir de l'amour qui rapproche ce que les mers et les zones d monde avaient séparé. Ces familles à-la-fois blanches, mulâtres et noires, unies par les liens du sang, me représentaient l'union de l'Europe et de l'Afrique, bien mieux que ces terres fortunées, où le sapin et le palmier confondent leurs ombrages. Il est bien fâcheux que, sur de vaines terreurs, l'assemblée constituante ait aboli, par son décret du mois de septembre 1791, la justice qu'elle avait rendue aux hommes de couleur des Antilles, et qu'elle ait abandonné aux seuls blancs le droit de se constituer eux-mêmes; c'est les regarder, en quelque sorte, comme étrangers au royaume. Ils sentiront un jour la nécessité d'y être intimement unis, par l'impossibilité de se suffire à eux-mêmes en aucune manière; mais avant tout, ils doivent se rapprocher des hommes de couleur : il y va de leur sûreté et de leur prospérité. Il est nécessaire, par la même raison, qu'ils y adoucissent le sort de leurs malheureux esclaves, en attendant qu'ils trouvent eux-mêmes des moyens sages de leur rendre la liberté. J'en ai indiqué quelques-uns : cette grande révolution ne doit se faire que peu-à-peu, et en dédommageant convenablement les maîtres.

Mais ce n'est pas assez de peupler nos îles de noirs libres et heureux, il faut y introduire des cultivateurs blancs, qui sont plus industrieux. Il y va également des intérêts de nos colonies et de ceux de la métropole. Il y a plus; l'introduction des cultivateurs blancs en Amérique est une suite nécessaire de notre nouvelle constitution. L'agriculture et le commerce ayant été délivrés en France de leurs entraves, il s'ensuit que la population doit y augmenter considérablement. D'un autre côté, les gouffres qui l'absorbaient étant comblés, tels que les communautés célibataires d'hommes et de femmes, et les guerres fréquentes suscitées par l'ambition de la noblesse et de la monarchie, dont on a détruit les préjugés, il est de toute nécessité que le nombre des habitants y croisse rapidement, d'autant plus que l'amour y a un grand empire, par la température du ciel, la fécondité du sol, les spectacles, l'usage du vin et les agréments des femmes. Il faut joindre à ces causes anciennes et mo-

...dernés de population, celle des étrangers qui viennent déjà s'y établir, attirés par notre nouvelle constitution, qui leur assure la liberté de conscience. Il est donc urgent de lui trouver des débouchés hors du royaume, et il n'y en a point de plus commode et de plus à notre portée que nos colonies. Il faut donc y introduire la culture par les blancs; si on n'emploie pas ce moyen, la France, avant un demi-siècle, ne pourra nourrir ses habitants. On y verra, comme dans la Chine circonscrite par ses lois, les mères exposer leurs enfants, et tous les crimes qui naissent de l'excès d'une population indigente. L'abolition de l'esclavage des noirs et l'introduction de la culture des blancs en Amérique, dérivent donc de l'intérêt des blancs en France, quand elles ne seraient pas des conséquences des droits de l'homme qui font les bases de notre constitution.

Des hommes de mauvaise foi ont prétendu que les Européens ne pouvaient cultiver les terres brûlantes de l'Amérique. Il est fort aisé de leur répondre par des faits. L'Espagnol Barthélemy de Las-Casas avait

27*

amené à Saint-Domingue même des laboureurs de son pays qui y auraient réussi, s'ils n'eussent été détruits par les Caraïbes irrités des brigandages des soldats espagnols, qui n'avaient fait la conquête de cette île que pour la ravager. On voit tous les jours, sur les ports de nos colonies, où la chaleur est bien plus forte que dans l'intérieur des terres, nos matelots, nos charpentiers, nos tailleurs de pierre, occupés à des travaux bien plus rudes que ceux de la culture du café, du coton et du cacao, que des femmes et des enfants peuvent exercer. J'ai vu à l'Ile-de-France des blancs abattre eux-mêmes des portions de forêts, et les défricher. Cependant ils n'avaient pas été élevés à des métiers aussi pénibles, et quelques-uns d'entre eux même avaient été officiers de la compagnie des Indes. A la vérité, le climat de Saint-Domingue est plus chaud ; mais les anciens flibustiers et boucaniers de cette île étaient blancs ; malgré leurs fatigues excessives ils se portaient très-bien, et vivaient long-temps. Au lieu de nos esclaves, ils avaient de jeunes serviteurs ou engagés, blancs, quel-

quefois de bonne famille, qui étaient tenus
le les servir pendant trente-six mois, ce
qui leur en avait donné le nom. Ces jeunes
gens résistaient à des travaux sans comparaison plus rudes que ceux de nos esclaves,
comme on peut s'en assurer par les relations
qui en existent. Les anciens Indiens qui cultivaient les Antilles, ainsi que les terres du
Pérou et du Mexique, étaient d'un tempéra-
ment bien plus faible que les Européens qui
les ont détruits. Enfin ne voit-on pas, par
une juste réaction de la vengeance divine,
les Européens supporter, à Maroc, sous le
ciel de l'Afrique, plus brûlant que celui de
l'Amérique, un esclavage plus cruel que
celui des noirs ? J'ai fait sur ce sujet un petit
drame, dans l'intention de ramener à l'humanité par le sentiment, des hommes que la
cupidité empêche d'y revenir par la raison ;
mais je suis convaincu qu'il me serait plus
aisé de le faire représenter à Maroc qu'à Paris.
Il est donc de notre intérêt, et même de
celui des créoles, d'introduire dans nos îles
des cultivateurs blancs, afin de donner d'a-
bord des moyens de subsister à nos compa-

triotes, et ensuite de s'étendre dans les vastes
solitudes de l'Amérique, qui sont dans le
voisinage. Je sais bien que plusieurs puissances de l'Europe s'en sont emparées. Je
n'examinerai pas si leur possession est légi-
time, et si le même droit, dont elles se sont
autorisées pour les enlever à leurs anciens
propriétaires, ne peut pas servir à son tour
à les priver de leurs usurpations. On ne doit
pas fonder de mauvais principes sur de mauvais exemples. Mais, quelque respecté que
soit le droit de conquête en Europe, il est
certain que le droit de la nature est plus ancien. Pour qu'un prince européen prenne
possession d'un pays étranger, où des hommes
sans méfiance ont reçu ses vaisseaux avec
hospitalité, il ne lui suffit pas d'y faire en-
terrer furtivement une planche gravée de son
nom, ou d'y faire élever une croix armoriée
de son écusson, par un missionnaire qui
l'adore en chantant un *Te Deum*, en faisant
accroire aux bons sauvages étonnés de cette
cérémonie, que cette croix les préservera de
toutes sortes de maux. Il ne lui suffit pas
encore de construire le long d'une côte,

toutes les cinquante lieues, une batterie de
canons, entourée de fossés et de palissades,
pour dire : tout le continent est à moi. La
terre appartient non à celui qui s'en empare,
mais à celui qui la cultive. Les lois de la nature sont vraies en général comme en particulier. Un jour je vis hors de la grille de
Chaillot, un paysan semer des pois dans un
terrain qui depuis long-temps était en friche :
je lui demandai s'il était à lui : « Non, me
dit-il; mais il est permis à tout homme
d'ensemencer une terre qui est plus de trois
ans sans être cultivée. » Je ne sais si cette
loi est du droit civil ou du droit romain;
mais il est certain qu'elle est de droit naturel.
Dieu n'a fait la terre que pour être cultivée :
tout homme a donc droit de s'établir dans
les déserts. Il est d'ailleurs de l'intérêt des
rois d'Espagne et de Portugal, d'appeler dans
leurs immenses et solitaires domaines de
l'Amérique, les hommes qui surabondent en
Europe, pour en accroître le nombre de
leurs sujets. S'ils ne les y attirent pas aujour-
d'hui comme cultivateurs, ils les y verront
arriver un jour comme conquérants.

En attendant que le peuple français trouv[e]
des débouchés à sa population future dans se[s]
colonies et au delà , il faut empêcher les co[-]
lonies elles-mêmes d'enlever au peuple fran[-]
çais les moyens de subsister. Il tire aujour[-]
d'hui de l'Amérique la plus grande partie de[s]
objets de sa consommation journalière ; le[s]
principaux sont le sucre, le café, le tabac [et]
le coton. Il n'y a guère de blanchisseuse q[ui]
ne dépense sur ces divers articles au moins l[a]
moitié de ce qu'elle gagne. Les capitaliste[s]
les monopolent à leur arrivée dans nos ports
pour en augmenter le prix. Les département[s]
doivent veiller sur ces abus, et en détruire
s'il est possible , les causes. C'est une grand[e]
faute en politique de mettre une métropol[e]
dans la dépendance de ses colonies.

Les départements doivent donc encourage[r]
la culture des ruches , afin de remplacer l'u[-]
sage du sucre par celui du miel , si aimé de[s]
anciens par ses qualités salutaires , mais ré[-]
jeté des modernes par le préjugé où ils son[t]
qu'il a un goût médicinal. C'est là quintes[-]
cence des fleurs. Il résulterait de sa consom[-]
mation une grande richesse pour nos cam[-]

...agnes, où tant de plantes produisent en vain
...eurs huiles éthérées. Nos paysans s'occupe-
...aient de l'éducation facile et innocente des
...beilles, dont les ateliers toujours libres ne
...ont jamais forcés, pour faire du sucre, de
...ravailler à coups de fouet, comme les mal-
...eureux noirs.

On réussirait peut-être aussi à remplacer le
café par quelque substance végétale de nos
climats. J'ai souvent admiré qu'une graine
d'une espèce de jasmin, sèche, coriace, d'une
saveur très-amère, dont aucun insecte ne
peut goûter, qui s'est perdue pendant des
siècles dans les forêts de l'Arabie, soit devenue, par la torréfaction, et sa combinaison
avec le sucre et l'eau, une boisson d'un usage
si universel en Europe, que sans elle des
peuples entiers, jusqu'aux extrémités du Nord,
ne croiraient pas pouvoir déjeuner ou digérer
leur dîner; qu'à son occasion on ait cons-
truit dans toutes les villes une infinité de
salles, où les citoyens se rassemblent, et dé-
cident, en la buvant, du sort des empires;
que de grandes villes fleurissent par le commerce de cette graine, et des colonies popu-

leuses par sa culture. Certes, les Grecs re...
connaissants auraient consacré un temple a...
derviche qui, le premier, en trouva l'usage...
comme ils en avaient élevé à Cérès, à Bac...
chus et à Minerve, qui leur apprirent à tire...
de la farine d'une graminée, du vin d...
fruit de la vigne, et de l'huile douce de l'o...
live amère. Il y a peut-être telle baie qui...
perd dans nos bois, méprisée même des an...
maux, qui servira un jour aux voluptés d...
hommes. C'est aux départements à encour...
ger, par des prix, les expériences de cell...
qui pourraient remplacer le café. Ce fruit...
luxe étant devenu un aliment de nécessi...
pour le peuple, il serait bon au moins qu'...
en trouvât un équivalent plus substantiel da...
son territoire. Quand un jeune homme pe...
son argent et son temps à courir après u...
maîtresse, on le ramène à l'économie et...
sa maison, en le mariant avec une honnê...
femme. Mais les peuples sont toujours ass...
jeunes pour courir après les nouveautés,...
ils sont souvent trop vieux pour renonce...
leurs habitudes.

Une des plus étranges et des plus difficil...

à détruire, est celle du tabac. Il n'y en a point d'aussi répandue sur toute la terre. Le tabac vient originairement de l'Amérique, et ce sont les Sauvages qui nous ont appris à le fumer ; mais on en fume aujourd'hui depuis la Norwège jusqu'à la Chine, et depuis Archangel jusque chez les Hottentots. On en prend beaucoup en poudre en Europe. C'était une poudre d'or pour nos capitalistes de France, qui l'avaient mis en parti. Ils en vendaient plus cher l'once que la livre ne leur coûtait en feuilles. J'ai vu de pauvres ouvriers dépenser chaque jour en tabac le quart de leur paye. Depuis la révolution, son commerce et sa culture sont libres en France, où il croît d'une excellente qualité : il y deviendra donc à bon marché, et sa consommation y tournera au profit de notre agriculture. Il serait à souhaiter qu'on pût y naturaliser de même la canne à sucre et le café. La Sicile et quelques portions de l'Italie en seraient susceptibles, mais le climat s'y oppose en France. J'ai remarqué dans mes Études, que la nature avait rendu toute la terre capable de produire par-tout les mêmes

28

substances, avec cette différence, qu'elle va
rie les végétaux qui les portent suivant le
latitudes. Les sauvages du Canada font d
sucre avec la sève des érables; et les noi
d'Afrique, du vin avec celle de leurs pa
miers. La saveur de la noisette se retrou
dans la grosse noix du cocotier; et cell
de plusieurs herbes aromatiques de nos car
pagnes, dans les arbres à épices des Mol
ques. En général, la nature place les conso
nances des arbres de la zone torride dans li
buissons et les herbes des zones tempérée
et même jusque dans les mousses et les chan
pignons de la zone glaciale. Elle a mis au mi
les fruits à l'abri de la chaleur, en les éleva
sur des arbres; et en allant vers le nord, e
les met à l'abri du froid, en les abaissant s
des herbes, qui d'ailleurs ne vivant qu'un ét
ne craignent point l'hiver. C'est donc da
les classes humbles de nos plantes annuell
et spontanées, que nous pourrions trouv
des productions équivalentes à celles d
grands végétaux du midi.

Le coton, d'un usage si répandu parm
peuple, fournit une nouvelle preuve de

compensations. Il croît dans les forêts de l'A-
frique et de l'Amérique torridienne, sur de
grands arbres épineux; aux Indes, sur de
grands arbrisseaux; et à Malte et dans les
îles de l'Archipel, sur une plante herbacée.
Nous pouvons suppléer à son usage par celui
du lin, herbe annuelle qui vient originairement d'Égypte. Il a suffi long-temps, avec
la laine de nos troupeaux, à nous vêtir,
même avec luxe. Nos femmes sont encore
plus adroites à le filer, que celles des Indes
le coton. Elles en font des toiles qui surpassent en finesse les mousselines. Il y eut à ce
sujet un pari considérable fait au Bengale,
entre le directeur de la compagnie des Indes
de Hollande, et celui de la compagnie des
Indes d'Angleterre. Le directeur hollandais
soutenait l'affirmative, et l'anglais la niait.
Celui-ci produisait à l'appui de son sentiment une pièce de mousseline d'une finesse
inexprimable; mais l'autre gagna: il fit venir de son pays une pièce de batiste, qui,
par pouce carré, contenait plus de fils qu'une
pareille étendue en mousseline. Les fils de
lin de nos dentelles surpassent en finesse

ceux de coton. On en peut faire des toiles
damassées, satinées, transparentes, peintes
de toutes les couleurs. Cependant les femmes
riches et les pauvres leur préfèrent celles de
coton. Les femmes riches font tort aux travaux du peuple, en faisant venir leurs étoffes
des Indes; et celles du peuple qui les imitent, font tort à elles-mêmes, en prenant
dans un pays étranger la matière première
de leurs habits.

Le gouvernement a d'abord cherché à favoriser la culture du coton dans nos colonies
ainsi que son importation en France. Bientôt
nos capitalistes en ont tiré un si grand parti
par l'établissement de quantité de manufactures, que la plupart des femmes du peuple
sont vêtues en tout temps de ces toiles, ainsi
que leurs enfants. Leur usage n'est pas salu-
bre; elles conviennent à merveille aux hivers des pays dont les habitants vont presque
nus le reste de l'année; mais elles sont trop
chaudes pour nos étés, et trop froides pour
nos hivers. Leur usage sur-tout est fort dangereux l'hiver. Elles sont très-faciles à s'en-
flammer; elles sont une des causes les plu-

fréquentes de nos incendies, qui commencent souvent par une étincelle qui tombe sur une couverture ouatée, ou sur un rideau de coton. Le feu s'y propage avec la plus grande rapidité. A ma connaissance, plusieurs enfants et vieillards ont été brûlés vifs, pour s'être endormis, vêtus de ces toiles, près de leurs foyers. On sait que ce fut ainsi que périt le vieux roi de Pologne, Stanislas. La laine n'a aucun de ces inconvénients : on en peut faire des étoffes très-légères pour l'été. Les femmes grecques et romaines, qui se mettaient de si bonne grace, en portaient des robes en tout temps. Je souhaiterais que la révolution qui a opéré tant de changements dans nos lois, en produisît dans nos mœurs, et même dans nos habits. Ceux des hommes, parmi nous, sont ouverts de toutes parts et écourtés. Il n'y a rien au contraire à-la-fois de si chaud et de si léger, de si commode et de si noble, que ceux des anciens. Si nos femmes veulent engager les hommes à les adopter, elles n'ont qu'à imiter elles-mêmes le costume des femmes grecques, qui ne s'habillaient que de lin et de laine. Il en résultera un grand avantage pour

28*

la santé et la bonne mine de tout un peuple.
Notre agriculture, notre commerce et nos
manufactures en profiteront immédiatement.
Les chiffons de toiles de lin se multiplieront,
et serviront à nos fabriques de papier, qui
commencent à manquer de matière première.
On ne peut les remplacer par ceux de toiles
de coton, quoique cependant les Indiens en
fassent de très-beau papier, quand il n'est
pas teint. Je n'examinerai pas ce que notre
métropole peut gagner dans la balance de son
commerce avec ses colonies, mais je la vois
totalement à leur avantage. Nous leur four-
nissons du vin, du fer, des farines et des sa-
laisons; mais nous en recevons le café, le
sucre, l'indigo, le tabac, le coton, le cacao,
dont les consommations sont incomparablement plus grandes; d'ailleurs, elles ne veulent ni de nos modes, ni de nos arts libéraux.
Les femmes créoles ont leur costume particulier, et elles font venir la plupart de leurs
étoffes des Indes. Je n'ai pas vu à l'Ile-de-
France une maison où il y eût un tableau,
ni même une estampe; je n'y ai trouvé de
livres que chez quelques Européens, et en

bien petit nombre. Cependant les arts et les lettres donnent des jouissances aux riches, et des consolations aux pauvres. La nature les enseigne à l'homme, et ils ramènent l'homme à la nature. Nos colonies ne s'occupent qu'à gagner de l'argent; et on peut juger qu'elles en tirent de nous une quantité prodigieuse, par les fortunes énormes qui s'y font rapidement. Qu'elles le gardent! Le bonheur d'un peuple ne se calcule pas par les piastres de ses négociants, mais par les moyens qu'il a de se nourrir et de se vêtir. Or, je le répète, c'est une grande faute contre la politique, que la matière première de l'habillement du peuple français soit aujourd'hui dans ses colonies de l'Amérique, ainsi que le sucre et le café de son déjeuner, et le tabac dont il fait un usage perpétuel : il ne manque plus que d'y faire croître mon blé, pour le mettre entièrement dans leur dépendance. Aussi avons-nous vu, par les réclamations violentes de nos négociants en faveur de la traite inhumaine des noirs, contre les décrets de l'assemblée, que nos ports de mer marchands avaient cessé d'être français pour se faire américains.

Sauvons au moins la partie saine de la nation, en mettant sa principale subsistance à l'abri de l'avidité des capitalistes. La seule cause des séditions populaires est la disette du pain, même dans les querelles politiques et religieuses. Le peuple ne se mêle de la conduite des dieux, que quand il est abandonné par Cérès. Il n'y a qu'un seul moyen de le maintenir en paix, c'est de lui donner toujours le pain au même prix, et d'avoir pour cet effet, dans chaque municipalité, des magasins de blé qui en contiennent des provisions au moins pour deux ans ; il sera facile alors à chaque département d'en faire le commerce, en vendant à ses voisins, et même hors du royaume, le surplus de ses approvisionnements. Le peuple en verra la circulation sans inquiétude, lorsqu'il sera assuré qu'on a pourvu à ses besoins. J'ai déjà mis ailleurs ce conseil en avant, mais je le répète ici à cause de son importance ; il n'y a pas d'autres moyens de prévenir les séditions. Le pain est nécessaire au peuple comme l'air. Que diraient les riches, si l'air qu'ils

respirent était quelquefois au moment de
leur être supprimé tout-à-fait? Dans quelle
terrible inquiétude vivraient-ils, s'il y avait
des physiciens qui, avec des machines pneu-
matiques, pussent le rendre plus ou moins
rare, à leur volonté! Ne les regarderaient-
ils pas comme les plus dangereux des tyrans,
de les faire vivre sans cesse dans l'alternative
de la mort ou de la vie? Ainsi le peuple
considère ceux qui font le commerce des
blés.

En vain on lui parle des besoins des provinces voisines et de ceux de la capitale; y
prendra-t-il plus d'intérêt qu'à ceux de ses
enfants? Il ne se fie plus d'ailleurs à cette
prétendue humanité, qui a servi tant de fois
de prétexte au commerce dangereux du blé.
Quand on l'exporte de ses marchés, il croit,
non sans raison, que c'est pour le faire ren-
chérir. C'est donc une négligence bien coupable de notre administration, pendant plusieurs siècles, de n'avoir pas établi des magasins de blé dans les provinces, et assuré un
prix fixe au pain. Elle voulait disposer de la
nourriture du peuple, pour le gouverner par

la faim, ainsi que de sa fortune, par les impôts; de sa vie, par les guerres étrangères;
et de sa conscience, par les opinions religieuses. Tels ont été les longs abus de
notre odieuse politique, dont on doit se hâ-
ter de réformer le principal. S'il est quelque
motif qui puisse engager le peuple à opérer
une contre-révolution, c'est la cherté du
pain; c'est elle seule qui a exécuté la révolution contre ceux mêmes qui avaient cru
stupidement l'empêcher en affamant le peuple.

J'ajouterai ici quelques réflexions sur l'u-
sage du pain, devenu d'une nécessité si absolue en Europe. Qui croirait que c'est un
aliment de luxe ? De tous ceux qu'on sert sur
la table de l'homme, quoiqu'il soit le plus
commun et à meilleur marché, il n'y en a
point qui coûte aussi cher. Le blé dont on
le fait, est de toutes les productions végétales
celle qui demande le plus de culture, de machines et de manipulations. Avant de le semer, il faut des charrues pour labourer la
terre, des herses pour en briser les mottes,
des engrais pour la fumer. Quand il commence

à croître, il faut le sarcler; quand il est mûr, il faut des faucilles pour le moissonner; des fléaux, des vans, des sacs, des granges pour le battre, le vanner et le serrer; des moulins pour le réduire en farine, le bluter et le sasser; des boulangeries pour le pétrir, le faire lever, le cuire et en faire du pain. Certes, l'homme n'aurait jamais pu exister sur la terre, s'il avait dû tirer sa première nourriture du blé. Nulle part on ne le trouve indigène. Son grain même paraît, par sa forme, bien plus destiné au bec des oiseaux granivores, qu'à la bouche de l'homme. Il n'y a pas la vingtième partie des peuples de la terre qui mange du pain. Presque toute l'Asie vit de riz, plus abondant que le blé, et qui ne demande d'autre apprêt que d'être émondé de sa pellicule et bouilli. L'Afrique vit de millet; l'Amérique de manioc, de pommes de terre, de patates. Ces substances même n'ont pas été les premiers aliments de l'homme. La nature lui a d'abord présenté sa nourriture toute préparée dans les fruits des arbres : elle a placé principalement pour cet effet, entre les tropiques, le bananier et

le fruit à pain; dans les zones tempérées
les chênes verts, et sur-tout les châtaigniers
et peut-être dans la zone glaciale, des pins
dont les pignons sont comestibles. Mais, sans
sortir de nos climats, le châtaignier paraît
mériter toute l'attention de nos cultivateurs
Il produit, sans soins, beaucoup plus de fruits
substantiels, qu'un champ de blé de la même
étendue que ses branches; il donne de plus
dans son bois incorruptible en charpente, de
quoi se bâtir des habitations durables. Nos
départements doivent donc multiplier un arbre si utile et si beau, dans les communes,
dans les landes et sur les grands chemins;
ils doivent aussi y propager la culture de tou
les arbres qui produisent des fruits alimen-
taires, ainsi que celle des légumes de la meil
leure espèce. Pour cela il serait nécessaire
que chaque département eût un jardin public, où l'on essaierait de naturaliser tous les
végétaux étrangers qui peuvent fournir de
nouveaux moyens de subsistance ou d'industrie, afin d'en donner *gratis* à tous les cultivateurs des semences et des plants.

Il n'est pas besoin de recommander au

départemens les intérêts des pauvres. La plupart des biens de l'église ont été légués en leur faveur. Ils y ont encore plus de droits que les capitalistes. Il serait à souhaiter qu'on ne les vendît pas tous, et qu'on en réservât quelques portions dans chaque municipalité, et sous sa direction, pour y faire, en leur faveur, des établissemens utiles.

Il ne suffit pas de pourvoir aux besoins physiques des campagnes, il faut en adoucir les mœurs. Nos paysans sont souvent barbares, et c'est leur éducation qui en est la seule cause; souvent ils assomment de coups leurs ânes, leurs chevaux, leurs chiens, et quelquefois leurs femmes, parce qu'on les a traités de même dans leur enfance. Les pères et les mères, trompés par des maximes prétendues religieuses, recommandent soigneusement dans les écoles qu'on corrige bien leurs enfans, c'est-à-dire, qu'on les élève comme on les a élevés eux-mêmes : ainsi ils prennent leurs vices pour des vertus. Il est donc très-nécessaire de bannir des écoles des enfans les châtimens corporels, ainsi que la superstition qui les a imaginés, et qui, non

contente de torturer leurs corps, bat leurs
ames innocentes des fouets de l'enfer; elle
jette parmi les enfants des bergers les premières racines de la terreur qui doit un jour
couvrir les enfants des rois de son redoutable
ombrage. C'est dans les esprits simples des
paysans, que des moines adroits ont répandu
tant de légendes, qui leur ont valu, par les
frayeurs de ce monde et de l'autre, tant de
richesses dans les campagnes, et de puissance autour des trônes. On doit éclairer la
raison des paysans, parce que ce sont des
hommes. Il faut leur montrer Dieu intelli-
gent, prévoyant, très-libéral, très-bon, très-
aimant, et seul digne d'être aimé par-dessus
toutes choses, dans la nature qui est son ouvrage, plutôt que dans des pierres, du bois
du papier, sans mouvement, sans vie, ouvrages des hommes, et qui ne sont souvent
que des monuments de leur tyrannie. Il faut
policer leurs mœurs, en introduisant parmi
eux le goût de la musique, des danses et des
fêtes champêtres, si propres à les délasser
de leurs rudes travaux, et à les leur faire
aimer. C'est ainsi qu'on les fera renoncer

leurs jeux barbares, fruit de leur éducation cruelle. Il y en a un, entre autres, que je trouve abominable; c'est celui où ils prennent une oie vivante, la suspendent par le cou, et s'exercent à le lui rompre, en lui lançant tour-à-tour des bâtons. Pendant cette longue agonie, qui dure des heures entières, ce pauvre animal agite ses pieds en l'air, à la grande satisfaction de ses bourreaux, jusqu'à ce que le plus adroit d'entre eux, achevant de lui rompre les vertèbres, fasse tomber à terre son cadavre meurtri de coups et palpitant; alors il l'emporte en triomphe, et le mange avec ses compagnons. Ainsi, ils font passer dans leur sang la substance d'un animal mort enragé. Ces fêtes féroces et imbécilles se donnent fréquemment dans les avenues des châteaux ou auprès des églises, sans que le seigneur ou le curé se mette en peine de s'y opposer : souvent celui-ci défend les danses aux jeunes filles, et il permet aux garçons de supplicier des oiseaux innocents. C'est ainsi que dans nos villes, des prêtres chassent des églises les femmes qui s'y présentent en chapeaux; mais ils saluent avec

respect des hommes qui y portent des épées.
Plusieurs regardent comme un grand péché
d'aller à l'opéra, et voient avec plaisir, au
combat du taureau, ce compagnon du laboureur déchiré par une meute de chiens. Par-
tout, malheur aux faibles ! partout, la barbarie est une vertu, pour qui les graces sont
des crimes.

La cruauté qu'on exerce envers les animaux n'en est que l'apprentissage envers les
hommes. J'ai cherché d'où venait la coutume
atroce de nos paysans, de faire mourir dans
les tourments, l'oie, oiseau innocent, utile,
et qui leur rend quelquefois le service du
chien, étant capable comme lui d'attache-
ment et de vigilance. Il m'a semblé qu'il fallait la rapporter aux premiers Gaulois, qui,
après s'être emparés de Rome, manquèrent
l'escalade du Capitole, parce que les oies
sacrées de Junon, qui n'y dormaient pas faute
de nourriture, en réveillèrent par leurs cris
les gardes assoupis de veilles et de fatigues.
Ainsi les oies sauvèrent l'empire romain, et
firent échouer l'entreprise des Gaulois. Plutarque raconte que de son temps, sous Tra-

jan, les Romains célébraient encore la délivrance du Capitole, par un jour de fête, où
ils promenaient dans les rues de Rome un
chien pendu, parce que leurs chiens dormaient pendant l'escalade des Gaulois, et
une oie portée sur un riche coussin, à cause
de la vigilance de ces oiseaux auxquels ils
étaient redevables de leur salut. Il y a grande
apparence que les Gaulois qui retournèrent
dans leur pays, adoptèrent l'usage contraire,
et pendirent tous les ans des oies françaises,
en haine des oies romaines, sans penser
qu'ils pouvaient en attendre les mêmes services dans les mêmes circonstances. Mais
l'homme souvent condamne dans son ennemi
ce qu'il approuverait dans son ami. Une
autre coutume vient à l'appui de la première : c'est celle où sont nos paysans d'al-
lumer de grands feux de réjouissance vers la
Saint-Jean, peut-être en mémoire de l'in-
cendie de Rome qui arriva dans le même
temps, c'est-à-dire au solstice d'été, suivant
Plutarque. Je sais bien que la religion avait
en quelque sorte consacré les feux de la Saint-
Jean, mais je les crois d'une antiquité plus

29*

reculée que le christianisme, ainsi que plusieurs autres usages qu'il a adoptés.

Quoi qu'il en soit, les départements doivent abolir parmi nos paysans ces jeux inhumains, et y substituer ceux qui exercent le corps et l'ame, comme chez les Grecs. Tels sont la lutte, la course, la natation, l'exercice des armes à feu, la danse, et sur-tout la musique qui a tant de pouvoir pour policer les esprits. Mais nous espérons traiter ces sujets plus à fond lorsque nous nous occuperons de l'éducation nationale.

Nos capitalistes peuvent seconder puissamment cette révolution morale de nos campagnes, en combinant leurs moyens avec les lumières des départements. Au lieu de monopoler l'argent et les subsistances des peuples dont ils s'attirent les malédictions, et quelquefois la vengeance, il leur est facile de placer leurs fonds avec solidité, profit, honneur et plaisir. Ils peuvent établir des caisses rurales pour prêter à un intérêt raisonnable aux agriculteurs, qui, faute d'argent, voient souvent dépérir leurs biens. Ils peuvent eux-mêmes dessécher des marais, défricher des

landes, multiplier des troupeaux, établir des
fabriques, rendre les petites rivières naviga-
bles ; au lieu d'acquérir de grandes propriétés
territoriales, de peu de revenu entre les mains
de leurs grands fermiers, parce qu'il en faut
chaque année laisser la moitié en jachères,
ils doivent les diviser en petites portions, de
quatre, de six, de dix arpents, qui seront
d'un rapport perpétuel, parce qu'une seule
famille peut les cultiver. Ils peuvent les planter de vergers, les enclore de haies vives
moins dispendieuses, plus durables, plus
agréables et plus utiles à l'agriculture, que
les longs et tristes murs des parcs ; y élever
de petites maisons riantes et commodes, ou
même de simples chaumières, et les vendre
ou les louer à des bourgeois qui viendront y
chercher la santé et le repos. Ainsi les goûts
simples de la campagne s'introduiront dans
les villes, et l'urbanité des villes se commu-
niquera aux campagnes. Nos capitalistes peuvent porter leurs établissements patriotiques
au delà des mers, ouvrir de nouvelles sources
au commerce et aux pêches maritimes, découvrir de nouvelles îles sous le climat for-

tuné des tropiques, et y établir des colonies
sans esclavage. La plus grande des îles de
l'Océan, si toutefois elle ne forme qu'une île,
la Nouvelle-Hollande les invite à achever la
découverte de ses côtes, et à pénétrer dans ses
immenses solitudes où jamais aucun Européen n'a voyagé. Ils peuvent, avec la liberté
et l'industrie française, fonder sur ses rivages
une nouvelle Batavia qui attirera à elle les richesses des deux mondes; ou plutôt, nouveaux Lycurgues, puissent-ils en bannir
l'argent, et y faire régner, à sa place, l'innocence, la concorde et le bonheur !

DE LA NOBLESSE ET DES GARDES NATIONALES.

L'ambition de la noblesse s'était emparée
des honneurs ecclésiastiques, militaires, par-
lementaires, financiers, municipaux, et
même de ceux des gens de lettres et des
artistes. Il fallait être noble pour être évêque, colonel et même simple officier, conseiller de grand'chambre, prevôt des marchands; on le devenait pour avoir été éche-
vin de Paris; bientôt il aurait fallu l'être

pour être membre de nos académies, qui avaient toutes des nobles ou soi-disant tels à leur tête. M. Le Clerc était devenu M. le comte de Buffon, et Voltaire, M. le comte de Ferney; d'autres bornaient leur ambition au cordon de Saint-Michel; tous nos illustres voulaient être gentilshommes, ou le devenir. Il n'y avait que ce pauvre Jean-Jacques qui était resté homme. Aussi n'était-il d'aucune académie.

Une nation qui ne serait composée que de nobles, finirait par perdre sa religion, ses armées, sa justice, ses finances, son agriculture, son commerce, ses arts et ses lumières : elle y substituerait des cérémonies, des titres, des impôts, des loteries, des académies et des inquisitions. Voyez l'Espagne et une partie de l'Italie, principalement Rome, Naples et Venise. L'assemblée nationale française a ouvert la carrière des honneurs à tous les Français; mais pour s'y maintenir, il faut qu'ils y courent eux-mêmes. La liberté n'est qu'un exercice perpétuel de la vertu. C'est en se reposant sur des corps, que les citoyens en perdent les habitudes et bientôt les récom-

penses. Si tant d'évêques et de colonels ont
été si aisément dépouillés de leur crédit et
de leurs places, c'est qu'ils se déchargeaient
de leurs devoirs sur leurs subalternes. C'était
l'habitude de faire ses aumônes par les mains
du clergé qui avait appauvri le peuple, et enrichi tant de maisons religieuses. C'était pour
s'être fait remplacer dans le service militaire
par des soldats, que les citoyens eux-mêmes
avaient perdu le pouvoir exécutif, et que les
régiments s'en étaient emparés au profit des
nobles. Ce fut en remplissant ce devoir que
Sparte maintint sa liberté, et en s'en déchar-
geant sur des soldats mercenaires qu'Athènes
perdit la sienne. Il faut donc que les citoyens
français servent eux-mêmes. J'ai proposé,
dans mes Vœux, les moyens d'entretenir aisément en France une armée formidable, qui
ne coûtera pas un sou à la patrie pendant la
paix. C'est en instituant dans les villes et les
villages, des exercices, des jeux, et des prix
militaires parmi les jeunes gens. Ainsi, on les
formera à la subordination, sans laquelle il
ne peut y avoir d'armée, ni de citoyens. Il
n'y a que l'obéissance aux lois qui assure la

liberté publique; c'est à la vertu et non à l'ambition à les y dresser.

C'était l'ambition des nobles, qui s'étaient emparés de tout, et qui ne voulaient rien céder, qui avait mis l'état sur le penchant de sa ruine, et a fini par les perdre eux-mêmes. En vain ils se sont rassemblés près de nos frontières du nord, et se flattent de rentrer en France dans la jouissance de leurs privilèges exclusifs, par le secours des puissances étrangères. Il n'est pas vraisemblable qu'aucune d'elles se croie en droit d'empêcher la nation française de se constituer comme elle le trouvera bon. Toute l'Europe a admiré Pierre-le-Grand policçant son peuple barbare, et y réformant son clergé et ses boyards, qui s'étaient emparés de toute l'autorité; aurait-elle eu moins de vénération pour lui, s'il eût amené vers la nature un peuple corrompu, et s'il eût détruit les corps qui s'opposaient à ses réformes, lui, qui cassa ses propres gardes, et comme Brutus, punit de mort son fils unique, pour avoir conjuré contre les lois qu'il avait données à son pays? Ce qu'un prince a fait, sans doute une nation peut le

faire. La souveraineté d'une nation réside en
elle-même, et non dans son prince, qui n'est
que son subdélégué : on ne saurait trop répéter cette maxime fondamentale du droit des
peuples : « Les rois, dit Fénelon, sont faits
» pour les peuples, et non les peuples pour
» les rois. » Il en est de même des prêtres et
des nobles. Tous les ordres d'une nation lui
sont subordonnés, comme les branches d'un
arbre, malgré leur élévation, le sont à sa
tige. La nation française a donc pu supprimer
l'ordre de sa noblesse, et ses ordres ecclésiastiques réfractaires à ses lois, sans que les
nations voisines puissent y trouver à redire.
Dans une tempête, un vaisseau mouillé sur
une côte dangereuse, coupe ses câbles lorsqu'il ne peut lever ses ancres. Ainsi la nation, pour sauver le corps national, a tran-
ché le joug des préjugés qui l'entraînaient
vers sa ruine, et qu'elle ne pouvait dénouer.

Combien de grands princes ont tenté d'en
faire autant, et ne l'ont osé, n'étant point
secondés de la puissance populaire ! L'empereur Joseph II a entrepris les mêmes réformes
dans le Brabant, et y a échoué. Les nobles

émigrés ont-ils pu croire que son auguste successeur, le sage Léopold, ce nouveau Marc-Aurèle, cet ami des hommes, qui dans ses états de Toscane, avait rouvert toutes les carrières au mérite; qu'un roi de Prusse, qui a passé lui-même par tous les grades militaires, étant prince royal; que l'impératrice de Russie même, cette émule de Pierre-le-Grand, qui ôta aux nobles de son pays les prérogatives de leur naissance, et leur en montra l'exemple en se dépouillant de celles du trône, et se faisant lui-même tambour et charpentier; que tous ces souverains, dis-je, se coalisent pour forcer les Français de rétablir leurs anciens abus, et de donner, comme par le passé, tous les emplois à la vénalité, à l'intrigue et à la naissance? Cela est impossible. Si les princes nos voisins tiennent des armées considérables sur leurs frontières, c'est pour empêcher la révolution française de pénétrer trop rapidement dans leurs états, afin d'éviter les désordres qui l'ont accompagnée. Si l'impératrice de Russie fait à nos gentilshommes des offres plus particulières de service, et leur donne de l'ar-

gent, il y a grande apparence qu'elle veut plutôt les attirer dans ses états que pénétrer elle-
même dans les nôtres. En effet, des nobles
français éprouvés par le malheur, ne contri-
bueraient pas peu à civiliser son pays, ainsi
qu'ont fait les officiers suédois, transportés
en Sibérie après la bataille de Pultava.

Mais l'hommage que je dois à la vérité,
et la pitié que je porte aux malheureux,
m'obligent ici de prévenir nos gentilshommes
que la plupart d'entre eux seraient très à
plaindre en Russie, d'abord par leur propre
éducation qui, les armant dès l'enfance les
uns contre les autres, ne leur offrirait pas
parmi leurs compatriotes mêmes, les sup-
ports auxquels des infortunés de la même
nation doivent s'attendre, sur-tout hors de
leur patrie. J'en ai fait plus d'une fois l'expérience. Les plus grands ennemis que les
Français aient dans les pays étrangers, sont
les Français : leur jalousie est un résultat de
leur éducation ambitieuse qui, dès l'enfance,
dit à chacun d'eux, mais sur-tout aux nobles :
Sois le premier. A la vérité, le besoin de
vivre avec les hommes, et sur-tout avec les

femmes, couvre d'un vernis de politesse cet instinct malfaisant, et fait d'un noble fran-çais un homme qui, brûlant intérieurement de l'envie de dominer, paraît sans cesse animé du désir de plaire; mais ses talents brillants ne font qu'exciter contre lui la jalousie des étrangers, dont les vices se montrent sans apprêt. Ils détestent également sa galanterie et son point d'honneur, ses danses et ses duels. C'est donc une triste perspective pour un gentilhomme, de passer sa vie dans un pays étranger, jalousé par ses compatriotes et haï des nationaux. Je ne parle pas de la rigueur du service militaire en Russie, où la subordination est telle, qu'un lieutenant ne s'assied point devant son capitaine sans sa permission; ni de la modicité des appointements, dans un climat où l'homme civilisé a tant de besoins. Ces inconvénients que j'ai éprouvés sont si insupportables, que la plupart des officiers que j'y ai vus passer, nobles ou autres, s'y font ochitels, ou gouverneurs d'enfants chez les seigneurs russes. C'est en effet une des ressources les moins malheureuses de ce pays : mais pourrait-elle

convenir à des nobles qui ne s'expatrient que
parce qu'ils ne peuvent dominer leurs compatriotes ? Faut-il qu'ils imitent Denys, le
tyran de Syracuse, qui, dépossédé de sa seigneurie, se fit maître d'école à Corinthe, et
ayant perdu son empire sur les hommes, s en
fit un sur les enfants ? Je ne dirai rien de la
rigueur du climat de la Russie; car c'est une
considération qui n'est d'aucun poids pour
les ambitieux : vivre à Saint-Pétersbourg ou
à Saint-Domingue, servir sous des Russes
ou tyranniser des Nègres, c'est tout un pour
la plupart des hommes, pourvu qu'ils attei-
gnent à la fortune. Elle trompe aussi souvent
dans ces pays que dans les autres. Mais quand
pour se consoler de ses injustices, on veut se
jeter dans les bras de la nature, il est triste,
sur-tout pour un Français expatrié en Russie,
de comparer des hivers de six mois, où toute
la terre est couverte de neige et de noirs sapins, avec le doux climat de la France, et
ses campagnes fertiles plantées de vignobles,
de vergers et de prairies. Il est pénible, en
voyant des paysans esclaves menés à coups
de bâton, de se rappeler la gaieté et la liberté

de ses compatriotes; de parler d'amour à des bergères qui ne vous entendent pas, et dont les cœurs ne vous sentiraient point. Il est douloureux de penser que sa postérité sera un jour flétrie par le même esclavage, et que l'on ne reverra jamais soi-même les lieux où l'on apprit à sentir et à aimer. J'ai vu en Russie des Français dans les grades militaires supérieurs, si frappés de ces ressouvenirs, qu'ils me disaient : « J'aimerais mieux être simple soldat en France que colonel ici. »

Ce n'est pas que les pays civilisés n'aient aussi leurs maux, souvent bien cruels. Sans doute la philosophie peut habiter par-tout, et au défaut de bonnes lois, procurer plus de bonheur dans les marais mêmes du Kamtschatka, au milieu d'une meute de chiens, qu'au sein des villes livrées à l'anarchie.

Mais, nobles Français, pourquoi ajouter aux maux que peuvent causer les hommes, ceux que ne vous a pas faits la nature ? La nation, dites-vous, vous a fait des injustices : pourquoi vous en punir vous-mêmes ? Elle vous a privés de vos prérogatives; mais elle ne vous a point ôté son climat, ses produc-

30*

tions, ses arts, ses lumières, ce qu'elle a
de plus doux. Vous voulez vous venger des
torts qu'on vous y a faits : on vous a brûlé des
châteaux; croyez-vous les rétablir en brûlant
des villages? On a massacré des gentilshommes; leur rendrez-vous la vie en tuant des
citoyens? Ne croyez plus aux fausses pro-
messes de vos orateurs. Vos hostilités ne feront qu'augmenter vos maux, ainsi qu'ont
fait vos résistances. Un corps ne peut s'opposer à une nation. Ne croyez pas occasio-
ner en France des guerres civiles; il y a assez
de nobles patriotes pour y combattre les nobles aristocrates. Voudriez - vous d'ailleurs
vous armer contre la royauté de qui vous tenez vos priviléges, et contre un roi qui,
d'après le vœu général de la France, a sanctionné la constitution à laquelle vous refusez
d'obéir? La seconde assemblée nationale a
prouvé la légitimité de la première. Vous devez plus à votre nation qu'à votre ordre; ce
n'est point un sophisme de factieux : « On
»doit plus à sa patrie qu'à sa famille, » a dit
le sage Fénelon. Appellerez-vous contre la
vôtre les puissances de l'Europe? Elles n'é-

'épouserout point votre querelle. D'abord elles
ne font rien pour rien, et vous êtes sans argent et sans crédit. Leur promettrez-vous de
démembrer en leur faveur la France, où
vous n'avez pas eu le pouvoir de vous maintenir? Elles craindraient bien plutôt de voir
leurs états embrasser les lois françaises,
qu'elles n'espéreraient de voir la France se
soumettre à celles de l'Allemagne ou de la
Russie. La révolution pénétrerait chez elles
par les soldats mêmes qu'elles lui oppose-
raient. Que leur promettraient-elles pour les
engager d'entrer en France? Le pillage de
Paris? Mais les frontières du royaume sont
hérissées de forteresses, défendues par une
multitude de régiments et de gardes nationales, et il y a dans son intérieur un million
de citoyens armés, tout prêts à les remplacer. Leur diraient-elles, pour les engager à
combattre en faveur d'étrangers qui n'ont
jamais rien fait pour eux : « Allez rétablir des
» nobles français dans le droit apporté en
» naissant, par tout noble, de commander
» aux hommes? Si vous êtes victorieux, vous
» acquerrez l'honneur d'asservir les Français

»sous un joug semblable au vôtre. Si vous
»périssez, vous mourrez fidèles à votre re-
»ligion, qui vous commande d'obéir, et
»vous défend de raisonner. » La France, au
contraire, dirait à ses citoyens : « Les nobles
»vous accusent d'être des rebelles, mais ce
»sont eux qui le sont; la rébellion est la ré-
»sistance des particuliers ou des corps à la
»volonté nationale. La rébellion est le ren-
»versement des lois, et la révolution est ce-
»lui des tyrans. Ce sont les nobles qui veu-
»lent être ceux de la France, en armant
»contre elle et contre son roi, des soldats
»étrangers. Allez les combattre. Si vous êtes
»victorieux, vous vous assurerez pour tou-
»jours la liberté de votre fortune, de vos ta-
»lents, de votre conscience. Si vous mourez,
»vous périrez en défendant les droits de
»l'homme. Votre cause est la plus juste et la
»plus sainte pour laquelle un peuple ait ja-
»mais combattu : c'est celle de Dieu et du
»genre humain. »

Gentilshommes français, irez-vous périr
pour la défense des abus dont vous vous êtes
plaints vous-mêmes tant de fois ? La nation,

dites-vous, vous a privés de vos honneurs. C'est pour ceux qui ont de l'honneur, et qui ne veulent pas usurper celui d'autrui, qu'elle veut que tous les Français puissent s'élever par leur propre mérite. Mettez-vous au rang de ses citoyens : elle a élevé ceux de votre ordre qui se sont distingués par des vertus, aux places de présidents, de commandants, de maires, de députés à son assemblée; elle leur a confié ses plus chers intérêts : c'est pour vous particulièrement qu'elle a travaillé. L'ancien gouvernement ne réservait ses honneurs que pour les grands et les riches; aujourd'hui vous pouvez, par des vertus, obtenir ce qu'ils n'acquéraient que par l'or et les intrigues.

S'il n'y a plus de noblesse de race, il y en aura toujours une personnelle; d'ailleurs, l'état où nous naissons influe sur nos mœurs. Le commerce inspire l'amour de l'argent; le barreau, la chicane; les arts disposent à l'artifice, et les travaux rudes à la grossièreté. La noblesse, du temps de l'ancienne chevalerie, se distinguait par sa générosité, sa franchise, sa politesse. Nobles qui en descen-

dez, joignez-y du patriotisme et des lumières;
le peuple français ira au-devant de vous. Vous
vous plaignez de son anarchie : c'est votre
insurrection sur la frontière qui l'alimente.
Qui s'oppose aux lois, ne peut en être protégé.

C'est le patriotisme qui a fait la révolution
et qui la maintiendra; c'est lui qui, rassem-
blant tous les ordres de citoyens, a rejeté
loin d'eux les funestes préjugés de leur éducation ambitieuse. Il a réuni à-la-fois ceux
qui devaient donner des conseils, et ceux qui
devaient les exécuter; il a fait disparaître
toutes les distinctions de rang et d'état. On a
vu des nobles obéir à des bourgeois, des
prêtres à des laïques, des conseillers à des
avocats; on a vu des soldats, sans solde,
passer indifféremment du rang d'officier à
celui de fusilier, toujours prêts à quitter, de
nuit et de jour, leurs affaires, leurs plaisirs,
leurs familles, ne se proposant d'autre récompense que de servir la patrie. C'est ainsi
que vous vous êtes formée, vertueuse garde
nationale de Paris. Tantôt, combattant l'aristocratie, vous l'avez désarmée sans vengeance;

tantôt, résistant à l'anarchie, vous lui avez opposé un rempart invincible. Ni les flatteries des courtisans, ni les injures de la populace, n'ont pu vous faire sortir de votre modération. Vous ne vous êtes proposé d'autre but que la tranquillité publique. Généreux habitants de Paris, c'est sous votre protection que la constitution française s'est formée. Votre exemple a été imité par toutes les municipalités du royaume ; il s'étendra plus loin : les biens se propagent comme les maux. Les grands, dans leur vain luxe, avaient adopté les jockeis, les courses, les chevaux, l'acier poli de l'Angleterre ; plus sages, vous avez pris pour votre part sa liberté. Déjà votre constitution, semblable à la colombe échappée de l'arche, prend son vol par toute la terre ; déjà elle plane avec l'aigle de la Pologne ; elle porte pour rameau d'olivier les Droits de l'homme ; c'est là l'étendard de la nature, qui appelle par-tout les peuples à la liberté. Malgré la soupçonneuse vigilance des puissances despotiques, qui interdisent à leurs sujets esclaves l'histoire de vos succès, les Droits de l'homme, traduits dans

toutes les langues, et imprimés jusque sur
les mouchoirs des femmes, ont pénétré par-
tout. Ainsi l'homme, asservi dans sa conscience même où il n'ose rentrer, lira ses
droits jusque sur le sein de sa compagne;
ainsi, comme vous avez influé sur les plaisirs de l'Europe par vos modes, vous influe-
rez encore sur son bonheur par vos vertus.
C'est le patriotisme qui vous a rassemblé
dans la tempête; c'est à lui à vous conserver
dans le calme. Recevez vos frères fugitifs e
malheureux, avec générosité; vous leur devez protection, sûreté, tranquillité, secours
par la constitution même à laquelle vous le
invitez. Rappelez-vous qu'ils ont été vos aî-
nés; partagez avec ceux qui voudront être
citoyens, les services et les honneurs de l
patrie, votre mère commune; et, rendus
vos affaires, montrez à vos enfants l'exempl
de la concorde.

DU CLERGÉ ET DES MUNICIPALITÉS.

Il ne faut pas confondre le clergé et l'é
glise. L'église est l'assemblée des fidèles dan
la même communion; le clergé est la corpo

...ation de ses prêtres. Une église peut exister sans clergé : telle fut celle des patriarches, telle est encore de nos jours celle des quakers ; un clergé ne peut subsister sans église.

Rome, dépouillée par les Barbares, reprit sur eux, par le pouvoir de la parole, l'empire qu'elle avait perdu par la faiblesse de ses armes. Les peuples malheureux dans les Gaules, embrassèrent avec ardeur une religion qui prêchait la charité dans ce monde, et promettait un bonheur éternel dans l'autre ; ils opposèrent les vertus de leurs premiers missionnaires, aux brigandages de leurs conquérants. Les prêtres, soutenus de la faveur populaire, acquirent une autorité sans bornes. Maîtres des consciences, ils le devinrent bientôt des fortunes, et même des personnes. Comme ils étaient les seuls qui sussent lire et écrire, ils furent chargés de tenir les écoles et de faire les testaments. Les notaires étaient alors des clercs qui dépendaient des évêques : un testament était nul, si le testateur n'avait fait un legs à l'église. Les curés, dès ce temps-là, étaient tenus de tenir registre de ceux de leurs paroissiens qui faisaient leurs pâques, de ceux qui ne les faisaient pas, ainsi que de leurs bonnes et mauvaises qualités, et d'en envoyer des notes aux évêques. Il y a grande apparence qu'ils tenaient alors, comme aujourd'hui, un état des naissances, des mariages et des morts. Toutes les aumônes étaient données aux églises, auxquelles il était permis de recevoir argent, maisons, terres seigneuries, et jusqu'à des esclaves.

Ainsi, avec tant de lumières, de moyens et d'ordre, les évêques devinrent tout-puissants. On voit dans l'histoire de quelle manière ils en agissaient envers les rois, au nom des peuples, comme leurs pasteurs; envers les peuples, au nom de Dieu, comme ses ministres; et envers les papes mêmes, au nom de l'église gallicane, comme ses chefs. Leur autorité excita la jalousie de Rome. Cette capitale du monde chrétien leur opposa les ordres monastiques, qui relevaient immédiatement d'elle, quoique soumis en apparence aux évêques. Le clergé français se divisa alors en deux corps, le séculier et le régulier. Toute puissance divisée s'affaiblit. Les moines qui formaient le clergé régulier, étant, par leur constitution, plus unis entre eux, et n'ayant qu'un chef unique dans le pape, étendirent leur pouvoir bien plus loin que les membres du clergé séculier, souvent distraits par les affaires du siècle, et soumis à différents évêques qui n'avaient pas toujours les mêmes vues. Le clergé séculier dominait dans les villes, les moines s'établirent dans les campagnes. Ils auraient obtenu bientôt la plus grande prépondérance dans tout le royaume, s'ils n'y avaient formé qu'un seul ordre, comme les moines de Saint-Basile en Russie. Mais dans la crainte, peut-être, qu'ils ne vinssent, comme ceux-ci, à se rendre indépendants par leurs richesses, Rome divisa elle-même sa propre force. Elle introduisit en France un grand nombre d'ordres religieux, dont les chefs résidaient chez elle, et qui non-seulement se partagèrent les fonctions ecclésiastiques, mais même envahirent une partie des occupations séculières. La plupart, dans l'origine, furent mendiants, et s'introduisirent sous le prétexte si spécieux de la charité. Les dominicains, d'abord frères prêcheurs, devinrent ensuite inquisiteurs. Les bénédictins

se firent archivistes dans un siècle où l'on ne
savait ni lire ni écrire, et se chargèrent d'une
partie de l'éducation publique, qui donne tant
d'influence sur les citoyens. Ils furent imités
et bientôt surpassés par les jésuites, qui réu-
nirent à eux seuls les talents des différents
ordres, et bientôt toute leur puissance. D'autres ne dédaignèrent pas de faire des essences,
du chocolat, de fabriquer des bas de soie, de
commercer. D'autres furent en mission dans
les pays étrangers. Quoique prêchant le christianisme, ils accompagnèrent nos soldats dans
leurs conquêtes, et acquirent des terres en
Amérique, et des esclaves en Afrique pour
les cultiver. D'autres, comme les mathurins,
s'enrichirent en quêtant pour la délivrance
de ceux que faisaient sur nous les barbares
de l'Afrique. Ils rachetaient les blancs captifs
à Maroc, parce que, disaient-ils, ils étaient
chrétiens : cependant, beaucoup d'autres
moines achetaient des noirs en Guinée, pour
en faire des esclaves sur leurs habitations de
l'Amérique, et les rendaient chrétiens pour
les captiver davantage.

Enfin la puissance civile commença à s'éclairer sur ses intérêts. Elle retira d'abord, en partie, l'éducation publique des mains des moines et du clergé, par l'établissement des universités ; ensuite elle créa des notaires municipaux auxquels elle confia le soin de recueillir les testaments : elle défendit de donner des biens-fonds aux corps ecclésiastiques déjà beaucoup trop riches ; mais, par une de ces contradictions si communes dans nos lois, elle chargea les curés de tenir des registres publics des naissances, des mariages et des morts, afin de constater l'état des citoyens. Il est clair que cet office appartenait aux municipalités ; mais le peuple, accoutumé à la servitude, était comme cette vieille mule à laquelle les Athéniens donnèrent la liberté à cause de ses services, mais qui, par l'habitude du joug, allait d'elle-même se ranger avec les autres mules qui portaient des pierres au temple de Minerve.

Depuis que la liberté de conscience est décrétée parmi nous, il est certain que les municipalités seules peuvent constater l'état des citoyens dans les trois principales époques de la vie : la naissance, le mariage et la mort.

31*

Comment des ecclésiastiques romains cons-
tateraient-ils comme citoyens, des Français
qu'ils ne considèrent pas comme des hommes,
puisqu'ils les regardent comme ennemis de
Dieu, lorsqu'ils ne sont pas de leur communion ? Il est certain encore que la distribution des aumônes, la direction des hôpitaux
et de tous les lieux de charité, appartient
uniquement aux municipalités. Elles doivent
des soins charitables à tous les citoyens, de
quelque religion qu'ils soient. On ne voit pas
sans étonnement à l'Hôtel-Dieu, sur les lits
des malades, des écriteaux qui portent le mot
Confession, écrit en gros caractères. Ainsi,
si l'Hôtel-Dieu avait été à Jérusalem, on n'y
aurait point reçu le blessé du Samaritain,
parce que son bienfaiteur si agréable à Jésus-
Christ, était schismatique ! On n'apprend
point sans douleur, que les filles mises par
charité à la Salpêtrière, n'en peuvent passer les
portes, pour se promener dans la campagne,
avant l'âge de vingt ans ; et que celles qui ont
atteint cet âge, n'en peuvent sortir pour leurs
affaires, si elles ne présentent au portier un
billet de confession. Ainsi, nos hôpitaux sont

devenus des prisons, et la pauvreté y est punie comme un crime! Il faut que les municipalités délivrent les établissements de charité de tout impôt ecclésiastique. La liberté de conscience doit y régner comme celle de l'air : il y va de l'intérêt de tous les hommes. Le charbon pestilentiel de l'inquisition peut s'y couver, comme toutes les autres maladies épidémiques, physiques et morales, et de là se propager dans les villes. Il y a bien d'autres abus à réformer sur l'emploi de leurs revenus, sur leur police, et même sur la nature de ces établissements qui entassent tant de malheureux dans le même lieu; mais j'ai indiqué ici les plus dangereux.

Les cimetières ne doivent point être renfermés dans l'intérieur des villes : il y va de la santé de leurs habitants. Il y a d'anciennes lois à ce sujet qui restent sans exécution. La commodité des marguilliers et des gens d'église les porte à les enfreindre, en persuadant au peuple qu'il y va de sa religion. Qu'est-ce cependant qu'un cimetière dans les villes ? souvent un lieu de passage où tous les ossements sont confondus. On y voit des fosses

profondes d'où s'exhale sans cesse un air
méphitique. Un orphelin souvent y trouve la
mort sur la tombe de celui qui lui donna la
vie. Mère infortunée ! tu crois que le tertre
sur lequel tu verses des larmes, renferme le
corps de ta fille : en vain tu te consoles par
le souvenir de ses graces virginales ; il est
sur le marbre noir d'un amphithéâtre, exposé
nu aux regards et au scalpel d'une jeunesse
à laquelle un vain savoir a ôté toute pudeur.
Peuples qui révérez les cendres de vos ancêtres, portez-les loin des lieux où les passions
des vivants viennent troubler le repos des
morts. Ce n'est qu'aux champs et loin des
villes, que la mort, comme la vie, trouve
un asile assuré. C'est là qu'on peut rendre à
Dieu ce qu'on doit à Dieu, et aux éléments
ce qui appartient aux éléments. C'est là que,
dans des lieux aérés, on peut entourer les
cimetières de murs, y élever des chapelles
sépulcrales, et y mettre des gardiens. On peut
même les planter d'arbres qui changent l'air
méphitique en air pur. Rien ne serait plus
intéressant dans un cimetière, que de voir
sous les ombres religieuses des chênes, des

sapins et des frênes, des générations entières
de charpentiers, de menuisiers, de charrons,
qui trouveraient le repos au pied des mêmes
arbres qui leur auraient donné les moyens de
soutenir leur vie. Chaque famille, comme
chaque corps, pourrait s'y réserver un coin
de terre où les parents et les amis réuniraient
leurs cendres.

C'est aux municipalités à veiller particulièrement sur l'exécution de ces lois. Les
magistrats sont les véritables pasteurs du
peuple. On ne gagne sa confiance qu'en lui
parlant; c'est par la parole que les hommes
se gouvernent. Le clergé était le seul corps
qui s'en fût réservé l'usage, permis à tous les
citoyens dans l'antiquité. Il faut donc parler
au peuple, sinon de vive voix, au moins par
les édits, les proclamations, les journaux;
il faut lui dire la vérité et la lui faire aimer.
D'un autre côté, c'est une coupable indifférence dans ses chefs, de laisser chaque jour
des journalistes mercenaires l'effrayer par des
bruits qui tendent à lui ôter la confiance qu'il
doit à ses représentants, et à renverser la
constitution. On ne doit point se jouer de

l'opinion des peuples : si ces journalistes disent la vérité, il faut les récompenser comme
de bons citoyens ; s'ils ont trompé, il faut
les punir comme des calomniateurs. L'indifférence à cet égard est un crime dans des
magistrats. En vain ils regardent cette licence
comme une suite de la liberté. Il n'est point
libre d'empoisonner, et la calomnie est le
plus dangereux des poisons. Qu'ils y fassent
une sérieuse attention : du mépris des lois
naîtra celui de leurs personnes, et ensuite
leur ruine.

Citoyens, on ne peut trop vous le répéter :
si vous voulez être libres, il faut être vertueux. Si vous vous faites suppléer à la guerre
par des régiments ; dans les œuvres de charité, par des corps ecclésiastiques ; dans l'é-
tude des sciences, par des académies ; vous
serez, comme par le passé, bientôt asservis,
dépouillés et trompés par vos stipendiaires.

De tous les corps, les plus puissants sont
ceux qui sont inamovibles. C'est à son ina-
movibilité que le clergé a dû sur-tout son
autorité et ses richesses. Comme un rocher
au milieu d'un fleuve, qui accroît sans cesse

sa base des alluvions des eaux, il a vu s'é-
couler autour de lui les familles, les corporations, les dynasties, les royaumes, en
augmentant sa puissance de leurs débris. Les
corps inamovibles qui la lui disputaient,
n'existent plus. Le clergé régulier est supprimé, ainsi que les parlements. Il n'a plus
de contre-poids que dans des assemblées de
citoyens, dont les membres se renouvellent
sans cesse, et sont bien rarement d'accord.

Pour attacher les prêtres à la constitution,
il faut les rendre citoyens. Il est plus sûr de
les y lier par leurs intérêts que par leurs serments. Pour en venir à bout, on a déjà employé un très-bon moyen en les faisant sou-
doyer par l'état. Il y en a encore un autre
plus puissant, parce qu'il les rapproche des
lois de la nature; c'est celui du mariage. Les
anciens patriarches, Abraham et Jacob, ces
premiers pontifes de la loi naturelle, ces
hommes purs qui communiquaient avec les
anges, étaient entourés de nombreux enfants.
Moïse, à qui Dieu dicta les lois des Juifs, et
Aaron son frère, revêtu du suprême sacerdoce, étaient mariés. Les prêtres catholiques

se mariaient dans la primitive église. Saint
Paul dit positivement, dans son épître première aux Corinthiens, ch. XXVI : « Quant
» aux vierges, je n'ai point reçu de comman-
» dement du Seigneur ; mais voici le conseil
» que je donne : je crois qu'il est avantageux
» à l'homme de ne se point marier, à cause
» des nécessités fâcheuses de la vie présente. »
Il est clair que saint Paul n'adresse point ce
conseil au peuple, puisque le célibat eût entraîné sa destruction, mais aux ecclésiastiques
qui avaient peu de moyens de subsister dans
ces premiers temps, où l'église naissante était
pauvre et persécutée. En effet, en parlant
de leurs chefs, il dit ailleurs : « Que l'évêque
» n'épouse qu'une seule femme, » c'est-à-
dire, qu'il ne se marie qu'une fois. Les prêtres de l'église grecque, qui ont conservé la
plupart des usages de la primitive église, se
marient encore. Mais est-il besoin d'autorité lorsqu'on a celle de la nature ? Elle fait
naître par toute la terre les hommes et les
femmes en nombre égal. Or, un prêtre qui
ne se marie point, force au célibat une fille
que la nature avait fait naître sa contempo-

raine pour être sa compagne. Que deviendront les filles célibataires, maintenant qu'il n'y a plus de couvents de filles religieuses? Enfin les lois de la société invitent tous les hommes au mariage. Le célibat peut convenir à un particulier, mais jamais à un corps. Les prêtres seront bons citoyens, quand ils seront époux et pères de famille. Déjà plusieurs d'entre eux viennent d'en donner l'exemple, en se mariant devant les municipalités. Ils ont obéi à cette première loi de Dieu, qui accompagna la naissance du monde : « Crois-» sez et multipliez; » loi suivie par les prêtres de l'église patriarcale, de l'église judaïque, de l'église chrétienne primitive, et de l'église grecque. L'église romaine semble ne l'avoir interdite aux siens, que pour les attacher davantage à ses intérêts, en les séparant de ceux de leur famille et de leur patrie. Toutes les religions du monde conduiraient les hommes à Dieu en se rapprochant de la nature, mais la plupart s'en éloignent pour ne pas se rapprocher les unes des autres.

On peut dire à la louange de notre clergé, qu'il est un des moins intolérants de tous ceux

32

de l'église catholique. Ses libertés, qui passent
à Rome pour des hérésies, ont sauvé la nation
du joug ultramontain. Il n'a jamais voulu admettre l'inquisition établie en Italie, en Portugal, en Espagne, et jusque dans les Indes.
C'est cet odieux tribunal, que la politique de
Rome étend par toute la terre, sous le prétexte de protéger la religion, qui a séparé
d'elle les peuples du nord de l'Europe. C'est
à lui qu'on doit attribuer la révolution d'A-
vignon, quoique son joug y fût fort léger,
à cause du voisinage de la France ; mais il n'y
en a point de plus pesant que celui qui en-
chaîne les consciences. Chaque habitant d'A-
vignon était obligé de présenter à Pâques un
billet de confession à son curé : ce n'était,
dit-on, qu'une formalité ; mais un homme
obligé de dissimuler sur sa conscience, devient faux dans toute sa conduite. Quand on
est forcé de tromper sur sa religion, on
trompe sans scrupule dans toutes ses affaires.
Tout l'ordre civil porte sur l'ordre moral, et
celui-ci sur le religieux. L'inquisition est seule
la cause de la méfiance, de la mauvaise foi,
de tous les vices du cœur et de toutes les er-

reurs de l'esprit qu'on reproche aux nations chez lesquelles elle a fondé son empire. Cette justice infernale se glisse par-tout comme un serpent; elle empoisonne de son venin les établissements les plus utiles, même chez les peuples qui lui sont étrangers. Qui croirait, par exemple, qu'il y a à Rome une bulle qui condamne à mort les francs-maçons, dont la société n'a cependant d'autre but que d'aider les malheureux de toutes les religions? Paraît-il un livre célèbre dans quelque partie de l'Europe? l'inquisition s'en empare, le condamne, et le mutile suivant ses intérêts. Les plus innocents sont souvent les plus maltraités. J'en citerai un exemple tout récent. On vient de m'envoyer une traduction italienne de Paul et Virginie, imprimée à Venise, et approuvée par l'inquisition, qui en a ôté presque toute la conversation de Paul et du vieux habitant, sans doute parce qu'on y parle des injustices des grands envers le mérite et la vertu. Ainsi ce tribunal est le fauteur de toutes les tyrannies, même de celles qui ne sont pas religieuses. Ce qui m'a le plus surpris, c'est qu'il a retranché de ma

pastorale des images fort naïves et fort naturelles : telle est celle où Paul et Virginie, al-
laités alternativement par leurs mères infor-
tunées, sont comparés à deux bourgeons
greffés sur des arbres dont la tempête a brisé
toutes les branches; et celle où l'un et l'autre, enfants, se mettent à l'abri de la pluie
sous le même jupon.

L'inquisition est l'ennemie de la nature et
du genre humain. Je crois donc que le genre
humain doit user envers elle de représailles.
Comme elle a par-tout des émissaires et des
confréries, il me semble que l'assemblée nationale, qui a établi pour base de la constitution les droits de l'homme, ferait fort sage-
ment de décréter que tout homme affilié à
l'inquisition ne pourrait être reçu en France,
même étant revêtu d'un caractère public; et
que tout livre approuvé par elle y serait défendu, comme étant, par cette approbation
même, suspect de contenir des maximes favorables à ses intérêts, et contraires à ceux du
genre humain. Il convient à une nation généreuse de faire une guerre perpétuelle aux
ennemis des droits de l'homme.

Quoiqu'il y ait eu chez nous en tout temps, des prêtres qui ont tâché d'y introduire l'inquisition, en commençant par des billets de confession et de communion pascale, et qu'il en reste encore des traces dans nos hôpitaux, on peut dire que la masse générale de notre clergé a beaucoup de patriotisme. C'est ce que nous venons d'éprouver dans notre révolution. Un grand nombre d'ecclésiastiques des plus éclairés et des mœurs les plus pures, se sont rangés du côté du peuple. Il faut donc les attacher de plus en plus à ses intérêts, et rien n'y est plus propre que la solde publique et les mariages. Ils deviendront citoyens en devenant fonctionnaires publics et pères de famille. * Mais il ne suffit pas de rapprocher les prêtres du peuple par les liens de la société et de la nature, il faut rapprocher le peuple des prêtres et de la religion par

* J'observerai à ce sujet qu'il ne semble pas juste de dépouiller les prêtres non assermentés de leurs pensions, parce qu'ils refusent de prêter le serment civique. Ces pensions ne leur ont été accordées, que parce qu'ils l'avaient refusé, et qu'en conséquence étant déchus de leurs fonctions publiques, on leur

32*

ceux de l'intelligence et du sentiment. Pour cela, il faut substituer la langue française à la langue latine dans les prières de notre *église gallicane*.

A quelles coutumes déraisonnables l'habitude ne peut-elle pas assujettir les hommes ? N'est il pas bien étrange que le peuple français prie Dieu en latin ? Que dirait-il si on le prêchait dans la même langue ? Ce ne serait cependant qu'une conséquence de son propre usage ; le sermon étant, comme les offices de l'église, la parole de Dieu, il serait naturel de faire parler Dieu au peuple, dans la même langue que le peuple parle à Dieu. Cette coutume, en effet, a existé pendant beaucoup de siècles. Il a été un temps où l'église romaine ne permettait pas de traduire l'écriture sainte en langue vulgaire. Quelle communication pouvait donc exister entre Dieu et les peuples, qui se parlaient dans une

laissait quelques moyens de subsistance. Ce serait donc aller contre l'esprit du premier décret, que d'exiger le serment civique pour ces mêmes pensions ; il suffit d'en priver ceux qui cabaleraient contre la constitution.

langue inintelligible ? C'était, disait le clergé romain, pour entretenir le respect de la religion ; mais quelle étrange religion que celle d'où l'on a banni l'amour de Dieu ! car il ne peut y en avoir dans des prières que l'esprit ne comprend pas, et avec lesquelles le cœur ne peut exprimer ses sentiments. Il y a long-temps que saint Paul s'était récrié contre cet abus ; et ce qu'il y a de bien extraordinaire, et que je ne crois pas qu'on ait remarqué, c'est à l'occasion des premiers chrétiens qui avaient reçu le don des langues, et qui ne les entendaient pas eux-mêmes. Voici ce qu'il en dit dans sa première épître aux Corinthiens : « Que si la trompette ne rend qu'un » son confus, qui se préparera au combat ? De » même, si la langue que vous parlez n'est » intelligible, comment pourra-t-on savoir ce » que vous dites ? Vous ne parlerez qu'en l'air... » Si donc je n'entends pas ce que signifient les » paroles, je serai barbare à celui qui parle, » et celui qui me parle sera barbare.... C'est » pourquoi que celui qui parle une langue, » demande à Dieu le don de l'interpréter : car » si je prie en une langue que je n'entends pas,

» mon cœur prie, mais mon esprit et mon in-
» telligence sont sans fruit... Que si vous ne
» louez Dieu que du cœur, comment celui
» qui est du simple peuple, répondra-t-il :
» Ainsi soit-il, à la fin de votre action de
» graces, puisqu'il n'entend pas ce que vous
» dites ?... * »

Puisqu'il faut dire la vérité, quand nous
n'aurions pas l'exemple de saint Paul, l'usage
de la langue latine, comme le célibat des
prêtres, est un effet de la politique de Rome
moderne, pour asservir les peuples à son
empire. En retranchant aux prêtres les femmes et les enfants, elle les détachait de leurs
familles et de leur patrie, et les attachait plus
particulièrement à sa puissance, en ne leur
donnant d'autre affection que celle de son
service. Les princes conquérants exigent les
mêmes sacrifices de leurs soldats, ils ne leur
permettent pas de se marier. D'un autre
côté, Rome, en ne réservant qu'aux prêtres
la connaissance de la langue sacerdotale,
soumettait, par son moyen, les peuples qui

* Chap. xiv, ⅴ 8 et 9, 11, 13 et 14, 16.

ne la comprenaient pas, à une obéissance aveugle : c'est ainsi que les despotes de l'Orient emploient, pour l'exécution de leurs volontés, des eunuques et des muets.

Il est cependant du plus grand intérêt pour l'église romaine, de propager la religion par tous les dialectes du monde. Les religions ne se répandent que par les langues ; ce sont nos nourrices qui sont nos premiers apôtres ; et chez la plupart des peuples, ce sont des femmes qui ont été les premiers missionnaires. Je ferai à ce sujet une observation bien importante ; c'est que, par tout pays, les religions ont suivi le sort des langues où elles sont nées. La première religion des Romains périt avec la langue toscane qui lui avait donné naissance. Celle du dieu Lama, en Tartarie, s'est répandue dans la Chine avec les Tartares, qui y introduisirent leur langue lorsqu'ils en firent la conquête. Le judaïsme resta long-temps renfermé parmi les seuls Hébreux, parce qu'ils ne communiquaient pas avec les autres nations. Mais lorsque le christianisme leur fut prêché, il pénétra au midi en Afrique avec eux, et y forma une religion mêlée de judaïsme, comme on le voit encore de nos jours en Éthiopie. Lorsqu'ensuite il fut annoncé à l'orient, aux Grecs, il s'étendit successivement avec les débris de leur langue, chez les Grecs de l'Archipel, de la Grèce, proprement dite, et de Constantinople; dans la Moldavie, la Russie, une partie de la Pologne, et dans tous les pays où l'on parle la langue esclavonne, qui est dérivée du grec. Lorsqu'il fut prêché aux Romains, il se répandit à l'occident chez les peuples qui parlent des langues dérivées de la langue latine, tels que les Italiens, les Espagnols, les Portugais et les Français. Enfin, ayant pénétré dans le nord avec la langue celtique, il s'établit chez les peuples qui en parlent les dialectes, tels que les Allemands, les Suisses, les Hollandais, les Suédois, les Danois, les Anglais. Ainsi, comme il y a trois langues primitives en Europe, qui sont la grecque, la latine et la celtique, la religion chrétienne se divisa en trois grandes églises, qui sont la grecque, la romaine, et la dissidente, qu'on pourrait appeler celtique. Chacune d'elles produisit différentes communions, suivant

les différents dialectes de leur langue-mère :
ainsi l'église grecque se subdivisa en différents patriarcats, de Constantinople, de Russie ; en maronite, etc. : la latine en romaine,
en gallicane, etc. : la dissidente ou celtique,
en luthérienne, en calviniste, en angli-
cane, etc. Cela est si vrai, que chez les peuples où il y a un mélange de deux langues, il
y en a aussi un de deux communions. Ainsi,
chez les Polonais, dont la langue est mêlée
de grec et de latin, il y a l'église grecque et
l'église latine ; chez les Suisses, dont une
partie parle français et l'autre allemand, il y
a des cantons catholiques et des cantons dis-
sidents. Il y aurait eu, suivant toute apparence, en Europe, une quatrième église
chrétienne, qui aurait été hébraïque, si les
premiers Hébreux qui se firent chrétiens,
eussent été sédentaires ; mais leur commerce
les portant vers l'Afrique et l'Arabie, ils y
établirent, comme je l'ai dit, le christianisme abyssin, mêlé de judaïsme, et ils donnèrent probablement naissance au mahométisme, qui est, comme on le sait, un mélange
de ces deux religions. Le mahométisme lui-

même se propageant, avec la langue arabe, chez les Arabes, les Africains, les Turcs, les Persans et les Indiens, se subdivisa en plusieurs sectes, suivant les dialectes de cette langue-mère.

Ainsi, les religions suivent le sort des langues. Je tire de cette importante observation deux conséquences très-essentielles : la première, c'est qu'un peuple doit parler la langue de sa religion, pour y être attaché. Il est très-remarquable que les peuples qui prient Dieu dans leur langue maternelle, tiennent bien plus à leur religion que les autres. Tels sont les Juifs, les Arabes, les Turcs; et, en Europe, les communions dissidentes, chez lesquelles il y a bien moins de renégats que dans les catholiques. Il est donc nécessaire de faire chanter les offices latins de nos églises, en français, afin de lier notre peuple à sa religion, et de mettre d'accord les paroles et les sentiments des fidèles, comme le voulait saint Paul. Comme toute réforme doit se faire peu-à-peu, on pourrait laisser subsister quelque temps dans la langue sacerdotale, la messe et les fonctions religieuses qui renferment des mystères ; mais on introduirait dans les autres offices de l'église gallicane, non-seulement des psaumes français, mais des prières et des hymnes qui auraient des rapports directs avec les besoins de notre patrie, plutôt qu'avec ceux de Jérusalem. C'est par des moyens semblables que les missionnaires, et sur-tout les jésuites, avaient attiré tant de peuples sauvages au catholicisme. La seconde conséquence qui résulte des relations que la religion de chaque peuple a avec sa langue, c'est qu'il faut tolérer toutes les communions. Damner un homme parce qu'il n'est pas catholique, c'est l'envoyer en enfer parce qu'il ne parle pas un des dialectes de la langue latine : d'un autre côté, ne sauver que des Italiens, des Espagnols, des Français, c'est n'ouvrir le ciel qu'à un bien petit nombre d'élus, dont le principal mérite a été de naître dans un coin de l'Europe, qui n'est elle-même qu'une bien petite portion de la terre, et qui n'en est certainement pas la plus innocente. Ainsi, c'est faire du salut des hommes une affaire de géographie, ou plutôt de grammaire. Jésus-

33

Christ ne pensait pas ainsi, lorsqu'il vint rappeler d'abord les Juifs aux lois éternelles de la nature ; il n'eut pas l'intention de confier l'empire des consciences et de la vérité à une portion de la terre, mais au ciel ; à aucun homme, mais à Dieu ; à aucune langue artificielle et orale, mais à celle du cœur et du sentiment. Si donc les papes veulent ramener les peuples à Dieu, c'est de les rappeler à la nature, sans violence, sans ruse, sans inquisition. Qu'ils exercent en grand l'empire de la vertu ; qu'ils y emploient le respect qu'inspirent leur dignité, leur âge, cet ancien souvenir de Rome, jadis maîtresse du monde, et sur-tout la morale sublime de l'Évangile et de la religion ; qu'ils viennent au secours des peuples malheureux, en flétrissant ceux qui réduisent les noirs à l'esclavage, qui s'emparent des terres des pauvres Indiens, qui font des guerres ambitieuses, qui troublent les nations par leurs intrigues, etc. Cette langue, comme celle de l'Évangile, sera entendue par tout l'univers, et l'univers alors se fera Romain.

Il y a une autre langue qui impose pour

le moins autant au peuple que la latine, et qui n'est guère plus intelligible pour lui : c'est celle des cloches. L'ambition de chaque corps a deux langages : le premier parle aux yeux par des signes ; le second, aux oreilles par des bruits : ainsi elle captive les deux sens principaux de l'ame, qui ne devraient s'ouvrir qu'à la raison.

J'ai vu autrefois dans Paris, suspendus aux boutiques des marchands, des volants de six pieds de hauteur, des perles grosses comme des tonneaux, des plumes qui allaient au troisième étage, un gant dont les doigts ressemblaient à des troncs d'arbres, une botte qui contenait plusieurs barriques ; on aurait cru Paris habité par des géants. Cependant ces énormes enseignes n'annonçaient que des marchands de jouets d'enfants, de bijoux, de modes ; des gantiers, des cordonniers. Enfin, comme elles allaient toujours en augmentant, ainsi que vont tous les signes de l'ambition, la police les fit réduire à une grandeur raisonnable, parce qu'elles empêchaient de voir les maisons, et que, dans un coup de vent, elles pouvaient en écraser les habitants. Tout ce monstrueux appareil était une image fidèle des ambitieux en concurrence ; quand tous veulent se distinguer, aucun ne se distingue, et leurs grands efforts généraux finissent souvent par les anéantir en particulier.

La police ne réforme point les autres langages de l'ambition, parce qu'ils n'importent point à la vie des citoyens : tels sont ceux qui ne sont que bruyants. Le but de tout ambitieux étant d'attirer sur lui l'attention publique, il est certain que le moyen le plus sûr d'y parvenir est de faire beaucoup de bruit. Aussi entend-on dans la capitale du royaume, la plupart des métiers s'évertuer à qui criera le plus fort. Tous les marchands ambulants ont leurs cris ; et si vous joignez à leurs paroles inintelligibles, les cris aigus des laitières, les voix enrouées et les cornets des porteurs d'eau, les juremens et les fouets des charretiers, les clameurs des poissardes, les roulemens des charrettes et des carrosses, les cabriolets à ressorts d'acier résonnant, les cliquetis de la petite poste, les tambours des gardes, etc., vous trouverez que Paris est la ville la plus tumultueuse de l'Europe. Mais tout cela n'est rien auprès du bruit des cloches. L'ambition des paroisses et des couvents a joûté à qui en aurait de plus grosses et en plus grand nombre. Il y a telle cloche qui fait plus de bruit à elle seule que dix mille citoyens; et comme il y a à Paris plus de deux cents clochers, on doit juger du tumulte épouvantable que font ces monuments, surtout les jours de fête. Certes, c'est une chose monstrueuse et à laquelle la seule habitude peut nous former, d'entendre mugir de grosses tours, et des sons barbares sortir des temples de la paix, même pendant la nuit. Les cloches sonnent la veille, le jour et le lendemain des grandes fêtes, de celles des paroisses, et même des simples confréries. Comme le bruit des cloches est un moyen sûr à un bourgeois inconnu d'attirer sur lui la considération de son quartier, il fait sonner son mariage, le baptême de ses enfants, mais sur-tout les enterrements de ses parents, la veille, le jour et le bout de l'an. Il fonde même des obits pour faire sonner après sa mort à perpétuité. Enfin, s'il est riche, il

fait sonner son dîner et son souper ; car
chaque hôtel a aussi sa cloche. Tous ces
bruits nous rendent le peuple le plus bruyant
de l'Europe, et partant le plus vain : car si
l'ambition a pour but principal de faire du
bruit, le bruit a aussi pour objet de nous
donner de l'ambition. On en voit la preuve
dans les tambours et les trompettes dont on
anime à la guerre, non-seulement les soldats,
mais les chevaux. Aussi le premier meuble
que les mères donnent chez nous à leurs petits garçons, est un tambour. C'est en effet
le premier instrument de la plus glorieuse des
ambitions, celle de tuer des hommes ; et si
elles ne leur donnent pas des cloches, c'est
que le son n'en est pas militaire. Je voudrais
donc qu'on diminuât le nombre, le calibre
et la sonnerie de la plupart des cloches, et
que le clergé fît entendre au peuple qu'elles
n'entrent pour rien dans la religion, encore
qu'elles soient baptisées : elles sont souvent
des monuments, non de la piété de leurs fon-
dateurs, mais de leur ambition, comme on
le voit à leurs armoiries qui y sont empreintes.
Les apôtres n'en avaient jamais vu. Elles

nous viennent de l'Inde et de la Chine, ainsi
que beaucoup d'autres inventions, que nous
avons adoptées des peuples idolâtres, et mul-
tipliées à l'excès. Les Turcs, les Persans,
les Arabes, loin de s'en servir, les ont défendues dans leurs états aux peuples chrétiens; ils les regardent comme des instruments d'idolâtrie. Ils croient qu'il n'y a que
la voix de l'homme qui soit digne de louer
Dieu. Ce sont chez eux les voix des Musse-
lims qui appellent du haut des minarets les
peuples à la prière. Les cloches ne sont point
nécessaires pour réunir les hommes. On s'as-
semble sans cloches aux théâtres, aux tribunaux, à l'assemblée nationale. Il serait donc
à propos que l'on ne conservât des cloches,
que celles qui annoncent les heures et les
offices publics. Leur sonnerie est un abus,
lucratif, à la vérité, pour les églises, mais
ennuyeux pour les vivants, et inutile aux
morts.

Rapprochons-nous en tout de la nature.
Elle n'emploie les sons aigus et les bruits tu-
multueux que pour annoncer les tempêtes.
Elle fait précéder l'orage des roulements du

tonnerre, et l'hiver, du gémissement des
vents; mais elle annonce les beaux jours et
le printemps par le chant des oiseaux. Imi-
tons-la dans nos villes. Leurs cris aigus, en-
roués, menaçants, les sons bruyants des tambours et des cloches, exaspèrent à la longue
l'ouïe et l'ame des citoyens. Remplaçons-les
par des sons convenables à chaque état. Chacun d'eux doit y pourvoir aux besoins de la
société : qu'ils s'annoncent donc par des
chants et par des sons agréables ; nous ver-
rons insensiblement s'adoucir les organes et
le caractère de leurs habitants. Chaque jour
deviendra dans les villes, un jour de fête,
comme il devrait l'être au milieu des campagnes.

Il n'est pas nécessaire de répéter ici que
les municipalités, et sur-tout celle de Paris,
dont elles prennent l'exemple, doivent établir dans les villes des trottoirs, des latrines
publiques; faire couvrir de terre les voiries
des environs; donner aux maisons des citoyens des dispositions agréables et commodes; les faire construire en pierres, pour les
préserver du feu.... La nouvelle constitution

les appelle à des fonctions encore plus relevées ; elles doivent s'occuper autant des besoins moraux du peuple que de ses besoins
physiques. Les principaux sont les fêtes publiques. Les fêtes sont nécessaires aux hommes. La nature n'a pris tant de soin de décorer la terre de verdure, de fleurs, de parfums, d'oiseaux chantants, et d'en varier
les scènes de forêts, de prairies, de montagnes, de fleuves, que chaque jour elle éclaire
des feux d'une nouvelle aurore et d'un nouveau couchant, que pour faire de ce globe
un lieu de fêtes perpétuelles. La pompe bien-
faisante de la nature invite l'homme à l'amour
de ses semblables et de la Divinité. Le peuple
en est privé dans les villes, où il ne trouve
au milieu de ses travaux, d'autres délasse-
ments que des fêtes religieuses, instituées
souvent pour des étrangers, remplies de cérémonies qui lui sont inconnues, et qu'il ne
comprend pas plus que la langue dans laquelle il s'adresse à Dieu. Si quelquefois les
municipalités lui offrent des réjouissances
patriotiques, c'est dans quelque circonstance
meurtrière où le bruit du canon l'invite à un

feu d'artifice qui coûte fort cher, qui ne dure qu'un moment, et qu'il voit de loin.

Les fêtes sont dans la navigation de la vie, ce que sont les îles au milieu de la mer, des lieux de rafraîchissement et de repos. Les plus mystérieuses même ont tant de pouvoir sur les peuples par leur musique et leurs processions, qu'on peut les regarder comme les principaux moyens qui attirent au catholicisme les peuples sauvages, et qui y maintiennent les peuples policés. Que serait-ce, si à leur expression physique il s'en joignait une morale? Les municipalités doivent donc établir des fêtes patriotiques pour attacher les citoyens à la constitution. On en a fait un sublime essai au Champ-de-Mars, appelé à cette époque le Champ de la Confédération; mais ce n'était qu'une fête militaire, on n'y voyait presque que des hommes en uniforme. Il faut entourer l'autel de la patrie d'un appareil civil et religieux, et entremêler aux gardes nationales des chœurs de jeunes filles et d'enfants couronnés de fleurs, qui chantent alternativement au son des flûtes et des hautbois, des hymnes françaises semblables au poëme sé-

culaire d'Horace. Enfin ces fêtes publiques
doivent être présidées, comme par leurs pontifes naturels, par les chefs de l'administration, ayant le roi à leur tête : ainsi on ramè-
nera le sacerdoce à sa première origine.

Le Champ de la Confédération peut devenir pour cet objet un lieu de la plus grande
dignité, en l'entourant, comme un cirque
romain, de bancs de pierre, et des statues
de nos hommes illustres ; et en logeant l'assemblée nationale dans l'École militaire qui
le termine à une de ses extrémités. Mais,
quelque vaste qu'il soit, il me paraît encore
trop petit pour donner des fêtes au peuple
de Paris.

J'ai à proposer un espace beaucoup plus
grand, plus à sa portée, et dont l'architecture est toute faite. Il n'y a point de place
dans Paris où l'on puisse réunir seulement
la dixième partie de sa population ; et quand
on pourrait la rassembler tout entière dans
quelque plaine voisine, comme celle des
Sablons, ce serait toujours un grand obstacle à cette réunion, que l'éloignement où se
trouveraient la plupart des citoyens, des

quartiers qu'ils habitent. Paris a près d'une lieue et demie de diamètre. Joignez à cette distance, que doivent parcourir à pied et au soleil la plupart des femmes et des enfants, à aller et venir (ce qui entraîne la nécessité d'interrompre dans Paris la circulation des voitures et des gens à cheval), joignez le désordre inséparable des grandes multitudes qui, réunies en une seule masse, pèsent toujours sur leur centre.

Pour rassembler commodément le peuple de Paris, il ne faut pas l'éloigner de la ville; et comme aucune place ne peut l'y contenir, au lieu de l'attirer des faubourgs vers un centre commun, il faut, au contraire, le porter du centre aux faubourgs. Ainsi, au lieu de l'attirer, comme sous l'ancien régime, dans cette misérable petite place de la Grève, destinée aux exécutions qui souillent depuis tant de siècles l'Hôtel-de-Ville, il faut le rassembler sur les boulevards. Il y trouvera une large promenade de plusieurs lieues de longueur, ombragée de quatre rangs d'arbres, sans compter ceux qu'on a plantés au dehors des murs. Chaque boulevard est à la portée des habitants de chaque quartier, et chaque habitant peut parcourir à pied, à cheval ou en carrosse, ce vaste espace circulaire qui entoure Paris, jouissant à-la-fois de la ville et de la campagne, lorsqu'on aura abattu les murs qui en interceptent la vue. Il résulte de cet emplacement d'autres avantages considérables : c'est qu'on peut employer les superbes bâtiments des barrières, construits en forme de rotondes, de colonnes colossales, de panthéons, de temples égyptiens, destinés jadis aux logements des commis du fisc, à servir désormais de monuments aux grands hommes qui ont bien mérité de la patrie. On en placerait les statues entre les colonnes ou sur les entablements de ces édifices, aux mêmes barrières où aboutissent les chemins des provinces dont ces grands hommes sont originaires. Leurs simulacres augustes seraient tournés vers ces mêmes provinces, comme s'ils en invitaient les habitants à venir dans la capitale, ou ceux de la capitale à s'intéresser à ceux des provinces. Chacun de ces monuments pourrait servir d'hospice passager à de pauvres voyageurs.

34

On y lirait, sur de grandes tables de pierre, des inscriptions relatives aux grands hommes qui ont mérité d'en devenir les divinités tutélaires par les services qu'ils ont rendus aux infortunés. Les jours de fêtes patriotiques, on les décorerait de guirlandes de feuillages et de fleurs ; on y ferait des distributions de vivres au peuple ; et ces mêmes nuits, on les illuminerait de cordons de lumières. Ces temples de l'hospitalité, d'une architecture antique, liés les uns aux autres par une triple avenue d'arbres verts, remplie d'un peuple libre et heureux, formeraient autour de Paris une couronne de félicité et de gloire qui la rendrait la capitale des nations.

L'assemblée constituante a décrété que l'église neuve de Sainte-Geneviève servirait à réunir les tombeaux des grands hommes qui auront bien mérité de la nation. Comme ces citoyens illustres sont souvent de différentes communions qui s'excommunient mutuellement, on a cru, pour les mettre d'accord au moins après leur mort, devoir n'admettre aucun culte dans le temple qui réunirait leurs cendres. Il a paru à ce sujet un mémoire intéressant où l'on propose d'en dédier l'autel à la patrie, et d'y faire prononcer les serments des magistrats. Mais où sont les vertus qui peuvent se reposer ailleurs que sur l'Être suprême qui les donne, et peut seul les récompenser dignement ?

Je voudrais donc que ce monument fût consacré à la Divinité par ces mots : *A Dieu, père de tous les hommes.* Le mémoire que j'ai cité observe que la sculpture devait figurer aux extrémités de ses nefs, quatre religions, la judaïque, la grecque, la romaine et la gallicane. Je ne sais quelles réflexions auraient fait naître les symboles de quatre religions engendrées les unes des autres, qui se haïssent et se persécutent. Il me semble bien plus convenable d'y introduire la religion primitive ou patriarcale, dont toutes les autres sont émanées, et d'en nommer pour pontifes les premiers magistrats. Son culte antique, simple et répandu par toute la terre, conviendrait aux grands hommes de toutes les communions, puisqu'ils ne peuvent être grands qu'en servant le genre humain. Il est le seul qui puisse rapprocher les hommes de toutes les religions ; car il n'y en a aucune qui n'admette Dieu pour principe et pour fin. Ainsi les morts donneraient aux vivants des leçons de tolérance.

FIN.

TABLE DES MATIÈRES

CONTENUES DANS CE VOLUME.

FIN DE LA TABLE.

OEUVRES
COMPLÈTES
DE J.-H.-BERNARDIN
DE
SAINT-PIERRE.
Tome XVII.

DIALOGUES
PHILOSOPHIQUES.

OEUVRES
COMPLÈTES
DE J.-H.-BERNARDIN
DE
SAINT-PIERRE.
Tome XVII.

DIALOGUES
PHILOSOPHIQUES.

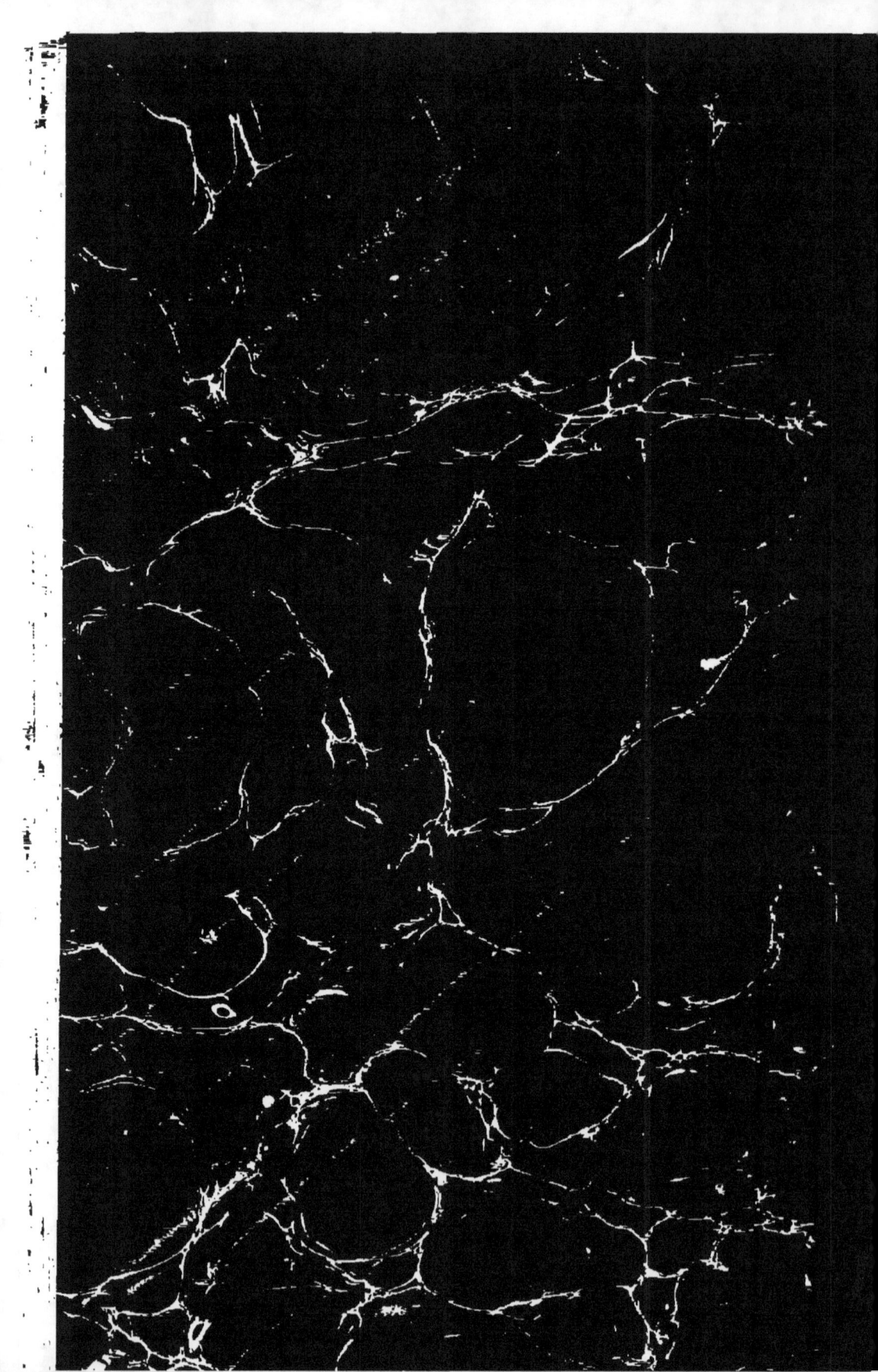

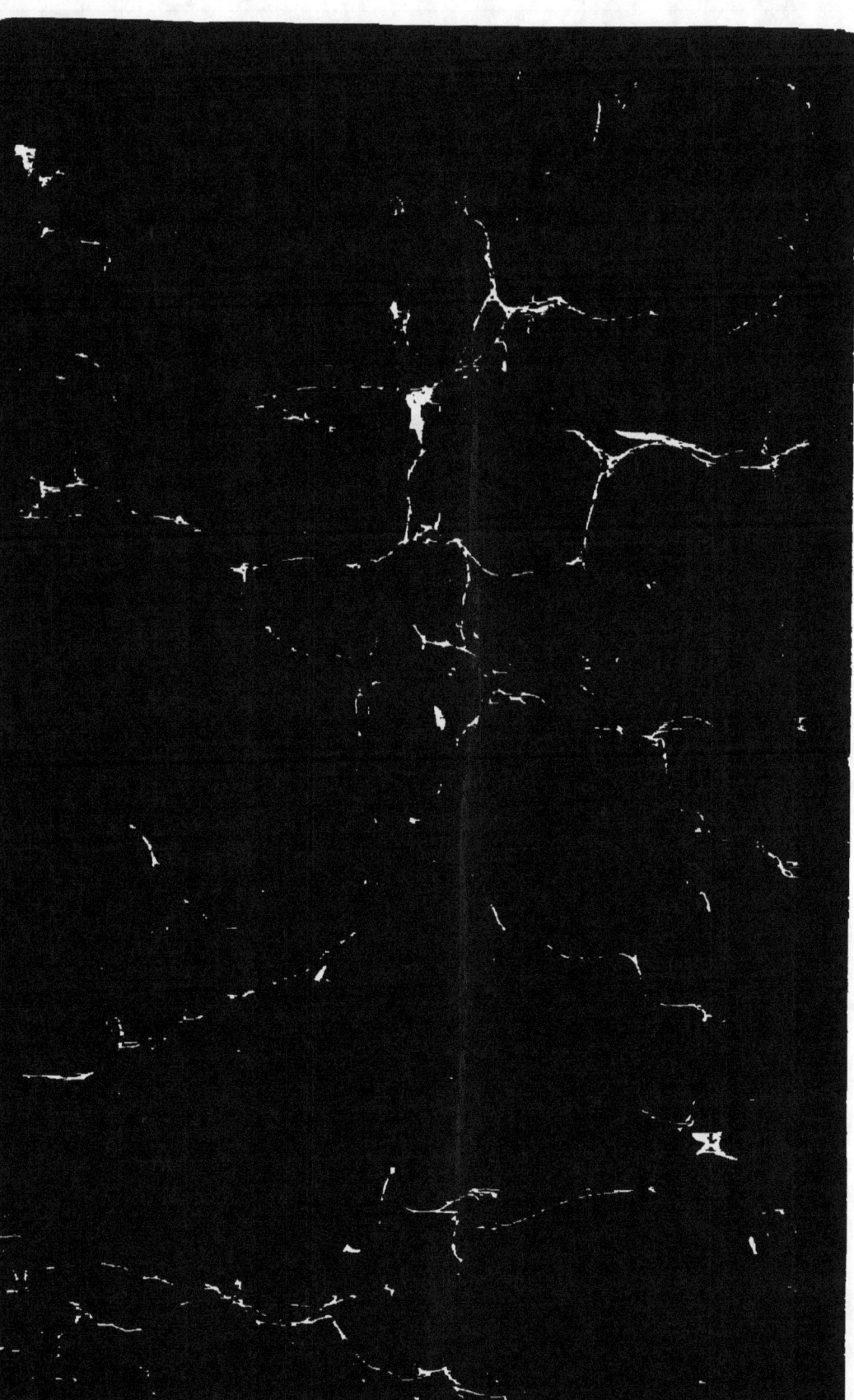